U0449800

ARTEMIS

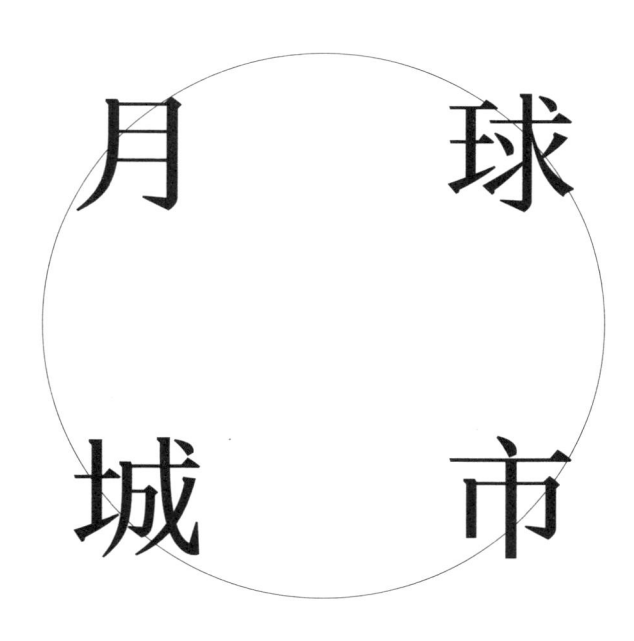

月球城市

ANDY WEIR

[美国] 安迪·威尔 —— 著 王智涵 —— 译

译林出版社

图书在版编目（CIP）数据

月球城市 ／（美）安迪·威尔（Andy Weir）著；王智涵译. —南京：译林出版社，2020.9（2022.10重印）
（译林幻系列）
书名原文：Artemis
ISBN 978-7-5447-8212-8

Ⅰ.①月…　Ⅱ.①安…②王…　Ⅲ.①幻想小说－美国－现代　Ⅳ.①I712.45

中国版本图书馆CIP数据核字（2020）第064945号

Artemis by Andy Weir
Copyright © 2017 Andy Weir
This translation published by arrangement with Crown, an imprint of the Crown Publishing Group, a division of Penguin Random House LLC
through Andrew Nurnberg Associates International Limited
Simplified Chinese edition copyright © 2020 by Yilin Press, Ltd
All rights reserved.

著作权合同登记号　图字：10-2017-709号

月球城市　［美国］安迪·威尔／著　王智涵／译

责任编辑　吴莹莹
装帧设计　周伟伟
校　　对　蒋　燕
责任印制　董　虎

原文出版　Crown
出版发行　译林出版社
地　　址　南京市湖南路1号A楼
邮　　箱　yilin@yilin.com
网　　址　www.yilin.com
市场热线　025-86633278
排　　版　南京展望文化发展有限公司
印　　刷　苏州市越洋印刷有限公司
开　　本　890毫米×1240毫米　1/32
印　　张　11.5
插　　页　2
版　　次　2020年9月第1版
印　　次　2022年10月第3次印刷
书　　号　ISBN 978-7-5447-8212-8
定　　价　58.00元

版权所有·侵权必究
译林版图书若有印装错误可向出版社调换。质量热线：025-83658316

献给迈克尔·柯林斯、迪克·戈登、
杰克·斯威格特、
斯图·鲁萨、阿尔·沃登、
肯·马丁利、罗恩·伊文思，
因为这些家伙值得更好对待。

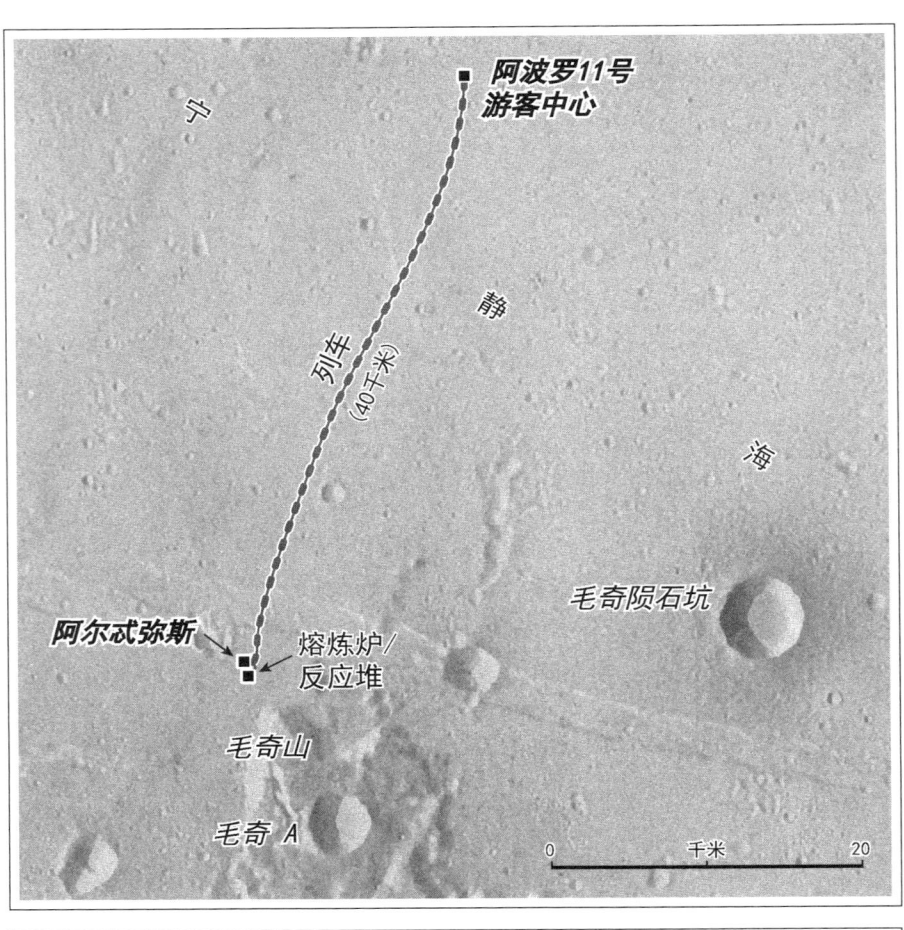

上图：
- 阿波罗11号游客中心
- 宁
- 静
- 海
- 列车（40千米）
- 阿尔忒弥斯
- 熔炼炉/反应堆
- 毛奇陨石坑
- 毛奇山
- 毛奇 A
- 0　千米　20

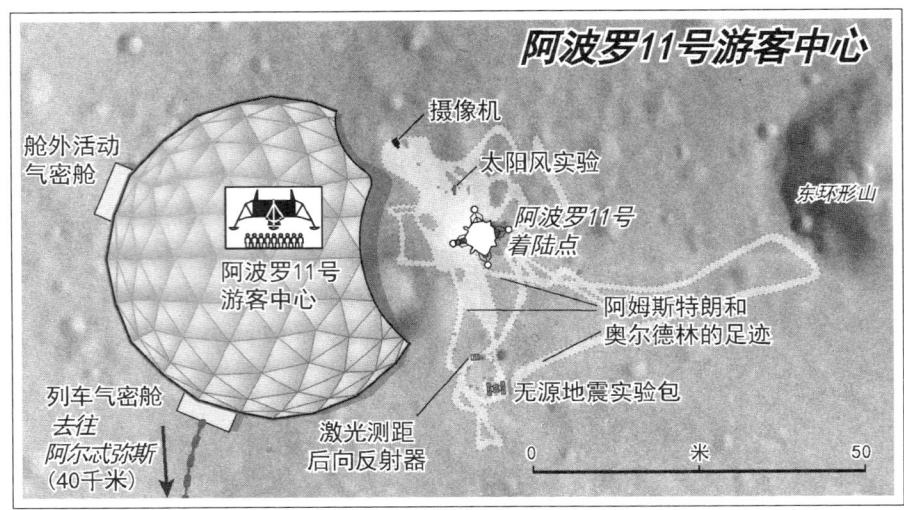

下图：阿波罗11号游客中心
- 舱外活动气密舱
- 阿波罗11号游客中心
- 列车气密舱 去往 阿尔忒弥斯（40千米）
- 激光测距后向反射器
- 摄像机
- 太阳风实验
- 阿波罗11号着陆点
- 阿姆斯特朗和奥尔德林的足迹
- 无源地震实验包
- 东环形山
- 0　米　50

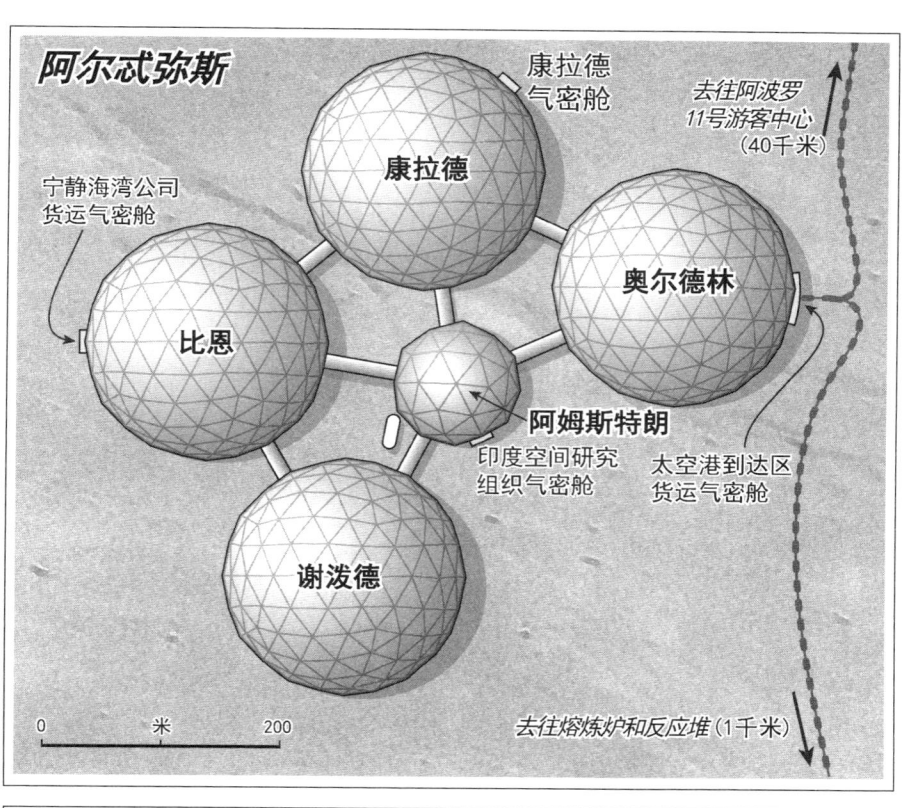

阿尔忒弥斯

- 康拉德
- 康拉德气密舱
- 宁静海湾公司货运气密舱
- 比恩
- 奥尔德林
- 阿姆斯特朗
- 印度空间研究组织气密舱
- 太空港到达区货运气密舱
- 谢泼德
- 去往阿波罗11号游客中心（40千米）
- 去往熔炼炉和反应堆（1千米）

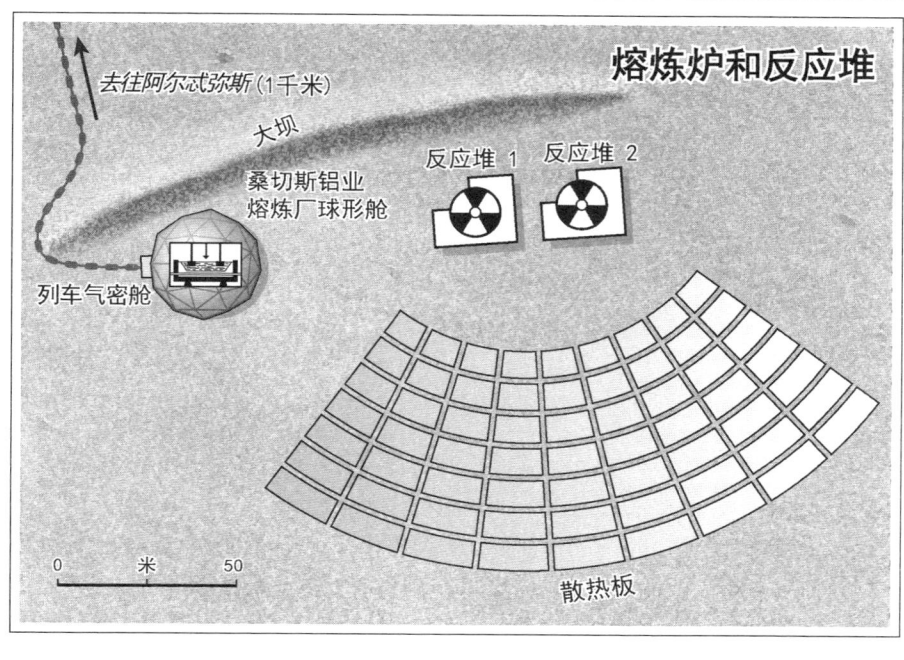

0　米　200

熔炼炉和反应堆

- 去往阿尔忒弥斯（1千米）
- 大坝
- 桑切斯铝业熔炼厂球形舱
- 反应堆 1
- 反应堆 2
- 列车气密舱
- 散热板

0　米　50

第一章

我穿过一片尘埃遍布的灰土带,朝康拉德球形舱巨型穹顶的方向奔去。气密舱入口围绕着一圈红灯,矗立在极远处,远得让人牙痒。

人身上如果穿戴着重达一百公斤的装备是很难跑起来的——即便是在月球的重力下。不过到了生死攸关的时候,你还是会惊讶于自己的表现。

鲍勃在我一旁奔跑着,无线电里传来他的声音:"快让我把氧气罐接入你的宇航服!"

"这样你也会死的。"

"你的氧气罐漏得太厉害了,"他喘着粗气,"我都能看见气体从里头往外跑。"

"要不是你提醒我都没注意到。"

"我是舱外活动专家,"鲍勃说,"别跑了,快让我接入。"

"驳回,"我继续跑着,"破裂声是在泄漏警报之前传出的,这属于金属疲劳,一定是在气阀的位置。你要是坚持接入,你的管子会被裂口划破的。"

"我愿意冒这个险!"

"我不愿意让你冒这个险,"我说,"这件事上你要相信我,鲍勃,我了解金属。"

我切换成了双足等距跳跃模式，虽然感觉上这种移动方式并不算快，但这是在负重情况下的最佳选择。我头盔内部的界面显示气密舱离我还有52米，我又瞥了一眼手臂上的仪表读数，氧气剩余量正在飞速下降，于是我移开了视线。

大步跳跃开始见效了，我的移动速度飙升，甚至把鲍勃都甩在了身后，他可是月球上最优秀的舱外活动专家。其诀窍在于，每次接触地面时都要增加一次向前的动量，但这也意味着每一跳都变得微妙起来，一旦搞砸了你就会摔个狗吃屎。舱外活动服是很坚固，但最好也别穿着它直接去碾表岩屑。

"你速度太快了！一个不稳你的护面罩就会摔破！"

"那也比憋死好，"我说，"我大概只剩十秒的时间了。"

"我已经落后你很远了，"他说，"不用等我了。"

通体覆盖着三角形金属板的康拉德球形舱闯入了我的视野，此刻我才意识到自己的速度到底有多快。这些金属板正在飞速变大。

"妈的！"没时间减速了，我完成了最后一跳，还增加了一个前空翻的动作。时机掌握得刚刚好——更多是出于运气而非技巧——我的双脚成功地落在了墙面上。好吧，鲍勃说得没错，我速度的确太快了。

我摔倒在地，然后跟跟跄跄地爬起来，伸手去抓舱门的把手。

我的耳朵嗡嗡作响，头盔开始发出刺耳的警报声，氧气罐快撑不住了，眼看就要见底。

我推开舱门，一头栽了进去，大口地喘着气，视线开始模糊。我用脚关上了舱门，伸手够向紧急氧气罐，拔掉了插销。

氧气罐顶部打开了，气体从中涌出，充满了整个舱室，而周围的气温也因气体极速膨胀而大幅降低，低温下一半气体都凝结成了雾气。

我在活动服里喘着气，忍着想要呕吐的冲动，刚才这一番折腾真的是超出了我身体的极限。缺氧引发了头痛，而且至少会持续几个钟头。我成功地在月球上也体验了一次高原反应。

空气的嘶嘶声越来越小，最后安静了下来。

鲍勃总算是到了，我看见他正透过圆形的窗户朝舱里张望。

"情况如何？"无线电里问。

"意识清醒。"我喘息道。

"能自己站起来吗？是否需要我找人来帮忙？"

鲍勃要是自己开舱门进来的话我必死无疑——我现在可是穿着一身损坏的活动服在地上躺着呢，但城里有两千多人，只要随便来个人就可以安全地从另外一头打开气密舱把我拖进去。

"不用。"我双手撑住地面，先跪起身，然后站了起来。我扶着控制面板站稳，接着启动了清洗程序，高压气体喷射器从各个角度冲刷着我，灰色的月尘在气密舱中盘旋着，最后被吸入了墙上的气滤口。

清洗完成后，内舱门自动打开了。

我步入副舱，密闭上了内舱门，然后一屁股坐在了长椅上。

鲍勃按照常规流程通过了气密舱。他不需要像我一样火急火燎地打开紧急氧气罐（顺便说一句，现在这个罐子得重新换个新的了），只需要进行常规的抽气充气步骤即可。清洗程序完成后，他走进副舱来到了我身边。

我一言不发地帮鲍勃卸下了头盔和手套。永远不要让一个人自己卸除装备。当然了，一个人也是能独立完成的，不过其过程就要痛苦多了。协助他人卸装算是一种传统。他随后也帮我卸除了装备。

"唉，刚才太背了。"他帮我摘下头盔时我说道。

"你差点就没命了，"他从自己的活动服里跨了出来，"你当时就该听我的。"

我扭动身体钻出了活动服，查看了一下活动服背面，指着气阀之前所在的位置上剩下的一片金属尖刺："气阀破了，我说了吧，是金属疲劳。"

他看了一眼气阀，点了点头。"好吧，你拒绝我接入是正确的，值得肯定。但这种故障不应该啊。这套衣服你他妈从哪儿弄来的啊？"

"我买的二手货。"

"你干吗要买二手的？"

"买不起全新的呗。连二手的我都快买不起了，但要是拿不出自己的活动服，你们这群王八蛋根本就不会允许我加入公会。"

"你就该存钱买套新的。"鲍勃·刘易斯是个做事一板一眼的前美国海军陆战队队员。他更重要的一个身份是舱外活动公会的首席训练官。他直接对公会长负责，全公会只有他才能决定你是否够格成为公会的一员。如果你不是公会成员，就无法在舱外单独行动，或者在月表带观光团。这就是公会的规矩。一群王八蛋。

"所以呢？我刚才表现如何？"

他哼了一声："你认真的吗？没及格，爵士，完完全全不及格。"

"凭什么？！"我抗议道，"所有要求的机动动作我都做了，全部任务我都完成了，障碍测试我七分钟内就通过了。此外，出现紧急状况时，我在没有危及同伴的情况下安全返回了基地。"

他打开一个柜子，把自己的手套和头盔塞了进去。"维护活动服是每个人的职责。你的活动服今天的表现不及格，所以说你的成绩也不及格。"

"你怎么能把泄漏的事情怪到我头上？！我们出发的时候一切都很正常！"

"我们这一行只看结果。月亮是个吹毛求疵的老婊子，她才不管你的活动服为什么会出问题，只要看到你的活动服出了问题，就直接让你一命归西。你查验装备时应该多留点神。"他把其余装备挂在了柜子里的衣架上。

"鲍勃，拜托！"

"爵士，你这次险些死在外头，我怎么可能让你通过？"他关上柜门准备离开，"你可以六个月后再考一次。"

我挡住了他的去路。"这太荒谬了！我凭什么要把我自己的命押在公会的破规定上？"

"下次检查装备时仔细点儿，"他绕过我走出了副舱，"修活动服的时候别心疼钱。"

我看着他离去，然后一屁股坐回到长椅上。

"妈的。"

我迈着沉重的步子穿过了迷宫般的铝制通道回到了家。还好不用走很久，这座城市直径不过半公里。

我现居阿尔忒弥斯，月球上第一个（迄今为止也是唯一一个）城市，由五座被称为"气泡"的巨大球形舱组成。由于一半都埋在地下的缘故，阿尔忒弥斯看起来很像是老派科幻小说里描绘的月球城市，由穹顶聚集而成，但实际上只是因为你看不见埋在地下的部分罢了。

阿姆斯特朗球形舱坐落在正中，四周分别是奥尔德林、康拉德、比恩、谢泼德，相邻的球形舱之间有通道相连。我还记得小学时有一次作业就是制作阿尔忒弥斯的模型，做起来其实很简单，只需要一些圆球和小棒，十分钟就能做好。

光来这里的旅费就很不便宜了，在这里生活的开销更是贵到吐血。但一座城市也不能只有出手阔绰的观光客和稀奇古怪的亿万富翁，打工的小老百姓也是要有的，总不能让J. 腰缠万贯·富得流油自己刷马桶吧？

我就是这些小老百姓之一。

我住在康拉德负15区，那是一块脏乱差的区域，位于康拉德球形舱地下15层。如果这块区域是葡萄酒的话，品酒师一定会将其描述为"尿味浓郁，回甘中带着一股子功败垂成和误入歧途的味道"。

我走过了一扇又一扇紧密排列着的方形门，直到找到我自己的那一扇为止。我的房间是"下"铺，爬进爬出还算方便。我朝门禁系统刷了一下机模，门咔嗒一声打开了，我猫着腰钻了进去，关上了身后的房门。

我躺在床上望着天花板——离我的脸就一米远。

这种房型的学名叫"胶囊屋"，但是大家都管它叫棺材，就是个密闭的床铺，外带一扇可以上锁的房门。棺材的功能只有一种：睡觉。哦，对，其实还有另一个功能（也需要你平躺着),你懂我的意思就行。

我有张床,还有个柜子,这就是我全部的家当。公共厕所在厅廊里,公共浴室还要走上几个街区。我的棺材应该不太可能会被《美丽家装与月景》杂志重点推介,但我也就能负担得起这种了。

我瞄了一眼机模上的时间:"糟了。"

没有时间伤感了,肯尼亚太空集团的运输飞船下午就会抵达,我又要上工了。

先声明:对我们来说,"下午"不是由太阳位置决定的。每28个地球日我们这儿才能有一次"正午",而且那时我们也看不见太阳,每个球形舱都有内外两层6厘米厚的防护壳,其间填充着碎石,连炮弹都打不进来,更不用说太阳光了。

那我们又是如何计时的呢?我们采用肯尼亚时间,现在内罗毕是下午,所以阿尔忒弥斯也是下午。

我刚从舱外活动死里逃生,浑身汗津津的。没时间洗澡了,但我好歹还能换身衣服。我躺下身子,脱下隔热服,然后套了一身蓝色连衫裤,系好皮带后我就盘着腿坐了起来,把头发绑成马尾,带上机模后就出门了。

阿尔忒弥斯没有街道,只有厅廊。在月球上修建真正的别墅开销已经够大了,那些人肯定不会再多浪费一个子儿来修路的。需要的话你可以买辆电动小货车或者滑板车,但厅廊本就是为步行设计的。这里的重力只有地球的六分之一,步行没那么费力。

区域越是破败,那里的厅廊就越窄。康拉德负数层的厅廊足以引发幽闭恐惧症,宽度只够两个人同时侧着身子通过。

我沿着厅廊走向负15区中心,因为附近没有电梯,所以我只好爬楼梯,一步连跨三级台阶。核心区域的楼梯间和地球上的没什么区别,每级台阶21厘米高,这会让游客有宾至如归的感觉。至于没有游客会去的地方,每级台阶则高达半米,反正月球的重力也小。我沿着游客楼梯一口气到达了地面层。连爬15个楼层的楼梯听起来可能有点吓人,但在这儿根本算不上什么,我连气都没喘。

通往其他球形舱的连接通道全都位于地面层,所以商店、服装店还有其他骗游客钱的生意自然而然会抓住步行交通的地利,通通在这里扎堆。在康拉德的多数都是餐厅,他们会卖糊糊给那些买不起真正食物的人。

一小股人流汇入了奥尔德林连接通道,这是从康拉德前往奥尔德林的唯一路径(除非你从阿姆斯特朗绕远路),因此这也是往来于两个球形舱之间最主要的通道。我进通道的时候就已经穿过了那扇巨大的圆形自动移门,万一通道发生破裂,大门会监测到从康拉德逃逸而出的空气,然后自动关闭,康拉德内部的人会全部得救,而如果那时你在通道里的话……那就自求多福吧。

"哟,这不是爵士·巴沙拉吗!"近处一个浑球说,一副跟我交情很好的样子,但事实上并非如此。

"戴尔。"我边说边继续走。

他快步跟了上来。"一定是货船到港了,不然像你这样的懒鬼也不会穿制服。"

"嘿,你还记得那次我没把你的话当屁吗?哦等下,我记错了,这种情况不存在。"

"我听说你今天舱外活动考试没通过,"他咂着嘴,嘲讽地做出失望的表情,"真的挺难的,我考了一次就过了,但不是什么人都能像我一样的,对吧?"

"滚。"

"哦,我还得告诉你,游客们在月面上观光从不心疼钱。糟了,我现在得去游客中心带团了,大把的钞票正等着我去赚呢。"

"出去的时候要小心尖石子,别一脚踩上去了。"

"不会的,"他说,"考试能过的人心里都有数。"

"考试就是家家酒,"我满不在乎地说道,"舱外活动靠的是真本事。"

"你说得没错,我希望有朝一日也能成为像你这样的送货妹。"

"快递员,"我抗议道,"正式说法是'快递员'。"

他一脸讨打的贱笑。谢天谢地,奥尔德林球形舱已经近在眼前,我用肩把他撞到一边,离开了通道。奥尔德林这一侧的移动门和康拉德那头的一样灵敏。我快步往前走,向右急转以避开戴尔的视线。

奥尔德林在各种意义上来说都是康拉德的反面。康拉德到处都是管道工、吹玻璃工、冶金工、焊接车间、维修车间……诸如此类,不一而足。奥尔德林则是个真正的度假胜地,有酒店,有赌场,有窑子,有剧院,甚至还有个天地良心长着真草的公园,地球各地的有钱游客都会来这儿玩上两个星期。

我从大拱廊底下经过。尽管这里并不是通往我目的地的最短路线,但我喜欢这儿的街景。

纽约有第五大道,伦敦有庞德街,阿尔忒弥斯有大拱廊。这里的店家从不标价,反正你就算问了也买不起。阿尔忒弥斯丽思卡尔顿大酒店独占了一整个街区，地上五层地下五层，住一晚就要12 000斯拉克——比我当快递员一个月的收入都高（当然，我还有别的收入来源）。

月球旅行虽然价格不菲，却仍然供不应求。在合理规划收支的前提下，中产地球居民一辈子想来一趟月球也还是负担得起的，而有钱人则每年都会来，住高档的酒店不说，而且我的亲娘啊，他们还真的会在这里购物。

奥尔德林就是阿尔忒弥斯的销金窟，而且要远甚于其他区域。

购物区里就没一样东西是我买得起的，但迟早有一天我会攒够钱来这里消费，至少这算是我一厢情愿的目标。我又朝着大拱廊的方向看了好一会儿，然后转身前往太空港到达口。

奥尔德林是距离飞船着陆区最近的球形舱，总不能让阔老爷们在穷街陋巷里脏了鞋吧，于是一下飞船迎接他们的就是光鲜亮丽的区域。

我从大拱廊一路溜达进了太空港，这个大型气密舱复合结构是这里的第二大建筑物（比它更大的也就只有奥尔德林公园了），里面一派忙碌的景象，我需要在往来如梭的工人中间找到缝隙向前挤。在城里的时候你走路必须悠着点，不然可能会把游客撞翻在地，但太空港里全都是工作人员，我们都掌握了阿尔忒弥斯大跨步法，走起路来也都健步如飞。

在太空港北侧有些通勤的人在列车气密舱附近等待着，他们中大多是去城区以南一公里处的核电站或桑切斯铝业熔炼厂的。熔炼厂需要极其大量的热能和极为有害的化学物，所以大家一致同意让熔炼厂搬得越远越好。至于核电站嘛……呃……

既然是核反应堆,我们自然也希望它离我们越远越好。

戴尔朝列车站台的方向走着,他的目的地是阿波罗11号游客中心。游客们尤其喜欢这条列车线路,在半小时的行驶过程中可以在车厢内饱览月球表面壮丽的景色,作为目的地的游客中心则是足不出户观赏着陆点的绝佳选择,而如果有人想要出舱走得更近一些的话,戴尔以及其他舱外活动专家随时可以提供导览服务。

列车气密舱前方挂着一面巨大的肯尼亚国旗,国旗下方写着几行字:"您现在正在进入肯尼亚境外太空站阿尔忒弥斯。太空站隶属于肯尼亚太空集团,为国际海事法的适用区域。"

我狠狠地瞪了戴尔一眼,他却没注意到。可恶,我白酝酿了一个这么恶毒的眼神。

我在自己的机模上检视了一下着陆区域的日程表,今天并没有运肉船到港(我们都管客船叫运肉船)。运肉船一个礼拜只有一班,下一班要等到三天以后。谢天谢地,这世上大概没什么比来月球猎艳的纨绔子弟更烦人的了。

我走向南边的货运气密舱。货运气密舱能一次接收一万立方米的货物,再把货物运入城区却要慢得多。分离储货舱一个钟头前就到了,舱外活动专家将它整个都移入了气密舱内,然后再对其进行高压空气清洗。

我们全力杜绝月尘进入城市。妈的,我甚至在气阀出故障之后都没忘清洗程序。为什么要搞得那么麻烦呢?主要还是因为月尘对呼吸道极为有害。月尘是特别微小的沙砾,而球形舱内也不存在能把月尘吹走的自然风。每一粒月尘表面都长着尖刺倒钩,时刻准备在你的肺里划几个口子,抽掉一整包香烟的危害都比吸进去一口那种破玩意儿要小。

我走到了货运气密舱正前方,巨大的内侧舱门正在缓缓打开,卸货工作开始了。我溜到码头工头名越身边,他正坐在检验台前查验某个箱子里的货物。他在里面没有发现走私品,于是满意地合上了箱子,然后盖了一个象征阿尔忒弥斯的戳子——一个大写字母A,右半边看上去就像是一支箭搭在一张弓上。

"早啊,名越先生。"我欢脱地说道。我小时候他跟我爸就已经是知己好友了,对我来说他就像家人一样亲切,犹如一位慈爱的亲伯父。

"老实排到其他卸货员后头去,你个小蹄子。"

好吧,也许更像是远房的表伯父。

"帮帮忙吧,名越先生,"我跟他商量道,"我等这货都等了好几个礼拜了,咱们之前说好了都。"

"钱你转了?"

"戳你盖了?"

他边盯着我,边把手探到了桌子下面,取出一个包装完好的箱子推到我面前。

"这不是还没盖戳吗?"我说,"咱们现在是不是每回都得整这么一出?我们过去相处得不是挺好的吗,到底怎么了?"

"到底怎么了?你现在变成了一个祸害社会的败类,"他把他的机模摆在了箱顶上,"你小时候多好,结果全自己糟践了。3 000斯拉克。"

"2 500吧?我们不是说好了吗?"

他摇了摇头。"3 000。鲁迪一直在周围晃呢,风险越高价也就越高。"

"那是你自己的事,跟我有什么关系,"我说,"2 500,咱说好了的。"

"唔,"他说,"这箱货刚才好像没验仔细,你说我是不是该重新检查一下里头有没有违禁品……"

我噘起嘴。现在不是该坚持底线的时候。我启动机模上的银行软件发出汇款请求,就跟所有电脑一样,机模要求验证对方身份并核对请求。

名越掏出了他的机模看了一下确认页面,然后点了点头,给箱子盖了戳。"所以里面到底是什么?"

"小黄片,由你妈领衔主演。"

他哼了一声之后就继续验别的货去了。

这就是把违禁品走私进阿尔忒弥斯的方法,简单得很,只需要一个从六岁起就认识的腐败公务人员。至于违禁品是怎么从地球上运来阿尔忒弥斯的……那就是另一码事了,暂且按下不表。

我大可再带点别的货顺路一起送,但是这箱货很特殊。我走到我的小货车旁,然后跳上了驾驶座。小货车对我的工作来说也不算是真的必不可少——阿尔忒弥斯本就不是为机动车设计的——但有了它之后我不仅能移动得更快,每走一趟还能多捎点货。鉴于我的酬金是在每次送完货之后结的,所以买辆车还是挺划得来的。我的货车虽然难以驾驭,但是驮起重物来却得心应手,因此我认定它为男性,名曰扳机。

我把扳机停在港口区,每个月付一次停车费。不然我还能把它停哪儿去?我自己家的大小都还不如地球上的一间普通牢房。

我启动了扳机的引擎——无须钥匙之类的东西，按个键就行。谁会想偷一辆小货车呢？偷回去能干吗呢？转手卖掉吗？那铁定会被人发现，阿尔忒弥斯是个小地方，这里压根就没小偷。好吧，小偷还是有的，但没人会打小货车的主意。

我驱车离开了港口区。

我驾驶着扳机沿谢泼德球形舱豪华的厅廊行驶，这里和我家周边破败的景象截然不同，除了木材镶板还铺设着美观又降噪的地毯，每隔20米就挂着一盏枝形玻璃吊灯提供照明。这些灯其实算不上是铺张浪费，月球上有很多硅矿，所以玻璃都是本地生产的。但这还是改变不了这个地方奢侈的基调。

如果你觉得来月球度个假就已经算奢侈的话，你肯定不会想知道定居在谢泼德球形舱需要多少开销。奥尔德林到处都是天价的游乐设施和酒店，而谢泼德则是阿尔忒弥斯本地的有钱人居住的地方。

我正在前往的别墅属于阿尔忒弥斯最最有钱的王八蛋之一，特龙·兰德维克。他是靠挪威的电信业发的财，房子占了谢泼德地面层一大块地——考虑到他家里只住着他本人、他女儿以及一个女佣，其占地之大不可谓不夸张。但反正也是他自己的钱，他要是真想在月球上买个大宅子，哪里还轮得到我来评头论足？我只要按吩咐把违禁品送到他手上就是了。

我把扳机停在他家别墅的门口（之一），按了按车喇叭。门移开了，里面站着一个高大粗壮的俄国女人。伊琳娜自打世界诞生之日起就一直在服侍兰德维克家族。

她盯着我一言不发，我也大眼瞪小眼地看着她。

"快递。"我还是开口了。之前伊琳娜已经和我打过上亿次交道都不止,但她每次仍需要我表明来意。

她哼了一声,转过身走回屋内,算是邀请我进屋。

"伊琳娜啊,你还是一如既往地好客!"我跟在她身后大声道。

穿过门廊后,我看到特龙穿着运动裤和浴袍靠在沙发上,正在和一个我未曾见过的亚裔男子说话。

"总之其营利的潜力在于——"他见我进门立刻咧嘴笑了,"爵士!很高兴见到你!"

特龙的访客身边摆着一个开着的手提箱,他礼貌地微笑着把箱子合上,我原本并没留意这个箱子,此举反而引发了我的好奇。

"彼此彼此。"我说。我把违禁品放在了沙发上。

特龙指了指访客。"这位是来自香港的詹焌。詹焌,这位是爵士·巴沙拉,她是本地人,就出生在月球上。"

詹焌微微点了下头,张嘴就是一口美国腔:"很高兴见到你,爵士。"他的口音让我吃了一惊,我估计自己的吃惊应该都写在了脸上。

特龙大笑起来。"詹焌上的是美国人开办的一所精英私立学校。香港啊,朋友,那可是个神奇的地方。"

"单论神奇还是比不上阿尔忒弥斯!"詹焌笑了,"这是我头一回来月球,简直就像个小孩进了糖果店!我一直特别爱看科幻小说,而且从小就爱看《星际迷航》,现在终于有了切身体会!"

"《星际迷航》?"特龙说,"你是认真的吗?那都是100年前的电视剧了吧。"

"经典就是经典，"詹焌说，"永远都不会过时。喜欢莎士比亚不会让人觉得奇怪。"

"在理。只不过这儿没有火辣的外星宝贝，你怕是成不了柯克船长了。"

"事实上，"詹焌竖起食指，"在整个经典剧集中，柯克船长只跟三个外星女人上过床，这个数字还算上了特洛伊乌斯的伊伦，剧里对他俩的关系只是暗示，但没有明说，因此有可能他只睡过两个。"

特龙鞠了一躬表示投降。"我再也不敢在《星际迷航》相关问题上班门弄斧了。你此次前来有没有打算去看阿波罗11号着陆点呢？"

"那肯定，"詹焌说，"我听说还有舱外活动项目，你觉得我是不是应该去试试？"

我插嘴道："没必要，着陆点整个都给围墙围起来了，还是游客中心的观景大厅视野更好。"

"哦，原来如此，那样一来就没意思了。"

吃屎去吧，戴尔。

"有人想来杯茶或咖啡吗？"特龙询问道。

"好呀，"詹焌说，"黑咖啡就好，如果府上有的话。"

我就近挑了把椅子一屁股坐下："请给我一杯红茶。"

特龙腾空翻过了沙发背（这动作并没有字面上看起来那么热血——想想这里才多大的引力），从橱柜里取出一个柳条筐。"我这里有顶级的土耳其咖啡，你一定会喜欢的，"他朝我这边伸长脖子道，"没准你也会喜欢，爵士。"

"咖啡不过是下品的茶，"我说，"红茶是唯一能喝的热饮。"

"你们沙特人就喜欢红茶。"特龙说道。

没错，理论上我是沙特阿拉伯公民，但我六岁以后就再没回去过那里。我的一些观点和想法的确是受我爸影响，但要我现在回地球我肯定哪儿都待不下去。我是阿尔忒弥斯人。

特龙开始为我们准备喝的。"你们俩随便聊会儿吧，一分钟就好。"他为什么不把冲泡饮料的事交给伊琳娜呢？不知道。而且说句实话，我连伊琳娜在这里到底是干吗的都不知道。

詹焌把手臂搁在了那个神秘的箱子上。"我听说阿尔忒弥斯是个约会圣地，游客里是不是有很多新婚夫妇？"

"新婚夫妇其实并不多，"我说，"他们一般都来不起。不过我们这儿倒是有不少年龄稍大的夫妇特地来改善性生活。"

詹焌一脸不解。

"因为引力，"我说，"在六分之一的地球引力下做爱是很不一样的体验，这对于婚龄很长的夫妻来说再合适不过了，他们可以重新探索性爱的奥秘——就像初识时那样。"

"这方面我倒是没想到。"詹焌说。

"如果你希望深入了解，奥尔德林有很多小姐供你挑选。"

"噢！啊，不了，没这习惯。"他之前大概没料到一个女人居然也会拉皮条。地球人在这类话题上通常都比较保守，对此我实在难以理解，不过是一手交钱一手交货的买卖，有什么大不了的？

我耸了耸肩："以防你回心转意，我就告诉你吧，她们的收费标准是2 000斯拉克。"

"我不会改变心意的。"他紧张地笑了起来，然后转移了话题,"所以……为什么阿尔忒弥斯的货币叫斯拉克?"

我两只脚搁在了茶几上。"这是软着陆克[1]的缩写,S、L、G,斯拉克。根据肯尼亚太空集团规定,每斯拉克可以从地球运一克商品来阿尔忒弥斯。"

"严格来说斯拉克不是货币,"特龙在橱柜那头说道,"我们不是一个国家,因此也没有自己的货币,斯拉克是肯尼亚太空集团发行的预支代币,美元、欧元、日元等货币可以用来换取将相应额度的货物出口到阿尔忒弥斯的许可,该额度不一定会一次性全部用完,所以他们那边就会记录你剩余的额度。"

他把托盘摆到了茶几上。"结果斯拉克就成了一种便于使用的交易单位,肯尼亚太空集团也因此变得类似于银行。在地球上可不能这么玩,但这里不是地球。"

詹焌伸手去拿他的咖啡,我趁这个间隙瞄了一眼那个箱子,白底黑字写着"ZAFO样品——未经许可不得使用"。

"所以我现在坐着的这张沙发也是从地球进口的吧?"詹焌说,"把它弄进来要多少钱啊?"

"净重43公斤,"特龙说,"所以每张的进口价就是43 000斯拉克。"

"你们普通人能挣多少钱?"詹焌问道,"如果你不介意我这么问的话。"

我端起自己的那杯茶,让杯子的温度渗入双手。"我们快递员一个月能挣12 000,算少的了。"

---

1 原文为soft-landed grams,缩写即SLG。软着陆是指宇宙飞行器通过减速等手段实现损伤较小的着陆。

詹焌抿了一口咖啡，脸色顿时就不对了。我之前见过这种表情，没哪个地球人会喜欢我们的咖啡，物理定律决定了月球上的咖啡味道跟尿液一般。

地球大气中有20%的氧气，剩下的氮和氩人体并不需要。阿尔忒弥斯的空气是20%地球标准气压下的纯氧，在给予我们充足的氧气的情况下尽可能地降低了球形舱内的气压要求。这种气体气压配置也不是什么新鲜事了，最早可以追溯到阿波罗号时代。但问题在于，气压越低，水的沸点也就越低。这里水的沸点只有61摄氏度，茶或咖啡最烫也只能达到这个温度，很显然，对于还没习惯的人来说，这样的温度实在是太低了点。

詹焌小心翼翼地把杯子放回桌面上，他应该不会再度拿起了。

"是什么风把你刮到阿尔忒弥斯来了？"我问道。

他的手指开始敲击ZAFO的箱子。"我们这桩生意已经谈了好几个月了，现在交易完成了，所以我决定来拜会一下兰德维克先生。"

特龙在沙发上坐了下来，拿起了那箱走私货。"我不是说了吗，直接叫我特龙就行。"

"好的，特龙。"詹焌说。

特龙拆开了邮件的外包装，取出了里面的暗色木盒，在灯光下举起，从不同的角度观赏着。我虽然对美学所知甚少，却还是对这个木盒所蕴含的美深有体会。木盒表面上遍布着错综复杂的蚀刻花纹，还贴了个写着西班牙文的精致标签。

"这是什么？"詹焌问道。

特龙得意地笑着打开了木盒，里面摆着24支雪茄，每支雪茄底下都垫着独立的衬纸。"这是多米尼加雪茄。很多人都以为古巴产的才是最好的，但他们错了，多米尼加产的才是极品。"

我每个月都得给他走私一盒这玩意儿。谁不喜欢回头客呢？

他指了指房门："爵士，能否劳驾你把门关一下？"

我走向玄关，那里有一扇外形粗糙、功能实用的密封舱门，严丝合缝地隐藏在两层定制的墙板间。我关上舱门，转动把手将门封死。密封舱门在有钱人家还挺常见的，可以在穹顶发生泄漏时保持房子的气密状态让你免于一死。为了防患于未然，有些爱多想的人每个晚上都会将卧室的舱门密闭起来。依我看这纯粹是浪费钱，阿尔忒弥斯有史以来从未发生过任何泄漏事故。

"我在这儿装了特别的气体过滤系统，"特龙说道，"烟根本出不了这个房间。"

他拆开了一支雪茄的包装，把一头咬去吐进了烟灰缸。他把雪茄叼在嘴里，掏出金色的打火机点上火，吸了好几口，叹道："好东西……真是好东西。"

他拿起木盒想递给詹焌，詹焌礼貌地摆了摆手，他转而想递给我。

"好呀，"我拿了一支塞进胸前的口袋里，"我吃完午饭再抽。"

我说谎了。但既然是好东西我又怎么会拒绝呢？转手卖掉大概能换100斯拉克呢。

詹焌皱起了眉头。"不好意思，但……雪茄在这里是违禁品？"

"简直荒天下之大谬，"特龙说道，"我有个密封的房间！

我的烟又不会散出去碍着谁！我跟你说，这种规定分明就是无理取闹！"

"你又开始扯淡了，"我转向詹焌说道，"问题在于火种。阿尔忒弥斯一旦发生火灾，后果将不堪设想，因为我们也无处可逃。若没有充足的理由，任何可燃物都是明令禁止的，我们最不愿意看到的就是脑子有病的人兜里揣着打火机在城里瞎转悠。"

"这个嘛……我觉得这种人也是有的。"特龙把玩着他的打火机，那是几年前我帮他捎进来的，每隔几个月就要加一次丁烷，每次我又能小赚一笔。

我又喝了一大口茶，然后拿出了我的机模。"特龙？"

"好，当然，"他拿出了自己的机模，紧挨在我的机模边，"还是4 000斯拉克？"

"嗯，对。不过友情提醒：下次我会提价到4 500，最近我这边的成本又上升了。"

"没问题。"他输入时我在一边等着，过了一会儿我的屏幕上跳出了转账验证通知，我选了接受，转账完成。

"收到。"我说，又对詹焌道，"詹先生，幸会，祝您玩得愉快。"

"谢谢！"

"走好，爵士。"特龙微笑道。

我告别这两位男士，让他们继续谈他们的事情。虽然不知道他们在聊什么，但绝对不可能是什么上得了台面的事。特龙什么脏活没干过？——所以我才喜欢这个人。如果他大老远把一个人请到月球上来，那么目的一定不是"谈生意"这么简单。

我转了个弯从门厅里出去,离开的时候伊琳娜恶狠狠地瞪了我一眼,我冲她皱起了鼻子,她连句再见都没说就把门在我身后关上了。

我刚准备钻进扳机时,我的机模响了一声,又是个快递的活儿。我资格老而且距离近,所以系统优先选择了我。

"取货地点:阿地-5250;重量:约100公斤;送货地点:不确定;费用:452斯拉克。"

哇,整整452斯拉克,接近我那盒雪茄赚到的十分之一了。

我点了接受。有钱赚总是好的。

亲爱的凯尔文·奥蒂爱诺：

嗨，我叫贾丝明·巴沙拉，别人也叫我爵士。我九岁了，居住在阿尔忒弥斯。

我的老师是特勒女士。虽然我在课上玩机模会被她没收，她仍然是个好老师。她给我们布置了作业，让我们给住在肯尼亚太空集团园区里的小朋友写邮件，你的邮箱就是她给我的。你说英语吗？我除了英语还会说阿拉伯语呢。你们肯尼亚人说什么语呀？

我喜欢看美国的电视节目，最爱吃姜味冰淇淋，但平时我只吃得到糊糊。我想养条小狗，但我们家养不起，不过我听人说地球上穷人也养得起小狗，是真的吗？你有狗狗吗？如果有的话请跟我说说你的狗吧。

肯尼亚有国王吗？

我爸是个焊工，你爸呢？

亲爱的爵士·巴沙拉：

哈喽，我叫凯尔文，今年也九岁了。我和我爸妈住一块儿，我还有四个姐妹。她们全是大坏蛋，两个姐姐老打我，我长大了一定要报仇。开个玩笑，男生永远都不应该打女生。

我们肯尼亚人说英语和斯瓦希里语。我们没有国王，但我们有总统、国会、下议院和上议院，大人投票给他们，由他们来制定法律。

我们家没养狗，但养了两只猫，其中一只只会在饭点来蹭饭，另一只很乖，整天在沙发上打盹。

我爸是肯尼亚太空集团的保安，他在14号大门值班，只让有许可的人进。我们住在集团园区的宿舍楼里，我的学校也在园区里，集团员工的孩子都能免费上学。肯尼亚太空集团特别大方，我们也很感激。

我妈是家庭主妇，她负责照看我们，是个好妈妈。我最爱吃热狗。糊糊又是啥？我从没听说过。

我喜欢看美国电视节目，特别是肥皂剧，情节可刺激了，可我妈不许我看。好在我们这儿网特别快，我会趁她不注意的时候偷偷看。你可千万别告诉她，哈哈。你妈妈平时都会干些啥呢？

你长大后想干吗呢？我想造火箭。现在我会组装火箭模型，我刚拼完了一个KSC 209-B模型，就放在我自己房里，看着特别帅。我希望有一天我可以造真的火箭。其他孩子都想当火箭驾驶员，但我就不想干那个。

你是白人吗？我听人说阿尔忒弥斯只有白人。我们园区里也有很多白人，他们来自世界各地，在这里一起工作。

亲爱的凯尔文：

好可惜啊，你家怎么不养狗呢？我希望有一天你能去造火箭，真的火箭，不是模型。

糊糊是穷人家吃的东西，就是干水藻加一些调味提取物，原料都种在阿尔忒弥斯本地的养殖缸里，地球上的食物都太贵了。糊糊可难吃了，调味提取物本来是为了让食物更好吃的，但实际上加了之后味道反而更恶心了。我每天只能吃糊糊，我恨死了。

我不是白人，我是阿拉伯人，皮肤有点淡棕色，这儿只有一半是白人。我妈应该住在地球上的某个地方，我刚出生没多久她就离开我了，我都不记得她长什么样。

肥皂剧太愣了，但你喜欢愣的东西也无所谓，我们还是可以交朋友的。

你家有院子吗？你可以想出去玩就出去玩吗？我16岁之前都不能出去，因为舱外活动公会的规矩就是这样的。总有一天我会考到舱外活动证书，到时候我想什么时候去外面就什么时候去，谁也别想拦着我。

造火箭听起来是个不错的工作，我希望你能愿望成真。

我不想上班。我希望我长大了能直接发大财。

第二章

阿姆斯特朗球形舱太破了。这么个伟大的人名字却被拿来给这么个破地方冠名,也真够惨的。

当我驾着扳机沿着老旧的厅廊行驶时,工业设备刺耳的噪声从两侧墙壁的另一头源源不断地传出。尽管重工业机械和这里隔着15个楼层的距离,其声音依然清晰可闻。我把车停在维生中心的大门外。

维生中心是城里少数几个真正实行安全协议的地方之一,你不会希望阿猫阿狗没事都来这里散步遛弯。门上装着一个面板,可以扫描你的机模。当然了,我并不在准入名单上,只能在这儿等。

上门取件的订单上说包裹的重量在100公斤上下,这个重量对我来说不算什么,就算再翻上一番也没问题。地球上的姑娘们可没几个敢说这话!当然了,地球上要应付的重力是这儿的六倍,但这和我又有什么关系呢?

除了重量以外,订单语焉不详,既没说东西是什么,也没提往哪儿送,我只能当面问客户了。

在航天史中,阿尔忒弥斯维生中心的地位独一无二。尽管配备有相应的设备,电力也足够这些设备运转上好几个月,这里制造氧气靠的却并不是二氧化碳,而是另一种更便宜而且近乎无限的来源：铝合金制造业。

城外桑切斯铝业的熔炼厂在冶炼铝矿石的过程中就会生成氧气，所谓的冶炼就是如此，移除氧分子，提炼出纯金属。大多数人都不知道月球上的氧元素储量大到可怕，你只要拿得出大量的能源就能把它弄出来。桑切斯他们作为副产品制造出的氧气量极其庞大，以至于他们不仅能产出火箭燃料，还可以为这座城市供给所有居民赖以呼吸的空气，而且还有剩余，只能白白排放出去。

因此我们氧气的储备量多到我们都不知道该拿来干吗。维生中心负责监控输送，确保从桑切斯的管道输送来的气体是安全的，并且将城市中产出的二氧化碳抽取出来。他们还需要管控温度、气压等有的没的。他们会把抽取到的二氧化碳卖给糊糊农场，后者将二氧化碳用于种植穷人吃的水藻。什么事情都和经济学脱不开干系，不是吗？

"哈喽，巴沙拉。"我身后传来一个熟悉的声音。

妈的。

我换上了自己最假的笑容，转过身去。"鲁迪！没人告诉我上门取件订单是你发的，早知道我就不来了！"

实事求是地说，鲁迪·迪布瓦是一个不折不扣的美男子。他身高两米，发色之金黄连希特勒都会把持不住。他十年前从加拿大皇家骑警部队退役，然后就来了阿尔忒弥斯，出任这里的首席治安官，但是他每天仍穿着以前的制服。这套制服穿在他身上特别帅，真的特别帅。我不喜欢这个人，但是……你懂的——如果无须对此负责的话我也是愿意……

他就是这儿的法律。不可否认，任何社会都需要法律以及执法者，但鲁迪总喜欢走得更远一些。

"别担心，"他说着取出了自己的机模，"对于你走私这件事，我还没能掌握足够的证据，暂时。"

"走私？你说我？天哪，你错怪我了，正义先生。"

真叫人头大。自从我17岁犯事之后他就盯上我了，但幸好他无权直接遣返我，因为这是阿尔忒弥斯的行政长官才有的权力，而鲁迪要是无法提供决定性的证据，行政长官也不会批准遣返的请求。所以我和鲁迪之间确实有那么些过节，只不过还不算多。

我环顾四周："所以说包裹在哪儿？"

他取出机模在大门的读取器上扫了一下，防火门就打开了。鲁迪的机模就像根魔法杖，几乎能打开阿尔忒弥斯全部的门。"跟我来。"

我和鲁迪步入了厂房，技师们正操作着各色设备，工程师们则盯着一面巨大的数据监控墙。

现在除了我和鲁迪以外，屋里所有人都是越南人。这种事情在阿尔忒弥斯相当常见，几个老相识一块儿移民，事业起步之后他们就会聘自己的朋友。大家都喜欢雇自己认识的人，就跟以前的时代一样。

当我们穿行于仪表器械和高压管道组成的迷宫中时，工作人员只把我们当作空气。段先生的座位位于数据墙的正中，他和鲁迪眼神接触了一下，缓缓地点了一下头。

鲁迪在一个正在清理储气罐的人身后停下了脚步，他拍了拍对方的肩："平盼？"

平盼转过身，嘴里嘀咕着什么，他饱经风霜的脸似乎永远带着怒容。

"平先生，你的太太，心，今天早上去找了鲁塞尔医生。"

"是啊，"他说，"那个女人自己摔的。"

鲁迪把他的机模屏幕向外翻了个面，上面是一个满脸淤青的女人的照片。"据医生反映，她眼眶发青，脸颊有血肿，两根肋骨有挫伤，还有脑震荡。"

"她自己摔的。"

鲁迪把他的机模交给了我，然后冲着平盼的脸结结实实地给了他一拳。

我还处在叛逆期的时候跟鲁迪闹过几次不愉快，我可以对你发誓这狗娘养的力气大得很。我没被他直接揍过，不过有一回他单手就制服了我，另一只手还在机模上打着字，我连吃奶的劲都用上了，但他的手臂就像铁钳一样纹丝不动。我有时在夜深人静时会回味起这件事。

平盼跌倒在地。他试图重新爬起，但手掌和膝盖使不上力。如果你在月球的引力下都没法从地上爬起来的话，那你就真的歇了。

鲁迪跪下身，揪着平盼的头发把他的脑袋从地面上抬了起来。"我看看……很好，这脸肿得很好看。再瞅瞅这熊猫眼……"他一掌劈向了这个半昏不醒的家伙的眼睛，然后松开手让他的脑袋摔回到了地面上。

平盼的身子蜷缩成了一团，他呻吟道："别打了……"

鲁迪站了起来，从我手里拿回了机模，然后举在一个我们俩都能看到的位置："两根肋骨挫伤对吧？左侧第四、第五根？"

"好像是的。"我附和道。

他朝倒地的家伙身侧踹了一脚，平盼想要大叫，但根本提不起气。

"我就姑且认定刚才脑袋上那几下把他打出了脑震荡，"鲁迪说，"我也不想做得太过火。"

其他技师早就停下手中的活看好戏来了，其中一些人看得直乐。段仍然坐在他的座位上，脸上浮现出十分细微的赞许的神色。

"平，以后咱就这么着，"鲁迪说，"从今往后但凡她遭了什么罪，你也会是一样的下场。听明白了吗？"

平盼趴在地上喘了一下。

"听明白了吗？！"鲁迪更大声地问了一遍。

平盼忙不迭地点了点头。

"很好，"他笑了，面朝我道，"这就是你的包裹，爵士，约100公斤，收件人是鲁塞尔医生，费用算在治安处账上。"

"收到。"我说。

在我们这儿规矩就是如此。我们没有监狱，也没有罚款。如果你犯了重罪，就会被驱逐回地球；如果你没有犯重罪，那就由鲁迪处置。

在这次"特别快递"之后我又接了几单正常的取件送件的活儿，其中大部分是从太空港到住宅区的，但我也接到过一次从住宅区运几个箱子回太空港的单子。我喜欢帮人搬家，这类客人小费都给得特别大方。那天的活儿也不重——有一对年轻的情侣打算搬回地球去生活。

那个女人怀孕了。月球的引力不利于胎儿发育，可能会导致先天问题。月球也不适合儿童发育，不利于他们骨骼和肌肉的生长。我移民来这里的时候才六岁——这是当时的最低可入住年龄，之后这一标准又被提升到了十二岁。这和我又有什么关系呢？

我正前往下一个取件地点的时候，机模突然间铃声大作。那不是来电的铃声，也不是信息的提醒音，而是警报的鸣叫。我慌忙把机模从口袋里掏了出来。

火情：康正12-3270——封锁执行中。
附近所有志愿人员，请求支援。

"妈的。"我说。

我找到一处足够宽的路面，立刻驾驶扳机做了个U形掉头，然后面对正确的方向踩下了油门。

"爵士·巴沙拉正在前来，"我对机模说道，"当前位置康拉德正4区。"

中央安全电脑收到了我的报告，跳出了一张康拉德的地图，我是地图上诸多小点之一，这些小点都在赶往康正12-3270。

阿尔忒弥斯没有消防局，只有志愿者。这里的大火和烟尘极其危险，所以志愿者的入选条件是必须会用氧气面罩，因此舱外活动专家以及学员也就理所当然全员被强制列为志愿者。强制，志愿者，是不是很讽刺。

火情位于康拉德正12区——我头顶上方八层楼的位置。

我沿着斜坡开上了康正12，然后沿着厅廊加速，我必须要在目的地找到一片大约和正北方向呈270度角的区域。我很快就找到了目的地——一群舱外活动专家已经在那里会合了。

目的地的大门上方闪烁着红色的信号灯，铭牌上写着"昆士兰玻璃厂"。

鲍勃已经到了。作为在场排位最高的公会成员，消防救灾的重责落到了他的身上。他朝我微微颔首，表示已经知悉了我的到来。

"好了，听好了！"他说，"玻璃厂内已是一片火海，里面所有的氧气都已经被消耗殆尽了。还有14个人困在里面——他们全员都及时抵达了气密避难舱，没人受伤，避难舱也运转良好。"

他站在门前："我们不能像以往那样干等着建筑物自行冷却下来。工厂利用硅和氧的化合反应生产玻璃，所以他们储存有大罐的压缩氧气。这些氧气罐一旦破裂就会引发剧烈爆炸，爆炸虽会被限制在厂房内，但困在里面的人将不会有任何生还的机会。而如果我们把外面新鲜的氧气带到厂房内，这里还是会被炸上天。"

他把我们从门前驱离，清出来一块区域。"我们得在这儿搭个帐篷，贴着墙把门整个围在里头。我们需要在帐篷内准备一个充气通道，还需要四名营救人员。"

训练有素的消防队立刻就开工了。他们用中空管搭建了一个立方体骨架，然后将塑料膜绕了厂房的防火门一圈紧紧粘在墙上，把整个骨架包裹在其中，再密封住另外三面，只留了后面一面。

随后他们把充气通道搬进了帐篷。这可不是小工程——充气通道跟临时帐篷不同，主要用于承压，因此又厚又沉，专为真空状态下营救避难舱内人员而设计。现在这种情形下虽然有些大材小用，但我们手头目前能派得上用场的也就只有它了。

帐篷的面积不算很大，充气通道一搬进去就占去了大半。鲍勃指了指在场人员中个子最小的四人："莎拉、爵士、阿伦、马西，出列。"

我们四人各向前一步，其他人帮我们把氧气罐、氧气面罩、护目镜一一准备妥当。我们轮流测试了各自的装备，然后竖起大拇指确认一切设备运作正常。

我们勉强挤进了帐篷，鲍勃在帐中摆放了一个金属圆柱体。"避难舱挨着西墙，里面一共14个人。"

"14个人，收到。"莎拉说。她是我们四人中从业时间最长的舱外活动专家，也是这支营救小队的领队。其他消防志愿者用胶带封上了入口，只留了一个微微掀开的小角。

莎拉转动了圆柱体上的阀门，圆柱体立刻开始喷出二氧化碳气体。这一步的目的在于排除氧气，但标准没那么严格，并不需要把帐篷内的每一个氧分子都驱逐干净，只要确保含氧量降到某个水平线以下即可。片刻后她又朝反方向转动阀门关闭了装置，与此同时，外面的人把帐篷最后留的那个角也封上了。

她触摸了一下大门。"很烫。"她说。我们马上就要打开大门，投身于一个随时都会爆炸的建筑中了，尽管我们清楚自己并不会带入任何氧气，但此刻仍会感到紧张。

她在大门的面板上输入了火情解除密码。是的你没听错，开门是需要输入密码的。火灾警报一旦被触发，所有出入口都会立即封死，里面的人也就出不去了——他们要是没进避难舱的话就只有死路一条。听上去毫无人性？不尽然。火势一旦蔓延到城区，结果可要比几个人烧死在密闭空间里严重得多，消防安全在阿尔忒弥斯从来都不是儿戏。

莎拉输入完指令后大门开启了，玻璃厂内的热浪一下子涌入了我们的帐篷里。

"天哪。"阿伦说。

厂内烟雾弥漫。一些地方因为热量而泛着红光，要是周围还剩一丁点氧气的话肯定瞬时就会烧起来。远端那堵墙附近避难舱的形状依稀可辨。

莎拉当机立断道："爵士，你跟我一起到前面去，阿伦和马西，你们留在帐篷里，抓好充气通道这一头。"

我和莎拉一道，她抓着充气通道前端的一边，我抓着另一边，阿伦和马西也一样，两人一起抓着通道的后部。

莎拉向前走着，我和她保持速度一致，管风琴状的通道在我们身后开始拉长，其末端则紧紧握在阿伦和马西手里。

硅与氧进行化合反应的时候会释放出巨大的热量，所以厂房才设计成了防火建筑。为什么我们这儿就不能像在地球上那样利用高温熔化沙子呢？因为月球上没有地球上那种沙子，或者说就算有，也不够用。然而我们却有足够的硅元素和氧元素，它们属于制铝业的副产品，所以我们从不愁没玻璃用，只不过制造过程稍微麻烦了些。

化合主反应间就在我们正前方，我们必须让充气通道绕过这里才行。"这里头肯定更热。"我说。

莎拉点了下头，开始引领我围着这个车间绕一个大大的弧线。我们可不希望充气通道被烫出个口子来。

我们抵达了避难舱门口。我敲了敲舱门上的小圆窗，上面突然浮现出一张脸——那是一张男人的脸，泪汪汪的，满是尘土，很有可能是工头，因为一般情况下工头是最后一个进入避难舱的人。他对我们竖了个大拇指，我也对他竖了个大拇指。

莎拉和我步入充气通道内，把固定接口围绕着避难舱门框紧紧箍住。这步很简单，这条通道本就是为此而设计的。留在帐篷里的阿伦和马西将另一头紧紧粘在帐篷的塑料壁上。如此一来我们就为工人们创造出了一条逃生通道，但通道内现在还充斥着厂房内人类无法呼吸的气体。

"你们就绪了吗？"莎拉大喊道。

"密封好了，开始吧！"阿伦大喊道。

帐篷外的人在帐篷的塑料壁上划了一道口子，通道内的浓烟顷刻之间涌入外面的门厅之中，而消防志愿者们早已为应付这些烟气准备好了风扇和过滤器。

"帐篷已经打开了！注入气体吧！"阿伦大喊。

莎拉和我交换了一下眼神，示意彼此已准备就绪。我们同时深吸了一口气，打开了身后氧气罐的气阀，倾泻而出的氧气沿着通道将浓烟一路逼了出去，很快通道内就充满了"可供人呼吸"的空气。之后的几天内，康拉德正12区恐怕都得是烟熏味了。

我们俩试着吸了一口通道内的空气，结果不约而同地咳嗽了起来。但其实也还好，这空气没必要非得清新怡人，只要对人体无害就行。莎拉于是转动了避难舱舱门的阀门。

这些工人展现出了良好的职业素养，以整齐有序的队形快速通过了通道。我对昆士兰玻璃厂愈发地敬佩起来，看来他们经常为员工举办应急演习。

"一！二！三！……"莎拉清点着每个经过她面前的人，我也在一旁默数着。

她数到14的时候我也说出了声："14！确认完毕！"

她扫了一眼避难舱内："里面没人了！"

我也扫了一眼："没人了！确认完毕！"

我们跟在咳嗽着的工人身后，沿着通道转移到了安全地带。

"干得漂亮。"鲍勃说。与此同时，其他志愿者正在帮助烧伤的工人戴上氧气面罩。"爵士，我们这儿有三人受了中等程度的伤，属于二级烧伤。开车把他们送去鲁塞尔医生那儿吧。其余人把帐篷和通道推进厂房内，然后把防火门关上。"

在一天之内，扳机就当了两回救护车。

后来虽然厂内的氧气罐并没有发生爆炸，但是昆士兰玻璃厂还是整个被烧没了。真是遗憾——他们素来都很重视消防安全，一次违规记录都没有，可能还是运气背吧，现在也只好从头再来了。

无论如何，他们保养完好的避难舱以及常规消防演习依然挽救了不少人的性命，工厂可以重建，人死却不能复生，所以这次并不亏。

那天晚上我去了我最爱的加油站：哈特奈尔酒吧。

我坐在老位子上——酒吧最里面倒数第二个座位。倒数第一个座位以前是戴尔的，但他已经不会再光顾此地了。

哈特奈尔其实就是墙上的一个洞，没音乐，没舞池，只有一座吧台和几张坑洼不平的桌子，墙上的吸音海绵是屋内唯一为追求氛围而作出的妥协。比利知道他家的客人喜欢什么：酒精和安静。这里是彻彻底底的性冷淡风，没人会来哈特奈尔猎艳，如果你有这样的打算，还是去奥尔德林的夜店更好。哈特奈尔只为饮酒而存在，你想喝什么这儿都有，只要你点的是啤酒。

我喜欢这里，一部分是因为比利是个讨人喜欢的酒保，但最主要还是因为这间酒吧离我睡觉的棺材最近。

"晚上好，妞儿，"比利说，"听说今天起火了，还听说你亲自进了火场。"

"昆士兰玻璃厂，"我说，"我个儿小，所以就被派进去了。厂房没了，不过我们把所有人都救出来了。"

"那头一杯就算我请吧。"他给我倒了杯我最爱的复水德国啤酒[1]，游客们都说这酒的味道跟马尿似的，然而我只喝过这种，还挺喜欢的。迟早有一天我得买罐德国原装啤酒尝尝味儿，看看有什么区别。"感谢你为阿尔忒弥斯作出的贡献。"

"恭敬不如从命，"我举杯喝了一大口，冰凉可口，"谢啦！"

比利点了点头，随后移步去了吧台另一头招呼其他客人去了。

我在自己的机模上调出了网络浏览器搜索关键词"ZAFO"。这好像是西班牙语里一个动词"zafar"的变形，"zafar"是"释放"的意思。我觉得詹焌作为一个香港人应该不可能会带着一个以西班牙语命名的东西。另外，"ZAFO"全是大写字母，有可能是首字母缩写，所以全称又会是什么呢？

不管是什么，网上都查不到相关信息，这也就意味着里面

---

[1] 意即在地球上酿制，脱水后运送到月球重新注水后的啤酒。

定有蹊跷,这么一来我就更想知道了。我还真是好管闲事,但既然此刻一筹莫展,那就先不去想了。

我有个坏习惯,就是每天要看一眼自己的银行账户,搞得好像多看几眼以后账户里的钱就会多出来一点似的。可银行软件对我的白日梦却毫无兴趣,它当头给了我一棍子:

账户金额:11 916斯拉克。

我目前的存款离我的目标416 922斯拉克,完成度只有2.5%。这是我想要的金额,也是我需要的金额,没什么比弄到这笔钱更重要的了。

我一旦跻身那该死的舱外活动公会就不愁没钱了。带观光团油水多,一次能带8名游客,每人每次1 500斯拉克,这样一来一回就是12 000斯拉克,不对,是10 800斯拉克,公会还要抽取10%的提成。

每人每周只能带两次团——这是公会的规定,他们对于公会成员暴露在辐射中的时长比较慎重。

光靠带团我每个月就能赚85 000斯拉克,除此以外我还能干无人机管理员的活儿。所谓无人机管理员,就是负责将无人机转移到货运气密舱并完成卸货的舱外活动专家,这样一来我就能在名越来检查之前接触到货物了。我可以当时就把走私品偷运进城区,或者先找个地方藏起来,等三更半夜的某次舱外活动结束后再回来处理。重点在于,这样我就可以完全绕过名越这一关。

存够钱之前我最好勒紧自己的裤腰带。算上生活成本的话，大概需要坚持六个月的时间，也可能是五个月。

照现在快递员的工资再加上走私的收入，这个数额我一辈子都攒不出来。

妈的，要是我之前那场狗屁考试及格了就好了。

416 922斯拉克到手了以后，我还能继续挣不少钱，到时候就能找个体面的住处了。我的棺材屋一个月的租金只要8 000，但里面连站立的空间都没有。我想要个真正的卧室，虽然听上去容易，其实却不然。大半夜穿着睡衣穿过公共走廊去撒尿的时候，我就会第一百零几次开始琢磨这件事儿。

有了一个月五万的预算——这在我未来可负担的范围内——我都可以在比恩区弄到一个公寓套间了，客厅、卧室、卫生间，还自带淋浴，全是我自己的。里面甚至还能安置一个烹饪角。厨房就不必了，贵得简直离谱。所谓的烹饪角就是个火焰隔离间，但里面可以配备一个最高温度可达80摄氏度的灶台以及一个500瓦特的微波炉。

我摇了摇头。未来有一天，也许吧。

我满面的愁容可能在吧台另一端也清晰可见，比利走了过来。"怎么啦，爵士，怎么苦着个脸啊？"

"钱，"我说，"钱永远都不够。"

"明白了，"他凑过身来，"那个……记得我托你搞过一些纯乙醛吗？"

"当然。"我说。尽管酒属于可燃物，但出于对人类基本天性的妥协，酒在阿尔忒弥斯是合法的，极其易燃的纯乙醛并不在此列。我通过以往的渠道帮比利搞来过一些，但只收了他两成的服务费，算是我的友情价。

他环顾左右，只有几个常客沉浸在自己的世界里，没人留意我们。"有个东西给你瞅瞅……"

他把手伸到吧台下取出了一瓶棕色液体，然后往小盅里倒了点儿。"来一口，尝尝。"

隔一米远我都能闻见那股酒精味。"什么啊这是？"

"波摩单一麦芽苏格兰威士忌，15年陈酿。尝尝呗，我请。"

免费的午餐我一向来者不拒。我呷了一口。

结果我被恶心得把刚入口的酒全都吐了出来，火烤撒旦屁股一定也是这味儿！

"哈，"他说，"不咋地？"

我咳了几下，抹了抹嘴。"这根本就不是苏格兰威士忌。"

他盯着瓶子皱起了眉头。"我在地球上有个哥们儿，他把酒液都蒸发掉了，然后把萃取物寄给了我。我用水和乙醛重新整了整，喝起来应该都一样啊。"

"根本不一样。"我尖声道。

"苏格兰威士忌的味儿需要去品……"

"比利，我就老实跟你说了吧，尿都比这玩意儿好喝。"

"妈的，"他把瓶子收了起来，"我之后再整一下。"

我灌下一口啤酒漱了漱口。

我的机模响了一声，是特龙发来的讯息：

"今天晚上有空吗？方便顺路来我这儿一趟吗？"

唉，我才刚开始喝呢。

"时候不早了。改天行吗？"

"最好今晚。"

"我刚坐下来准备吃晚饭……"

"你可以晚点再吃。我可以向你保证,你的付出将得到应有的回报。"

人精。

"看样子我得结账了。"我对比利说。

"再来一杯吧!"他说,"你才喝了一杯!"

"工作在身。"我把机模交给他。

他拿着机模走到收款机边。"啤酒一杯。我给你打过的账单就数它最短了。"

"下不为例。"

他拿着我的机模在收款机上扫了一下,然后递还给我。交易完成了(很早以前我就把哈特奈尔酒吧设置成了"无须验证"的支付点),我把机模揣进口袋出了门,没有道别也没人在意。天哪,我真是爱死哈特奈尔酒吧了。

伊琳娜打开门后,她对我皱起眉头的表情就好像我往她的锅里撒了尿坏了她一锅罗宋汤。跟以往一样,在我表明来意之前她不让我进门。

"你好,我叫爵士·巴沙拉,"我说,"咱们都见过一百多回了。是特龙让我来的。"

她带着我穿过了餐厅的门廊,珍馐美馔的余味仍飘荡在空气中。应该是荤菜。烤牛肉?那确实是珍品无疑,毕竟离这里最近的牛也在40万公里开外。

我瞄见特龙正端着杯子小口啜饮着美酒。他仍穿着平日里爱穿的浴袍,正在和桌子对面的人说着什么,但我瞧不见他对面的那个人。

他的女儿莱娜坐在他身边，听她父亲侃侃而谈听得都入了迷。16岁的青少年大多都恨自己的父母，我在这个岁数的时候简直是我爸的眼中钉肉中刺（如今我只是个普普通通的家门不幸）。然而莱娜仰视特龙的样子就好像地球是被她父亲挂在了空中似的。

她一看到我就开始激动地挥舞手臂："爵士！嗨！"

特龙向我招手道："爵士！请进请进，来和行政长官打个招呼吧。"

我刚走进房间就看见……我去！行政长官恩古吉真的来了，她就这么……出现在我面前！坐在桌边的座位上。

一言以蔽之，要是没有菲德利斯·恩古吉，阿尔忒弥斯也不会存在。她担任肯尼亚国家财政部长时从零开始建立起了肯尼亚的整个航天产业。对于航天公司来说肯尼亚有一个——也是唯一的一个——资源上的优势：赤道，从赤道发射的航天器可以最大化地利用地球的自转速度来节省燃料。然而恩古吉意识到他们还能再提供一个额外优势：政策。西方国家都对民营航天公司有着重重限制，恩古吉说："去他奶奶的，咱偏不搞那一套！"

当然，这不是她的原话。

天知道她当年是怎么说服来自34个国家的50家企业注资10亿计建立起了肯尼亚太空集团，但她就是做到了。她还让肯尼亚政府为这家新生的巨型集团实行特别的税务减免并制定了特别法。

你说什么？为了一个公司专门立法不太公平？你这话跟东印度公司说去，这就是全球经济，不是幼儿园过家家。

当肯尼亚太空集团想挑个人负责管理阿尔忒弥斯的时候，他们毫不意外地找了……菲德利斯·恩古吉！整个故事就是如此：她不知从哪里筹到了钱，在她那前第三世界的祖国建立了一个巨大的产业，然后在月球上找了份工作成了这里的领导。她现在已经管理了阿尔忒弥斯20年有余。

"我——"我滔滔不绝地说道，"呲嗷……"

"难以置信，对吧?!"莱娜说。

恩古吉头上传统的杜库头巾和她身上现代西方式样的连衣裙形成了鲜明的对比。她礼貌地站起身朝我走来，说道："你好啊。"斯瓦希里口音的英语从她的唇舌之间流淌了出来，那一刻我恨不得自己有这么一个奶奶。

"贾——贾丝明，"我结巴道，"我叫贾丝明·巴沙拉。"

"我知道。"她说。

什么？

她笑了："我们从前见过的，我请过你父亲来我家修理过紧急避难舱，他那天也带着你。那时候行政长官宅邸还在阿姆斯特朗球形舱呢。"

"哇……我自己根本都不记得了。"

"你那时候还小，特别可爱，对你爸爸说出来的每个字都言听计从。阿玛尔最近还好吗？"

我眨了几下眼睛。"呃……我爸他挺好的，劳您挂心。我最近跟他见得比较少。他管他的店，我有我自己的工作。"

"你父亲人真的特别好，"她说，"做生意讲信用，工作起来又认真，手艺在咱们这儿也算数一数二了。很遗憾你们俩之前闹翻了。"

"等下,你怎么会知道我们——"

"莱娜,很高兴再次见到你。你都长成大姑娘了!"

"谢谢你,长官!"莱娜的喜悦都写在了脸上。

"特龙,感谢你的款待。"她说。

"欢迎以后常来,长官。"特龙站起身。我简直不敢相信这种场合下他居然穿着浴袍!接着他和恩古吉握了手,就好像他俩能平起平坐似的。"感谢光临!"

伊琳娜出现了,带领恩古吉朝门外走去。这个臭脾气的俄国女人脸上莫不是挂着一丝的仰慕?我觉得就算是伊琳娜这样的人也是有自己的极限的,毕竟一个人不可能恨世上所有其他人。

"真是吓到我了,兄弟。"我对特龙说。

"我就知道,"特龙转向自己的女儿道,"好了小南瓜,你自己玩去吧,我跟爵士有事情要谈。"

她以十几岁女孩特有的方式抗议道:"你总是在关键时刻把我打发走。"

"别急,再过几年你就能变成吃人不吐骨头的商界魔头了。"

"有其父必有其女。"她笑了。她从地上捡起她的助步器,这种型号固定于人的上臂。她娴熟地安装完毕后站起身来,双脚悬浮在空中。她亲吻了特龙的脸颊,然后依靠助步器双脚悬空地离开了房间。

多年前的一场车祸夺去了莱娜母亲的生命,也让莱娜终身残疾,特龙再怎么有钱也买不回他女儿的行走能力。真要说买不回行走的能力其实也不尽然,在地球上的时候莱娜只能成天坐在轮椅上,但是到了月球上,她只需要助步器就能移动自如。

于是特龙雇了几个副手，将他公司的大部分业务交给他们打理，自己则搬来了阿尔忒弥斯。就这样，莱娜·兰德维克又能走路了。

"再见，爵士！"她出门前说道。

"再见，小朋友。"

特龙晃动了一下他的酒杯。"请坐。"

餐桌很大，我挑了个和特龙隔了一段距离的座位。"你在喝什么？"

"苏格兰威士忌。来点儿？"

"先让我尝一口。"我说。

他把杯子沿桌面推到我这边。我抿了一口。

"哦耶……"我说，"这个味儿才对嘛。"

"没看出来你也好这口。"他说。

"平时没那么喜欢，不过刚才我尝了口这种酒的劣化版本，于是想知道它本来是什么味儿的。"我想把杯子送还给他。

"那杯你留着吧。"他走到酒柜前给自己又倒了一杯，然后回到了自己的座位上。

"什么风把行政长官都给吹来了？"我问。

他两脚搁在桌子上，身子往椅背上一靠。"我打算收购桑切斯铝业，所以想问问她的看法，她对此没有意见。"

"你为什么想要收购铝业公司？"

"因为我喜欢创业，"他语气夸张地说道，"这就是我的领域。"

"但咱们现在聊的可是铝业啊，我的意思是说……铝业不是已经快完蛋了吗？在我印象里这已经是个夕阳产业了。"

"没错,"特龙说,"现在跟以前不能比,以前是铝业为王的时代——一个球形舱就需要用掉四万吨铝。现在人口稳定下来,我们也不需要建造新的球形舱了。老实说,要不是推进器燃料还需要铝,这个产业老早以前就该寿终正寝了。就算是现在能生产推进器燃料,利润也微薄得很。"

"你看来已经错过了最好的时机。为什么要挑现在上车?"

"我有把握能让这一行起死回生。"

"怎么说?"

"与你无关。"

我举起双手:"哇,至于吗?好吧,就算你想进军铝业,干吗不自己开个新公司呢?"

他哼了一声。"事情要真这么简单就好了。和桑切斯竞争是没可能的,永远都没可能。你对铝的生产流程了解多少?"

"几乎一无所知。"我说。我往椅背上靠了靠,看来今晚特龙兴致很高,最好还是让他说个痛快吧,他只要一直说我就一直有好酒喝。

"首先需要采集钙长石。这一步很简单,只要找对了石头就行,自动矿车可以从白天到晚上一直运转。下一步再通过化合和电解熔炼矿石,这个过程需要消耗多到吓死人的电力,真的是多到能吓死人,我一点也没夸张。桑切斯铝业的用电量占了我们全市核反应堆发电量的80%。"

"80%?"我以前从没往这方面想过,但是两座27兆瓦的核反应堆的发电量对于一座只有2 000人口的城市来说的确太夸张了。

"对,但更有意思的是他们付电费的方式。"

他从口袋里掏出一块石头。看起来没什么特别的——不过是一块凹凸不平的灰石块，和我见过的其他月岩没什么分别。"接着。钙长石，送你啦。"

"哇，太棒了，"我在半空中接过石头，"你真是太客气了。"

"钙长石是由铝、氧、硅以及钙构成的。工厂将矿石分解为这几种基本元素，然后把铝出售到市场上——这是最主要的盈利点。剩下的那些副产品里，硅会卖给玻璃工，钙会卖给电工，价格几乎等同于白给——主要就是为了清理库存。然而除此之外，还有一个副产品特别实用：氧。"

"我们正吸着呢，这我知道。"

"没错，不过你知不知道，桑切斯正是靠这些氧气换来了免费的电力？"

他把我给问住了。"真的假的？"

"千真万确，这份合同可以追溯到阿尔忒弥斯草创之初。只要桑切斯为我们提供氧气，阿尔忒弥斯就会为桑切斯提供他们所需要的电力——完全免费。"

"他们完全不用交电费吗？永远都不用交？"

"对，只要他们还在为城市供氧。电费是矿石熔炼中最大的支出，因此我根本没办法和他们竞争，我们的生产成本完全不在一条起跑线上，这不公平。"

"哦，可怜的有钱人，"我说，"也许你该造几片荒野出来，然后好好在上面悲伤一场。"

"对对对，有钱人都一肚子坏水。"

我喝光了我杯子里的酒。"多谢款待。你找我到底有何贵干？"

他的脸侧过来正视着我。莫非是在斟酌接下来要对我说的话?他以前从不这样。

"我听说你没能通过舱外活动考试。"

我咕哝道:"是不是整个阿尔忒弥斯的人都听说了?你们是不是总喜欢趁我不在的时候聚在一起聊我的八卦?"

"这是个小地方,爵士。我不过是多留了个心眼。"

我把杯子推回到他面前。"如果你想跟我聊考试的事,就再给我来杯威士忌。"

他把自己手里满满的一杯推给了我。"我想要雇你,酬金相当丰厚。"

我立刻来了兴致:"没问题啊,你早说嘛。这次又想让我帮你走私什么货?大家伙吗?"

他凑上前来:"不是走私,是风马牛不相及的一件事,我甚至不确定你肯不肯干。你向来都很坦白——至少对我是如此。你能不能向我保证此事只有你知我知,即便在你拒绝这份差事的情况下?"

"那当然。"这点我跟我爸一样:说话永远都要算话。我爸历来循规蹈矩,我却目无法纪,然而道理是一样的:人们宁愿相信一个靠得住的罪犯,也不愿去指望一个靠不住的生意人。

"这份以氧换电的合同是我进军铝业的唯一障碍。桑切斯一旦中止供氧就会构成毁约,到时候我只需及时介入提出接手合同即可,条件跟之前一样,拿氧气换电力。"

"你又哪来的氧气?"我问道,"你又没熔炼炉。"

"没人规定说制氧只能靠熔炼炉。只要你能拿得出氧气,阿尔忒弥斯就没人会在乎氧气的来路,"他双手指尖并在一起,搭了个倒V,"过去四个月间我一直在囤积氧气,然后找了个地方存了起来。我手头的存量足够全市用一整年。"

我挑起了眉毛:"你不该私自抽取城区的氧气,这可是严重的违法行为。"

他不以为意地挥了挥手:"拉倒吧,我又不是傻子,这些氧气都是我通过合法途径收购的,我和桑切斯有长期订购协议。"

"你从桑切斯手里收购氧气,为的就是从他们手里抢供氧的合同?"

他得意地笑了:"他们制造的氧气多到全市的人都用不完,只要有人愿意出钱,他们就愿意贱卖。收购花了我很长时间,每次也不多买,而且交易都是通过很多家空壳公司完成的,所以根本没引起任何人注意。"

我摸了摸下巴:"氧几乎是易燃物的代名词,城区哪儿有地方让你存这么大的量啊?"

"我把氧存到阿姆斯特朗球形舱外的巨型储气罐里头了,就在阿姆斯特朗、比恩、谢泼德之间的三条连接通道围成的三角形正中。对于那些傻不拉叽的观光客来说绝对安全,就算发生事故,氧气也只会泄漏到真空中。储气罐直接连着阿尔忒弥斯的维生系统,但是它们一直处于关闭状态,要靠舱外的手动阀门才能启用,不会威胁到城市的安全。"

"哈,"我在桌上转动着玻璃杯,"你想让我去切断桑切斯的氧气生产线。"

"是的。"他从座位上站起身,走向酒柜,这次他挑了瓶朗姆酒,"到时候阿尔忒弥斯只会急着想要解决方案,合同也就归我了。之后我甚至连熔炼炉都不需要自己造,等桑切斯尝到了付电费的滋味以后,他们二话不说就会接受我的收购。"

他斟满一杯后回到桌边,打开一个控制面板的遮板,几排按钮露了出来。

房间的灯灭了,一块投影屏幕出现在了远处的墙上。

"你是电影里的反派吗?"我指了指那块屏,"这也太夸张了!"

"喜欢吗?刚装的。"

屏幕上显示的是我们所在的宁静海的卫星图,上面的阿尔忒弥斯是几个小圆,在太阳光的照射下闪闪发亮。

"我们地处低地,"特龙说,"周边有不少橄榄石和钛铁矿。拿来炼铁是不错,但要炼铝的话还是得有钙长石才行。钙长石在咱们周边不多见,但在高地上却满地都是。桑切斯的矿车就在往南三公里处的毛奇山。"

他打开了他机模上的激光指示笔,指了指阿尔忒弥斯南边的一块区域。

"那些矿车基本上是全自动的,只有被卡死或者不知道下一步该干什么的时候才会返回基地等待指令。它们可以说是整个公司的基石,而且都聚在一个地方,完全无人看守。"

"好吧,"我说,"我好像知道你想干吗了……"

"是的,"他说,"我想让你去破坏这些矿车,一网打尽,而且要确保它们彻底报废到没法修的地步。桑切斯要是想把备用机器从地球上弄过来,至少要花上一个月时间,在此期间他们就采不到钙长石,采不到钙长石也就产不出氧气,他们产不出氧气我就赢了。"

我双臂环抱在胸前:"特龙,我真不知道这活儿到底该不该接。桑切斯少说也有一百来个员工吧?我可不想让这些人丢了工作。"

"这你就不必担心了,"特龙说,"我的计划是收购,不是赶尽杀绝,不会有人失业的。"

"好吧,可我对矿车的结构和功能什么的根本就一无所知啊。"

他的手指在按钮之间飞舞着,显示屏上出现了矿车的图片,像是从产品目录上撷取来的。"矿车是丰田的月村型,我在自己公司的库房里存了四台,随时可供你差遣。"

哇噢,这都行?像矿车这种尺寸的东西只能以部件的形式运过来,然后再在这里完成组装,而且还得偷摸着做,否则就免不了会被人问一些尴尬的问题,比如说:"特龙啊,你的公司组装矿车干啥啊?"为了掩人耳目,他的人应该偷偷摸摸组装了很长时间。

他肯定看出了我脑子里在想什么。"准备工作我的确已经张罗挺久了。你随时都可以来查看我的矿车,想看多久就看多久,只要路上别被人发现就行。"

我离开了自己的座位,径直走到荧幕前。天哪,月村型简直就是一头巨兽。"所以我还得自行找出矿车的弱点咯?可我又不是工程师。"

"这些矿车是全自动的,没有任何安保机制。你是个聪明人,我相信你一定能找到突破口的。"

"好吧,但我要是被人逮住的话怎么办?"

"爵士是谁?"他像念台词一样说道,"你说什么,快递员?我不记得有这号人。她怎么会做这种事?我也想不通啊。"

"我懂了。"

"我只是在跟你实话实说。你必须向我保证,就算被抓也绝不会把我给供出来,这是我们之间协议的条件之一。"

"你为什么选了我？你凭什么相信我就能办得了这事儿？"

"爵士啊，我是个生意人，"他说，"开发尚未得到充分利用的资源是我的本职工作，而你恰恰是极大程度上未得到充分利用的资源。"

他站起身，走到酒柜边又倒了一杯酒。"没什么工作是你真正不能胜任的。你说你不想当焊工？没关系啊，你完全也可以当科学家、工程师、政客或是商界领袖，只要你想，就一定能做到。然而到头来你却成了个送快递的。"

我有点窝火了。

"我不是在评判你，"他说，"只是在分析罢了。你很聪明，但是缺钱。我需要一个聪明人，而且有钱。心动了吗？"

"唔……"我想了会儿。这件事真的可行吗？

我首先得进到某个气密舱里。全阿尔忒弥斯只有四个气密舱，而且只有舱外活动公会的正式成员才能进入——气密舱的控制面板需要扫描机模。

接下来去往毛奇山还有三公里路程。怎么去呢？步行？抵达了之后我又该怎么办？这些矿车为了导航应该都配备了360度全方位摄像头，并且一直处于录像状态。我如何才能在不被发现的前提下报废掉这几辆矿车呢？

此外我还觉察到了猫腻。特龙对于他进军铝业的动机一直闪烁其词，万一出了什么岔子，背锅的将会是我，而不是他。我要是被人抓了个现行就会被遣返回地球，我在地球上估计连站都站不起来，更不用说活下去了，毕竟我从六岁起就一直处于月球的引力下。

不行。我是个走私犯，不是个爆炸犯。这件事有哪儿不大对劲。

"对不起,这不是我擅长的领域,"我说,"你还是另寻高明吧。"

"我出100万斯拉克。"

"成交。"

哟，凯尔文：

有什么新鲜事没？好几天没你的信儿了。你加入国际象棋俱乐部了吗？

一个初中的国际象棋俱乐部为什么还要有入会要求啊？难道他们已经人满为患到了需要回绝一部分人的地步了吗？还是因为俱乐部的棋盘不够？桌子不够？胸袋保护套[1]不够？

我们学校想把我转去尖子班。这已经是第二回了。我爸特别希望我转班，但这有什么意义呢？我未来很有可能会成为一个焊工，把金属焊接在一块儿又用不着微积分。唉——

嘿，查里塞那事儿怎么样了？你约她出去玩了吗？还是跟她说上话了？还是说以任何一种方式让她觉察到了你的存在？还是说你仍在执行你天才的计划，准备不惜一切代价地躲着她？

爵士：

抱歉，我最近都在忙课外活动的事儿。是的，我加入了国际象棋俱乐部。我打了几场评级赛，拿了1 124分，不是很理

---

[1] 胸袋保护套（pocket-protector）是一种专门为衬衫胸口的口袋设计的硬皮套，用于收纳笔、尺子和螺丝刀，同时可以避免衬衫的胸袋受到损伤。早期市场主要针对学生和工程师，如今已经成为书呆子的代名词。爵士用这个词来讽刺凯尔文学校的国际象棋俱乐部成员。

想,不过为了更好的成绩我在学,在练。我这段时间每天都在和电脑下棋,现在也是时候找个人下棋了。

你为什么不去尖子班呢?学习成绩好可以让你父母为你感到骄傲,你应该认真考虑一下,我敢肯定你爸绝对会为你自豪的。如果我能进尖子班我爸妈非得高兴坏了不可,但是数学太难了,我已经很努力了,但真的太难了。

然而我有决心。我想要造火箭,造火箭离不开数学。

我还没跟查里塞说上话。我确信她不会对像我这样的男孩感兴趣的,女孩子都喜欢人高马大欺负人的男孩子,我根本就不是那类人,要是去跟她搭话,一定会被取笑的。

凯尔文:

哥们儿。

我不清楚那些关于女生的事情你是从哪儿听来的,但你搞错了。我们女生喜欢心地善良而且会逗我们笑的男生,而不是爱打架或者脑子笨的男生,这件事情上你得相信我,我是女生。

老爸让我在店里帮忙,比较简单的活儿我一个人就能搞定。他会付我工钱,这还挺好的,但正因为现在我有了收入,他就停止给我发放零花钱了。我以前什么都不干就能拿到钱,但现在必须多干点活儿才能拿钱,感觉是中了什么圈套,不过随便啦。

老爸跟焊工公会有些矛盾。在我们这个地方,你要么单干,要么入会,而公会从来都不待见个体户。老爸对公会的规章没意见,但他说焊工公会是"乌合之众"。我猜他们应该是沙特阿拉伯黑帮底下的人。为什么是沙特？我也不知道。这儿的焊工几乎全都是沙特人，反正整个电焊业都在我们沙特人的控制之下。

言归正传，公会会用各种扯淡的方式逼你入会。倒不会像电影里演的那样对你放狠话什么的，而是在你背后散播谣言，说你为人不实诚、技术不过关之类的。但我爸的好名声是他经年累月攒起来的，所以这些谣言根本就不起效果，他的客户里根本没人信。

老爸加油！

爵士：

焊工公会真是太过分了。肯尼亚太空集团里就没有工会或者公会，这里属于特别行政区，保护工会的一般法律在这里不适用。肯尼亚太空集团在政府里影响力很大，甚至还有些特殊的法律是专门为了他们才制定的。不过话又说回来了，肯尼亚太空集团的确为国家的发展作出了巨大贡献，受到一点优待也在情理之中。要是没有他们，肯尼亚现在大概会和其他非洲国家一样穷吧。

你有没有考虑过移居地球？我相信你一定能成为一名科学家或者工程师，然后赚好多好多钱。你是沙特阿拉伯的公民吧？沙特的大公司特别多，给聪明人的工作机会也特别多呢。

凯尔文：

我没想过要回地球，我是个月球丫头。从医学角度来说，回地球也是划不来的，我生命中有一半的岁月都是在这里度过的,我的身体早已习惯了只有你们那儿六分之一的重力,在来之前必须得做很多运动,还要吃一种特殊的能刺激肌肉和骨骼生长的药,然后每天还需要在离心机里待个把小时……呃,算了吧,谢谢。

去找查里塞搭话啊,你个小崽子。

第三章

我沿着奥尔德林负7区的一条巨大的厅廊悄无声息地行进着。我根本没必要这么偷偷摸摸的——三更半夜的，这里连个人影都瞧不见。

凌晨五点对于我而言只是个抽象的概念，我知道它的存在，却几乎从没和它有过交集，也没打算跟它产生什么交集。但今天早上比较特殊。特龙既然坚持说要秘密行事，那就避开一般工作时段好了。

这条厅廊里每隔20米就有扇大门，数量虽少但体量巨大，足见此地业主财力之雄厚。特龙公司的车间外面就贴着一块标，上头写着奥负7-4030——兰德维克工业。

我敲了敲门。一秒过后那扇门移开了一点，特龙从里面伸出脑袋环顾左右。

"有人跟踪你吗？"

"这不废话吗？"我说，"我把他们直接引你这儿来了，我可真傻。"

"贫嘴。"

"白痴。"

"进来吧。"他招呼我进门。

我从门缝里溜了进去，他随即就把门缝给合上了。我不知道他是不是在故作神秘，但是既然他都打算付我100万斯拉克了，那就算他想演007我也全力配合。

这个车间其实就是库房，一座巨型库房。说实话，谁要给我这么大的地方，我做梦都会笑醒。我可能会在角落里盖一个小房子，然后剩余面积该怎么处理呢？通通铺上人造草皮？这里有四台一模一样的矿车停放在车位上，占满了全部的空间。

我走到离我最近的矿车前抬起头："哇噢。"

"厉害吧，"特龙说，"在你亲眼见到以前你都意识不到这些家伙到底有多大。"

"你是怎么在没人注意到的情况下把这些大家伙给弄进来的？"

"特别麻烦，"特龙说，"我先把零件运来这儿，知情的只有我最信任的几个人。我组建了一支由七名技师组成的团队，这几个人都知道该怎么管好自己的嘴。"

我扫视着这间深邃的车间。"这儿还有其他人吗？"

"除了咱俩就没别人了，我不想让任何人知道我雇了你。"

"伤自尊。"

矿车高四米，宽五米，长十米，通体覆盖着反光材料，可以最大限度反射太阳光带来的热量。每个庞然巨物都有六个轮子，每个轮子直径都有一米半。车身主体部分是一个巨大的空货厢，正前方的强力液压装置以及两侧的铰链操控着货厢的倾倒机制。

矿车的最前端是一个由金属臂牵连着的铲斗。车上自然是没有驾驶室的，矿石采掘是完完全全的无人作业——尽管在必要时也可以远程操作，本该是驾驶室的位置上竖立着一个密封的金属立方体，上面印着丰田的商标，以及"月村"的字样，还是花体字。

滑轮工具箱和维护设备散落在我面前这台矿车的四周，应该是工人换班前留在那里的。

"好吧，"我望着矿车说道，"看来颇有难度。"

"怎么说？"特龙走到某个轮子边，然后倚靠在上面，"这不过是个机器人——没有任何防御机制，人工智能只负责导航，我相信一个你再加上一大罐乙炔就足以应付这玩意儿了。"

"这本来就是个铁罐头啊，特龙，但应付起来哪有那么容易，"我绕着矿车走了半圈，凑近查看了一下它的底盘，"而且它周身都是摄像头。"

"摄像头是肯定会有的，"特龙说，"矿车导航离不开摄像头。"

"摄像头会把图像传送给监控者，"我说，"一旦矿车停止工作，监控者就会回放录像查看到底是什么情况。到时候他们就会发现我。"

"所以只要把你的舱外活动服上面一切可辨识的标识都隐藏起来就好了，"特龙说，"不成问题。"

"很成问题，因为他们会呼叫舱外活动专家，询问这到底他娘的是怎么一回事，接着舱外活动专家就会出动，在犯罪现场抓我个正着。就算无法当场分辨我的真实身份，也可以先把我拖回球形舱内，接着将会迎来《史酷比》时刻[1]：他们一把扯下了我的头盔。"

---

[1] 《史酷比》是1969年上线的一部美国动画，所谓的"《史酷比》时刻"是指此动画中多次出现的一个桥段：幕后黑手的伪装被揭穿，真实身份遭到曝光。

他走到我所在的矿车这一侧。"我明白你的意思了。"

我伸手捋了捋头发。今天早上我还没来得及冲澡，感觉自己就像一滴油脂，被人滴在了一摊更恶心的油脂上。"我需要找到一些可以延时反应的东西，等我回来之后才会触发的那种。"

"但不要忘了，你得让那些机器彻底报废才行。只要它们还剩一口气，桑切斯的维修团队就有本事让它们几天后重新活蹦乱跳起来。"

"那是自然，"我摸着自己的下巴，"电池在哪儿？"

"在车体前部，就是那个印着丰田商标的方块。"

我在车体前部找到了总开关箱，里头有几个总断路器，主要用于保护电路免受电涌或断电的威胁。这个部件值得留意。

我就近倚靠着身边的一个工具柜。"矿车的装载量满了之后是不是就会直接返回熔炼炉？"

"是的。"他捡起一个扳手把它向上一抛，扳手缓慢地向天花板飘动。

"然后呢？清空装载的矿石，然后再返回毛奇山？"

"矿车必须充满电才会走。"

我的一只手开始抚摸货厢锃亮的金属表面。"电池容量有多大？"

"2.4兆瓦时。"

"哇，"我转身面朝他道，"这么大的电量都够我进行电弧焊了。"

他耸了耸肩："每次运送上百吨矿石可是很费电的。"

我爬到矿车底盘下。"这家伙是怎么散热的？是不是用了蜡一类的相变材料？"

"不清楚。"

身处真空中时散热就会成为一个问题，因为周围没有可以把热量带走的空气。在使用电力时，每一焦耳的能量最终都将转化为热量。这些热量或来源于电阻，或来源于摩擦，而首当其冲的是电池内部进行着的化学反应。无论如何，这些能量都会转化为热量。

阿尔忒弥斯自有一套复杂的冷却系统，能将热量传输到反应堆附近的热能控制板中。这些控制板坐落在背阴处，将热量以红外线的形式缓慢地辐射出去。这些矿车肯定也自带一套散热系统。

一番搜索后，我找到了一直想找的东西：散热系统的阀门。我一眼就认出了阀门的型号——我和爸爸以前在修理漫游车的时候安装过很多次这玩意儿。

"找到了，确实是蜡。"我说。

我看见特龙的脚走近了些。"所以呢？"他问道。

"电池和发动机的外壳都被储存着固态蜡的容器包裹着。蜡在熔化过程中会消耗掉非常多能量，如此一来散热也就完成了。储蜡的容器四周还包着冷却管，当矿车回去充电时，这些冷却管就开始抽取冷水，蜡也就会重新凝固，然后这些刚吸收了热量的热水又会被抽走。矿车回去工作时，这些被抽走的热水又可以慢慢冷却。"

"所以你有办法让这些矿车过热？"他问道，"这就是你的计划？"

"没那么简单。一般矿车都会配备安全应急机制来防止车体过热的情况，引擎可能会直接熄火，直到热量散尽，与此同时，桑切斯的工程师会立刻着手解决这个问题。我有个不一样的思路。"

我从底盘下爬出来，站起身伸展了一下后背，然后又爬上了矿车侧面，跳进了货厢内。我说的话都带着回声："矿车的摄像头能拍到这儿吗？"

"什么意思？"他问道，"哦！你打算搭乘矿车去毛奇山！"

"特龙，我问你话呢，摄像头能拍到这儿吗？"

"拍不到。摄像头的主要功用是导航，所以都冲着外面。对了，那你又该怎么溜出阿尔忒弥斯呢？你又没有气密舱权限。"

"这就不劳你费心了。"我从货厢里爬了出来，从四米的高度落到了地面上。我将一把椅子拉到身边，把它掉了个个儿，然后跨坐在上面，手掌托着下巴陷入了沉思。

特龙轻手轻脚地走了过来。"所以怎么说？"

"我还在想。"我说。

"你们女人知不知道自己的这种坐姿有多性感？"

"当然了。"

"我就知道！"

"先别说话。"

"抱歉。"

我又仔细观察了几分钟。特龙在停车位周围闲晃，手里摆弄着各种工具。他有天才企业家的天赋，却只有十岁小孩的耐心。

"好了，"我最后说道，"我有主意了。"

"是吗？"特龙丢下了套筒螺丝刀，飞快地走了过来，"愿闻其详。"

我摇了摇头:"不必操心细节。"

"我就喜欢操心细节。"

"女生都有自己的小秘密,"我站起身,"不过我想到彻底废掉他们矿车的办法了。"

"好极了!"

"行了,"我说,"我得回家了。我需要洗个澡。"

"没错,"特龙说,"你是该洗个澡了。"

我回到了棺材屋之后,三下五除二就把自己扒了个精光,速度远超狂欢节后的酒后乱性,然后披上浴袍去了洗澡间。我甚至多付了200斯拉克在浴缸里泡了个澡,真是太爽了。

我那天从早到晚都像以往一样送着快递。我不希望一些嗅觉灵敏的好事之徒觉察到我在一起大案之前打破了自己日常的生活规律。你看我又度过了平常的一天,盯我多久都没用,我一直忙到了下午四点呢。

我回到家,躺下身(说得好像我真的能站起身似的)做了点功课。有一件事我还挺羡慕地球人的——网速。阿尔忒弥斯有本地的网络,用来交易斯拉克或者发发电子邮件是够用了,可一旦要搜索网页就不行了,因为所有搜索引擎的服务器都在地球上,这也就意味着每一个搜索请求最少要花上4秒钟的时间,就算这已经是光速了,以我的标准来看还是太慢。

我今天茶喝多了,以至于每隔20分钟就得去趟公共卫生间。经过数小时来回奔波之后,我得出了一个结论:我真的需要一个属于自己的卫生间。

我的计划终于还是成型了，而所有的天才计划都少不了一个来自乌克兰的疯子。

我驾着扳机来到了欧洲宇航局研究中心，把车停在了狭窄的厅廊上。

阿尔忒弥斯的第一批入驻者就是世界各地的宇航局。阿姆斯特朗区以前有着城里最好而且是唯一的地产资源，后来在其他四座球形舱拔地而起之后，这些宇航局仍留在原址，而他们以前一度最为前卫的设计现今早已过时了二十余年。

我从扳机上跳下后步入了实验室。刚进门就是个逼仄的接待区，这里的时间仿佛倒流回了过去那个建筑空间更为有限的年代，四条走廊以非常奇怪的角度延伸开去，有些门在其他门已经打开的情况下是开不了的，17个成员国政府以委员会的形式开会表决出来的设计根本无所谓工作环境的舒适度。我穿过最中间的那扇门，差不多走到走廊底部，然后拐进了一个微电子学实验室。

马丁·斯沃博达在一台显微镜前弓着身子的同时伸出一只手去拿他的咖啡，他的手在绕过三个装满致命酸性溶液的烧杯后够到了一个马克杯，他端起来抿了一口。我敢肯定这个白痴迟早有一天会死在自己手里。

他是四年前被欧洲宇航局派来研究微电子学生产方式的，显然月球在这一领域有着得天独厚的优势。欧洲宇航局实验室的职位可是块香饽饽，他想必是才能出众才得以在这里谋得一官半职。

"斯沃博达。"我说。

没反应。他既没注意到我进门,也没听见我在叫他。他就是这样的人。

我猛地敲了一记他的后脑勺,他蓦地从显微镜边上跳了起来,一见我他就笑得跟小孩儿见到了亲姨妈似的:"哦!是你啊爵士!什么风把你吹来了?"

我坐在他桌子对面的实验室高脚椅上。"我需要你的疯狂发明。"

"酷!"他将自己的高脚椅转向我道,"需要我造什么?"

"电子设备,"我从口袋里拿出几张设计图递到他手里,"图纸上这种,或者类似的东西。"

"纸?"他拿着设计图的样子就好像手里拿的是尿液的样本一般,"你把设计图画纸上了?"

"我又不会用那些绘图软件,"我说,"别管这些了——你怎么看?"

他摊开图纸,对着我的简笔画皱起了眉头。斯沃博达是阿尔忒弥斯最好的电子工程师,这种东西应该难不倒他。

他将图纸调转了90度:"这些鬼画符是你用左手画出来的吗?"

"我不是职业画家好吗?"

他摸了摸下巴:"如果不论其艺术价值的话,设计本身倒不可谓不精妙。你是照着哪儿临摹下来的吗?"

"没有啊,怎么了?有哪儿不对吗?"

他挑起了一边的眉毛:"没什么,就是……设计得实在太好了。"

"所以,谢谢夸奖?"

"我都不知道你有这方面的天赋。"

我耸耸肩:"我在网上找了电子学的教程,现学现卖的。"

"你自学的?"他重新看了一眼设计图,"你自学了多久?"

"大半个下午。"

"你今天才学就到了这种程度?!你有潜力成为一个伟大的科学家——"

"停,"我伸手制止道,"我不想听这种话。你到底做不做得出来?"

"当然,当然,"他说,"你什么时候要?"

"越快越好。"

他把图纸丢到了实验桌上。"你明天就能来拿成品。"

"好极了,"我从高脚椅上跳了下来,然后掏出了我的机模,"多少钱?"

他犹豫了——谈生意的时候这可不是什么好兆头。

他替我干各种奇怪的活儿已经好几年了,大多是移除走私来的电子设备上的防盗版芯片,收费标准一般都是2 000斯拉克。今天这是怎么了?

"2 000斯拉克怎么样?"我提议道。

"唔,"他说,"你能帮我个忙作为回报吗?"

"行啊,"我收起了机模,"是要我帮你走私什么吗?"

"不是。"

"好吧。"妈的,我是个干走私的!为什么总有人找我干别的事情?

他站起身示意我跟他走。我跟随他走到实验室后面的角落里,他一般都在这里做一些见不得光的事。既然欧洲的纳税人已经帮你买过设备了,那干吗还要自己掏钱呢?

"看!"他指了指桌子。

桌子正中的东西看上去平平无奇，不过是个小巧的透明塑料盒，里头装着什么东西。我凑近看了一眼："这玩意儿是避孕套吗？"

"没错！"他自豪地说道，"我的全新发明。"

"在这项发明上中国人早就领先你七个世纪了。"

"这可不是你平时用的那种！"他把一个保温杯大小的圆柱体推到我面前，上面接着一根电源线，还有个带铰链的盖子，"必须和这东西搭配使用才行。"

我打开盖子。圆柱体内壁上密布着小孔，底座上矗立着一个金属圆柱体。"呃，好吧……"

"本产品每个售价3 000斯拉克。"

"避孕套的单价是50斯拉克，怎么可能会有人愿意买你这玩意儿？"

他笑了："这款避孕套是可以重复使用的！"

我眨了眨眼："你他妈是在开玩笑吧？"

"我是认真的！这个避孕套的面料纤薄且耐用，可以重复使用上百次。"他指了指那个装置底部的金属圆柱体部件，"每次使用完之后，只需把避孕套的内侧翻出来，然后套在这个圆柱体上——"

"呕。"

"然后打开清洗仪，液体清洗循环系统就会启动，接下来再高温烘烤十分钟，避孕套就回到了无菌状态，可以再次使用了——"

"太可怕了，别了吧。"

"之前你可能需要自行冲洗一下——"

"别说了!"我说,"怎么可能有任何正常人会想买这种东西?"

"因为从长远角度来看,本产品能帮你省不少钱,而且相比普通的避孕套来说更为安全可靠。"

我给了他一个我能给出的最怀疑的眼神。

"你自己算算,"他说,"普通避孕套太划不来了,根本就没有本地生产商在做——月球上缺少制造乳胶的原料,但是我的产品可以用200次,至少200次,相当于节省了10 000斯拉克。"

"那个……"他总算说了句我感兴趣的,"你这么一说确实有几分道理。但是我现在手头可拿不出钱来投资……"

"哦,我并不是想找人来投资,只是需要有人来测试。"

"所以你觉得我下面长了根棍子可以帮你来试?"

他翻了个白眼:"我需要了解在使用过程中女性的感受。"

"我是不会跟你上床的。"

"不不不!"他皱起眉头,"我只是希望你有机会试用一下,然后告诉我它是否给你带来了不同的体验。"

"你干吗不去找个女孩子来一炮然后直接问她?"

他盯着自己的鞋子:"我没有女朋友,也不擅长和女性打交道。"

"奥尔德林遍地都是窑子!各种价位,任君挑选。"

"这可不行,"他交叉双臂,"我需要为了愉悦而做爱的女性的回馈意见,而且那位女性必须在性事上游刃有余,而你肯定——"

"说话小心一点……"

"在近期有性生活的可能,而这也——"

"注意你接下来的措辞。"

他没再接着说下去:"算了,你明白我的意思就行。"

我叹气道:"我就不能直接给你2 000斯拉克吗?"

"我不要钱,只想找人测试。"

我瞥了一眼那个避孕套,它看上去特别普通。"这玩意儿管用吗?你能保证它不会中途破掉之类的?"

"那肯定啊,我对这个套子进行过一系列的测试,强度、压力、摩擦,等等。"

我脑海中浮现出了一个令人不安的想法。"等等,这个套子你之前是不是用过?"

"没有,而且就算我用过也没关系呀,清洗程序可以把它恢复到无菌状态。"

"你在逗——"我停下话头深吸了一口气,然后以尽可能冷静的语气说道,"斯沃博达,这件事很有关系,不是生理上的,而是心理上的。"

他耸了耸肩。

我思忖了一会儿,最后说道:"好吧,成交。但我并不向你保证我最近一定会有性生活。"

"那是当然,"他说,"反正……顺其自然就好,好吗?"

"好。"

"太棒了!"他拿起避孕套盒子和清洗仪递到我手里,"有什么问题随时给我电话。"

我小心翼翼地接过这些东西。虽然有点丢人,但从逻辑层面上来说这也没什么问题,我不就是在帮忙测试产品吗,对吧?这一点都不奇怪,对吧?

对吧?

我正准备要离开,却又突然停下脚步转身面向他问道:"嘿……你有没有听说过一种叫ZAFO的东西?"

"没听说过,是什么我应该知道的东西吗?"

"不是,无所谓啦。我明天下午过来取货。"

"明天我不上班,要不咱们去公园碰头?下午三点怎么样?"

"行。"我说。

"我能问一句你刚才要的这个东西是干吗用的吗?"

"不能。"

"行吧。明天见。"

康拉德负6区。

我驾着扳机沿着熟悉的厅廊行驶着,与此同时试图忘记自己五脏六腑内的虚脱感。我认识这里的每一条弯弯绕绕的厅廊,每一家店铺,每一堵墙上的每一道划痕,我能闭着眼睛仅凭回声和背景音推断出自己的位置。

我转弯驶进了克拉夫特斯街。这儿有全阿尔忒弥斯最好的手工业者,却没有一块闪光的标识或广告牌。他们不需要招徕顾客,这里做生意靠的是口碑。

我在康负6-3028前下车,在门前踌躇着。我有了片刻的动摇,想要转身离去,随后又鼓足勇气转身按下门铃。

一个满面风霜的男人前来应门。他的胡子精心修剪过,戴着一条白色的塔基亚(头巾)。他一言不发地盯着我好一会儿,然后开口道:"啊哈。"

"晚上好,父亲。"我用阿拉伯语说道。

"你遇上麻烦了?"

"没有。"

"你没钱了？"

"不是的，父亲。我现在已经自立了。"

他挑起眉毛："那你干吗来了？"

"为人儿女的难道就不能单纯地因为敬爱来看望父亲吗？"

"得了吧，"他用英语说道，"你想干吗？"

"我需要从你这儿借几件电焊工具。"

"有意思。"他给我留着门，自己进了店里，这就相当于他在邀请我进门了。

这些年这里都没怎么变过。防火车间又热又窄，就跟其他防火车间一样。设备按照爸爸周密的布局挂在墙上，工作台占据了工坊的一角，边上是一套电焊护面。

"过来吧。"他说。我跟着他穿过店面走进了生活区。和我的狗窝一比，这个狭小的客厅简直就是一座宫殿。

老爸屋里的一堵墙里嵌着俩棺材隔间。对于底层的阿尔忒弥斯人来说这是很常见的配置，虽不如卧室，但隔间能保证隐私，这点就挺好的了。我在这里长大。

他这儿有一个烹饪角，里面配备了明火的灶台。这也是住在防火建筑物里不多的几个好处，灶台比微波炉实在强太多了。你或许以为有了一个货真价实的灶台就自然而然能做出可口的饭菜，但你误会了。爸已经尽力了，然而糊糊扶不上墙，巧父也难为水藻之炊。

不过这里还是有一个明显的变化：后墙那儿多了一张一米宽的金属箔，从地板一路延伸到天花板——角度不完全垂直于地面，我估计跟九十度角还差个二三十度。

我指了指这个新的物件："这是什么？"

老爸瞥了一眼："这是我前些天想到的一个创意。"

"干吗用的？"

"自己琢磨去。"

啊！如果自打我出生起他每说一次这句话我就能拿到一斯拉克的话……他从不直接回答我的问题——所有的事情非得自己思考。

他就像以前出题考我的时候一样环抱着双臂看着我。

我走上前去触碰了一下那张箔。果然结实，他从不做半吊子的事情。"两毫米的铝箔？"

"正确。"

"这样它就不需要应对横向的力了……"我的手指沿着箔和墙壁的接合处一路摸了过去，每隔20厘米手指都能感知到一个小小的隆起物，"用了点焊？这可不像你的风格啊。"

他耸耸肩："可能是个笨办法，我还不确定。"

铝箔的顶端伸出了两个钩子，离天花板就只有几厘米。"你想在上头挂东西。"

"没错，所以这到底是什么呢？"

我从上往下扫视了一遍。"这个奇怪的角度是关键……我能从你这儿借个量角器吗？"

"我直接告诉你好了，"他说，"和垂直线差22.9度。"

"哈……"我说，"阿尔忒弥斯所在的经度正好是22.9度……啊，我懂了，"我转身面朝他道，"这是做礼拜用的。"

"正确，"他说，"我将它命名为礼拜墙。"

月球面朝着地球的永远是同一个面，因此，尽管我们处于环地轨道上,但在我们的视角中地球一直处于静止状态。好吧,由于月球天平动[1]的关系,技术上来说地球看上去还是会有些轻微晃动的,但姑且不用烦扰你那漂亮的小脑袋瓜了,重点在于:地球在天空中的位置是固定的。它会自转,而且会有阴晴圆缺,但是它的位置不会变。

这块金属箔指向地球,如此一来老爸就能在祈祷时面朝麦加了。这儿的多数信众做礼拜时只是单纯地面朝月球的西方——我爸之前也是如此。

"你该怎么跪上去啊?"我问道,"拿特制的带子吊着吗?我的意思是——这玩意儿几乎都和地面垂直了。"

"别傻了,"他把双手放在礼拜墙上,然后身体前倾,"就这样,很简单。和面朝月球的西方相比,这种方法的优势在于可以真正地对准基卜拉[2]。"

"你也太无聊了吧,爸,这不就相当于一个澳大利亚的信众挖个坑,朝着地心的方向做礼拜吗?"

"喂,"他呵斥道,"这个玩笑一点意思都没有。"

"好吧好吧。"我指向那两个钩子,"这又是干吗的?"

"自己琢磨去。"

"啊!"我又不情不愿地加了一句,"用来挂跪毯?"

"正确,"他走到烹饪角附近的桌子边,找了张凳子坐下来,"我不想在自己常用的跪毯上扎两个洞,所以从地球上订购了一张新的,过几个星期应该就能到了。"

---

1 天文学中,天平动(liberation)是指从一颗行星的卫星或其环绕天体上观察到的、行星实际上或视觉上非常缓慢的振荡。

2 穆斯林做礼拜时需要面朝的方向。

我在另一张凳子上坐了下来。我就是在这张凳子上吃了人生中无数顿饭。"你有运单号吗？我可以安排一下让货早点——"

"不用了，谢谢。"

"老爸，这又不犯法，只不过是开个后门——"

"不用了，谢谢。"他比之前大声了一点，"在这个问题上咱俩还是别争了。"

我咬咬牙但还是什么都没说。是时候换个话题了。"我有个有点奇怪的问题：你有没有听说过'ZAFO'？"

他挑起眉毛："那不是古希腊一个女同性恋的名字吗？"

"不是，那个女的叫莎孚[1]。"

"哦，那就不是了。所以你说的那个是什么？"

"不知道，"我说，"就是偶尔看到了这个词，好奇是什么意思。"

"你一直都容易好奇，也很擅长寻找答案。你或许应该把自己的天赋用在其他有用的地方。"

"爸……"我语气中带着一点警告的意味。

"行吧，"他双臂交叉在胸前，"所以说你想要电焊工具？"

"对。"

"你上回碰我工具的结局好像不太好。"

我鼓足了勇气想要和他保持对视，但还是情不自禁地将视线移向了地面。

他语气柔和了些许道："对不起，我不该提的。"

"没事。"我说。

---

[1] 古希腊著名同性恋女诗人，有"第十缪斯"的美名。

一段尴尬的沉默——多年来我们早就习惯了。

"行吧……"他尴尬地说道,"所以……你具体需要哪些?"

我收敛起脑中的思绪,现在可不是内疚的时候。"我需要一把焊枪、几罐乙炔、一罐氧气,以及一块护面。"

"氖气呢?"他问。

我皱了皱眉:"哦,对,氖气,当然需要。"

"你的专业知识生疏了。"他说。

我实际上并不需要氖气,但我不能让他知道。

焊铝的时候需要在焊接点附近散布惰性气体以防止金属表面氧化。地球上大家都用氩气,因为氩在地球大气中的存量十分充沛。但是我们月球上没有任何稀有气体,所以只能从地球进口,而氖的密度只有氩的一半,所以我们用氖气。我之所以不需要氖气是因为作业将会在真空中进行,那里不存在会使金属氧化的氧气,但我不希望他知道这件事。此外氖气派不上用场的另一个原因在于我要切割的是钢,而不是铝,但同理——他没必要知道这件事。

"所以你打算干吗?"他问。

"我要帮一个朋友安装气密避难舱。"

我对爸爸撒过的谎多到数不过来,尤其是在我十几岁的时候。但是每一次——妈的,每一次——我的胃肠都会打结。

"你朋友干吗不直接找个焊工?"他问。

"她找了呀,就是我。"

"哦,所以你现在成焊工了?"他夸张地瞪大了眼睛,"这些年你不是一直在跟我说自己不想干这一行吗?"

我叹了一口气:"爸,只不过是有个朋友想在卧室里安个避难舱罢了，我根本就没收她几个钱。"居住型避难舱很普遍，特别是对于新近的移民来说，初来乍到的人总会对整个"致命的外部真空"概念有些杞人忧天。这种担忧并不理智——阿尔忒弥斯的防护壳极为安全——然而恐惧本身就是不讲道理的。所以实际上，个人避难舱很快就变得跟衣柜一样普遍。

"所以这次到底有哪一部分涉及非法勾当？"

我给了他一个受伤的眼神："你为什么总觉得——"

"所以这次到底有哪一部分涉及非法勾当？"他不依不饶。

"她的公寓位于阿姆斯特朗区，紧贴着内防护壳，我只能把气密舱整个焊在防护壳上。在这种情况下阿尔忒弥斯会要求她自费进行各种额外的检查才能允许施工，她负担不起检查费用。"

"嗯，"他说，"官僚主义就是这么无聊，就算是最糟糕的新手也不可能弄穿六厘米厚的铝板。"

"可不是吗？！"我说。

他环抱双臂皱起眉头："狗屁市政总喜欢……"

"又开始了。"

"好吧，要什么你就拿吧，但乙炔和氖气的费用得算你头上。"

"那还用说？"我说。

"你还好吗？你看起来脸色不大好。"

我差不多快吐了。在我爸面前扯谎勾起了我年少时的记忆。我可以这么跟你说：这世上我最痛恨的人就是十几岁时的爵士·巴沙拉，那个疯丫头做了一个疯丫头所能做出的全部糟糕决定，就是她害得我沦落到了现在这般田地。

"我没事，就是有点累。"

亲爱的爵士：

我生日的时候收到了一张"鲁萨号"的巨型海报。这艘飞船真的好壮观！这是有史以来最大的穿梭飞船！它一共可以搭载200名乘客！我正在研究关于它的一切，已经有点过于沉迷了，不过管他呢，这些知识都太有意思了。

这艘飞船简直是个奇迹！飞船上有船体自转产生的人造引力，船舱的半径大到不会让人感到任何不适。它的船体甚至能帮乘客适应月球的重力！在飞往月球的七天航程中，船体的自转速度会逐渐下降，刚登船时舱内重力是1 g，到达月球时重力已经降到了1/6 g，返程时重力又会逐渐上升到1 g，真是太酷了！

不过我还是没弄明白"乌普霍夫—克劳奇循环轨道"到底是怎么一回事。我大概能明白这是一种在地球与月球之间往返的弹道轨道，但这玩意儿太诡异了，就好比是……飞船从地球出发，七天后抵达月球，又突然间从地月平面向上攀升，十四天后又再次抵达月球……然后又会沿着一个椭圆形的轨道环绕地球几周的时间……我不懂，也不指望能弄懂了。重点在于，这是艘酷炫的飞船。

等未来某一天我成为一名有钱的火箭设计师之后，我会来阿尔忒弥斯，到时候我们就可以一起喝茶了。

嘿,你和你爸移民去阿尔忒弥斯的时候坐的是"鲁萨号"吗?

亲爱的凯尔文:

不是的,我们搬来这儿的时候"鲁萨号"还没完工呢。我们当时坐的是"柯林斯号",那是当时唯一一艘穿梭飞船。那都是十年前的事了(我那时才六岁),所以记不清当时的细节了,但我记得船上并没有人造重力,船舱各处都是零重力,我到处飘来飘去可好玩了!

你说的轨道之类的事情倒是引起了我的兴趣,所以我做了点功课,感觉还挺简单明了的。飞船在以下这个循环中,每一步都耗时七天:地球→月球→(偏离地月平面进入深空)→月球→地球→(偏离地月平面进入深空)→地球。然后循环,如此往复。如果月球静止不动的话,飞船只需要沿直线来往于地球和月球之间就可以了,然而月球每个月都会围绕地球旋转一圈,这使得这个循环变得尤为复杂。

我看了一下这个轨道的具体参数,然后按照公式验证了一下这几个数字。还挺简单的,你可以直接心算。

亲爱的爵士:

你也许能心算得出来,我的脑子要能有你这么好使让我干啥都愿意。我没你那么聪明,不过没关系,我可以以勤补拙,不像你,懒鬼一只。

亲爱的凯尔文:

你好大的胆子,竟敢说我懒!我本想狠狠反驳你的,但是算了,我才懒得和你理论。

那个,我想问你个事儿。我和埃德加要开始我们第四次约会了,我们俩经常在一起亲热(就是亲嘴,没干别的)。我想更进一步,但又怕进展得太快——我还没准备好跟他坦诚相见呢。有什么建议吗?

亲爱的爵士:
　　胸。

亲爱的凯尔文:
　　真的?就这样?

亲爱的爵士:
　　对。

第四章

次日早晨，我一丝不挂地从一张松软舒适的床榻上醒来。

床上并没其他人，别想歪了，我只是想事先体验一下拿到100万斯拉克之后的生活而已。

我伸展双臂拱起后背。昨晚这一觉睡得可真舒服！

这里和我那棺材房可不一样，隔音效果特别好。我不用担心被邻居吵醒，不论是吵嘴、门廊上大声聊天，还是喝高了的白痴撞墙的声音，都传不进来。

还有张床！我可以横躺下来，宽度比起我的身高还有余！再加上比丝绒还软的床褥和被子，它们的材质甚至比我自己的睡衣还要舒服。

这间套房每晚2 000斯拉克。等我从特龙手里拿到钱，我一定要在我漂亮的隔音公寓里置办一张这样的床。

我看了一眼机模。已经早上11点了？！我这一觉睡得可真够久的！

我从温暖的床被中钻了出来，走向卫生间——私人的卫生间。不用穿浴袍，不用在大堂登记，只有我和我的膀胱在一片祥和中解决我们自己的问题。

我开始做早课，也就是一次加长版的淋浴。私人淋浴间——我未来的购物单中又多了一样。在阿尔忒弥斯，水的价格很高昂，但就算你掏了钱，也不会把水真的倒掉。这里的水是一套封闭系统，所以你买的其实是净水服务。酒店客房配备的是灰水再循环淋浴，最开始的20升水是净水（大概能持续3分钟左右），在那之后淋浴器会再次加热你刚才用过的水，然后再往你身上浇一遍。你在里面想冲多久就冲多久，但你只会用掉20升的水。所以注意了：不要在灰水再循环的淋浴里尿尿。

我披上一条舒适得不像话的毛圈布浴袍，用毛巾把头发包了起来。

该执行我邪恶计划的下一步了。这次我不需要做功课，只需要开动脑筋。我躺倒在"爵士永远不起来牌"的床上，头脑开始运转起来。

问题是：我该怎么到阿尔忒弥斯外面去？

非舱外活动公会会员是打不开气密舱的，理由很简单，没有人会希望气密舱控制台被一个没受过训练的智障玩弄于股掌之中，气密舱一旦使用不当就能在顷刻之间杀死一整个球形舱里的居民。

因此，在操作气密舱控制面板之前，你需要先拿自己的机模在上面扫一下，系统将会查验你是否为公会成员。单纯就预防智障而言，这套系统是非常有效的，却未必能阻拦得住一个有决心的智障，因为系统里有一个漏洞。

出于安全原因，气密舱外侧的舱门上并没有安检机制。如果你身上的舱外活动服发生了泄漏，慌慌张张想要入舱避难，这时你最不想看到的一定是控制面板上显示"授权验证中……"，所以只要找个人在外面帮我操作控制台就好了……

或是找个什么东西。

前台来电话说如果我还不退房他们就会加收我一天房费，我也就只好退房了。随后我开着扳机前往阿姆斯特朗负4区，当地人管这里叫小匈牙利。匈牙利人垄断了所有金属加工店，正如同越南人垄断了维生中心，沙特人垄断了电焊。

我把车停在父亲的同事斯索卡·什特罗布尔的工坊外面，显然她出生起名的那一年匈牙利元音歉收[1]。她是气压容器方面的专家。每当父亲接到安装气密避难舱的单子，他一般就直接从斯索卡这儿买现成的。她做出来的都是质量最上乘的产品，而我爸最看重的就是质量。

我把扳机停好，敲了敲门。斯索卡把门移开了一个小缝，露出一只眼睛向外窥探着，张口就是浓重的口音："你要啥？"

我指了指自己："什特罗布尔太太，是我啊，爵士·巴沙拉。"

"原来是阿玛尔·巴沙拉的女儿啊，"她说，"他是个好人，你过去也是个好姑娘。现在学坏了。"

"呃……是这样的，我想跟您商量件事儿——我只想从您这儿借点东西，就几天。我可以预付您1 000斯拉克。"

她把门又移开了一点："想借啥？"

"您的外检机。"

斯索卡参与了比恩和谢泼德球形舱的建设，当年可是个大工程（收入也很丰厚）。

---

[1] 这个姓名包含了八个辅音、三个元音。

她和几十个其他金属加工工人打造了后来平铺在框架上构成防护壳的那些略微呈弧面的三角板，舱外活动专家靠铆钉将这些三角板勉强拼合成一个不完全密封的气密外壳，维生中心团队负责提供额外的氧气以填补外壳泄漏造成的供氧缺口，与此同时，焊接工在内部完成了真正意义上的气体密封工作。我记得老爸当时靠参与这项工程挣了不少钱。

像斯索卡这样有责任心的金属加工工人会定期检查他们之前的工作。如果你并不是一名受过训的持证舱外活动专家，你又该怎么去舱外检查呢？这时就该外壳检查机器人上场了，简称"外检机"。

外检机其实就是把轮子换成爪子的遥控车。阿尔忒弥斯的防护壳上都安装了把手，以便工作人员进行维护，外检机正是靠这些把手才能到处游走。虽然听上去低效，但这是爬上穹顶的唯一方式。铝没有磁性，吸盘在真空中没用，而火箭引擎的性价比根本划不来。

"你要外检机干吗？"她问。

借口我提前编好了："谢泼德区的降压阀漏了，那是我爸之前安装的，他让我去看看情况。"

让阿尔忒弥斯保持气压稳定是桩微妙的差事。如果有人用的电量高过了以往，阿尔忒弥斯的气压就会稍稍高过标准值。为什么会这样呢？因为电能会转化为热能，而后者会使气温上升，气压继而也会上升。一般情况下，维生中心会从系统中抽去一部分空气以维持平衡，但如果这种方法不管用的话，又该怎么办？

所以为了以防万一，阿尔忒弥斯在每个球形舱都设置了降压阀。一旦气压过高,降压阀就会自动打开,把空气往外排,直至气压恢复正常为止。

"你父亲焊接的活儿就没出过岔子,肯定是别的原因。"

"我爸的技术我知道,你也知道,但咱总得先排除掉这个可能性。"

她想了想:"你要借多久?"

"就几天。"

"那就收你1 000斯拉克?"

我掏出了机模。"行,我把钱先预付给你吧。"

"你等下。"她把门关上了。

一分钟后,斯索卡再次把门打开,把一个箱子交到我手里。我打开箱子查验了一下,里面该有的一件都没少。

这只机械爬虫体长30厘米,四条移动足已经被折叠好收起来了,操作臂则安放在虫子背上,折叠成了阿拉伯数字"7"的形状。操作臂的顶端安装着一个高清摄像头以及可以实现抓握动作的关节,很适合用来拨拨这个戳戳那个然后把过程都拍下来——这些功能对于远程检查防护壳的工作非常有用,对于我的邪恶计划来说也非常有用。

她把遥控器递给了我——遥控器小巧且反着光,上面按键和摇杆环绕着一块屏幕。

"你会用?"

"我在网上看过说明书。"

她皱起眉头:"弄坏的话,你赔钱修。"

"这件事就天知地知你知我知,好吗?"我的手指在机模屏幕的上方停了下来,"电焊公会一直在找我爸的碴儿——我可不想留我爸的把柄给他们。"

"阿玛尔是个好人，好焊工。我不说。"

"所以咱就这么说定了？"

她掏出了她的机模。"对。"

我确认了转账，她选了接收。

"你要还回来。两天后。"她回到店里，把门带上了。

是啊，她脾气臭，还觉得我金玉其外败絮其中，但我宁可全世界的人都跟她一样，不兜圈子，不扯犊子，不套近乎，只管一手交钱一手交货，最完美的生意伙伴就该如此。

我在比恩球形舱买了点东西，价格比我预期的要贵，但我需要特殊的衣服。阿尔忒弥斯有一小部分信众（包括我爸在内），有几家店专门为他们服务。我找到了一条米色的长裙，配色虽然简单，但是上面点缀着繁复的绣花，即使以一个最最保守的女孩儿的标准来看，这条裙子都没有任何出格的地方。我还买了条墨绿色的尼卡布，我本来想买条棕色或者黑色的，但是墨绿配上裙子的米色有一种朴素的美感。我想干票大的，但没人规定干票大的时候不能兼顾一下形象。

行了，你就别再假装自己知道尼卡布是什么了。尼卡布是一种传统面纱，用于遮挡面部的下半部分，如果搭配包住我头发的希贾布（头巾），你就只能看见我的眼睛了。这种装束既能隐藏面容，又不会引起别人的怀疑。

接下来我需要搞到一台新的机模。我不能用我自己的机模，否则就会在我身后留下一连串意图不轨的数字指纹，我眼前已经能浮现出鲁迪在翻阅我机模的记录然后登记在案的画面了。不用了，谢谢，当你被一个条子盯上之后，人生就会变得无比艰难。我需要搞一个伪造身份。

值得庆幸的一点是：在这儿弄个假身份还挺简单的，主要还是因为这里没人在乎你到底是谁。身份认证系统针对的是身份盗窃，而不是身份伪造。你要是想冒充一个真实存在的人，下场会很惨，受害者一旦察觉就会报警，鲁迪就会顺着你机模的数字指纹找上门来，到时候你该往哪儿跑呢？外面？但愿你一口气能憋很久。

我上网把几百斯拉克兑成了欧元，然后拿这些欧元从肯尼亚太空集团那里购买了斯拉克，用的是努哈·奈哲姆的名字，线上操作只用了十分钟。如果是在地球上的话，这一过程还会更快一点，但是在我们这儿延迟足足有四秒。

我回了一趟家，把自己的机模留在了那里。是时候化身为努哈·奈哲姆了。

我启程前往阿尔忒弥斯海厄特酒店，一个位于比正6区的小型宾馆，装修不怎么样但是价格合理。这家宾馆接了很多普通人"一生只此一回"的入住订单，我之前跟一个游客约会的时候来过这儿一次，客房还算舒适。

整个酒店其实就是条长长的厅廊，所谓的"前台"只是一个壁橱大小的柜台，还有个员工在那儿站着。我并不认识他，这是件好事，因为这也就意味着他也不认识我。

"向你致意。"我讲话带着严重的阿拉伯腔。这样的口音和我这身衣服都在齐声高喊"我是观光客"。

"欢迎光临阿尔忒弥斯海厄特酒店！"他说。

"要机模。"

看样子他早就习惯了和英语不好的人讲话了。"机模？你想要拿个机模？"

"机模，"我点头，"要。"

我能看穿他的思路。他可以先试着找到我的预约，但既然我是个沙特女人，预约就应该是在我丈夫名下的，之前还需要通过很多肢体语言以及艰难的沟通才能最终确定我的信息。既然如此，还不如直接给我设置一台机模，反正也花不了酒店什么钱。

"姓名？"他说。

我不想表现得太急切，一脸困惑地看着他。

他拍了拍自己的胸脯："诺顿。诺顿·斯皮内利。"然后指了指我，"姓名？"

"啊，"我拍了拍自己的胸脯，"努哈·奈哲姆。"

他开始在电脑上打字。系统里的确有努哈·奈哲姆的预约，但是这个名字还没有任何一台机模关联过。看来没什么问题。他从柜台下面拿出了一台旧机模，这是款老机型了，背后还印着几个字："阿尔忒弥斯海厄特酒店所有"。他敲了几下键盘的工夫，一切都搞定了，然后他把机模交给我道："欢迎来到阿尔忒弥斯！"

"我谢谢，"我微笑着说，"我谢谢有很多。月球很激动！"

我现在有了伪造的身份。是时候进行第二步了。

我在新拿到的机模上打开了地图应用，然后假装自己在导航。我在这里自然是不需要靠地图找路的，但这是我扮演观光客的一部分。我在城里东游西逛了很久才绕到了太空港到达口，身上理所当然地揣着一个大提包，哪个女游客身上没个大提包呢?

下一步就有些麻烦了。

太空港里的每个人都认识我。我每天都会来这里,而我耀眼的人格魅力又叫人过目难忘,当你想要在这儿偷鸡摸狗的时候,这些条件就很不利了。不过今天我并不是爵士·巴沙拉,而是努哈·奈哲姆,一个沙特游客。

我走到火车站气密舱边上的候车区域,然后混进了一群观光客之中。所有座位都被占了,还有几十个人只好站着,附近有好几个熊孩子正在飞檐走壁。在这句话里,"飞檐走壁"并不是比喻,这些人来疯的小孩真的是在飞檐走壁。月球引力就是家长的噩梦。

"这真是太酷了!"一个金发傻妞对着她的有钱男友说,"我们马上就要去月悬浮列车了!"

呃,只有观光客才会管它叫月悬浮,可问题是它连磁悬浮都不是[1]!列车运行的轨道是两根平行的轨,和地球上的火车没什么分别。

顺便说一句,我们也不喜欢听别人管我们叫"月亮人"或者管阿尔忒弥斯叫"太空城"。阿尔忒弥斯并不在太空中,而是在月球上。我的意思是,严格来说阿尔忒弥斯确实在"太空中",但照这么说的话伦敦不也一样?

扯远了。

列车终于到了,我装作跟周围其他人一样心潮澎湃。列车只有一节车厢,而不是地球人熟悉的那种长得看不到头的火

---

1 "月悬浮列车"英文原文是moonorail,"磁悬浮列车"原文是monorail。

车。列车在接近停靠站的时候逐渐减速,然后保持极低的速度向前挪动了一段距离,直到与站台完成对接。在一声"咔嚓"和一声"喀哧"之后,圆形的舱门打开了,里面站着列车长。

糟了!是拉什!他本不该出现在这里的!一定是跟谁换班了。

拉什和我是一起长大的,我们上了同样的学校,同时步入了青春期,虽然不算很熟,但在人生大部分时间里我们俩都处于抬头不见低头见的状态,因此我的长裙和希贾布还未必能糊弄得了他。

他走了出来,整理着自己的衣服——那是一套傻里傻气的19世纪风格的制服,海军蓝外套上镶着黄铜纽扣,还有一顶列车长的帽子。列车里还走出了从阿波罗11号着陆点返回的游客,他们不少人都带着从游客中心购买的纪念品:月岩制作的月球模型、阿波罗11号登月计划纪念章之类的。

等所有乘客都下车了以后,拉什以高亢而又清晰的声音大喊道:"本次列耶耶车厄厄将开往阿波罗十一衣衣号,下午2:34发车!全员上车钶钶钶钶钶!"他手里拿着一个复古的黄铜裁票机,不过这里肯定是没有纸质车票来给他裁的,那只是刷票感应器周围包着的一圈装饰。

我把尼卡布裹紧了些,驼着背往前走,也许转换过肢体语言就不容易被认出来。乘客们一个个经过拉什身边,拿手里的机模在裁票机上扫一下,然后通过过渡舱上车。

他保证过渡舱里每次只有一个人。在这一点上他表现得较为隐蔽,主要靠自己的身体卡住后面的队伍。这么做其实更简单,否则你得跟他们解释说:"万一发生泄漏,过渡舱的舱门就会关闭,城市将会得救,而你将会死在这里。"

轮到我的时候,我垂下眼睛以避免目光接触。我的机模"哔"了一声,屏幕上跳出一行通知:

阿尔忒弥斯市:车票75斯拉克。

拉什并没有认出我,我长呼一口气走进了车厢。

车上座位已经坐满了,我都准备站完全程了,这时一个高个子黑人看到我之后站了起来,用法语说了些什么,然后指了指他的座位。太绅士了!我向他鞠了一躬然后坐了下来,把提包搁在自己的大腿上。

等最后一位乘客上车了以后,拉什跟在他后面,沿途封闭了两扇过渡舱舱门。他走到列车前端,用广播说道:"欢迎乘坐月球快线!本班列车下午2:34发车,目的地是阿波罗11号游客中心,预计到达时间是下午3:17分。列车行进过程中请勿将手或脚伸出车厢!"

乘客们笑了起来。这个笑话太冷了,但是在观光客身上却屡试不爽。

列车开动了,行驶得极为平稳,没有颠簸,没有晃动。列车发动机是电动的(很显然),而轨道也从未经受过恶劣天气的侵蚀,更不用说跟地球相比,这里的轨道根本不需要承受多大的重量。

每一排座位都配备了一扇舷窗,乘客们争着挤到窗前,想一睹外面灰暗单调、遍地乱石的地貌。这有什么可看的呢?不过是一堆灰不溜丢的石头而已。

一个衣着过时的美国中西部妇女一直对着自己边上的窗子咯咯笑个不停，然后转向了我："天哪，我们真的到月球了！"

"马阿拉西，阿纳马阿莱夫影锅华[1]。"

她又转向另一个乘客："天哪，我们真的到月球了！"

如果想让别人离你远一点，没什么比语言障碍更好使了。

我在机模上打开了阿拉伯语的八卦网刊，只是想找个由头让自己一直保持低头的状态。还好拉什一直在操控列车，脸没有朝向我这边。列车接驳时发出的熟悉声响在整节车厢中回荡，拉什大喊道："终点站暗暗暗！"

他走到车门边打开门："阿波罗11号游客中心到了！祝您玩得愉快！"

我们簇拥着走出列车，发现车门外就是一家纪念品店。有些人留在了这儿，但是多数人继续往观景大厅前进。游客中心有一整面巨型玻璃墙，透过玻璃墙当年的着陆点清晰可见。

当我们走近玻璃墙时，一位衣着光鲜的讲解员上前来跟我们打招呼，我忙不迭地移开了视线。又是个我认识的人，见鬼了，想在一个小城市里实施犯罪还真是累人。

君特·艾歇尔十年前和他同父异母的妹妹伊尔莎一起移民来阿尔忒弥斯，他俩因为走到了一起而为德国社会所不容。真的，我没开玩笑，他们就是因为这个原因才移民来这里的。我们不爱管别人的闲事，只要当事人双方都是能对自己负责的成年人就行（虽然有些人会放宽"成年人"的年龄标准）。

无所谓了，反正我跟他不算熟，我这身乔装应该不会有问题。

1　阿拉伯语，大意是"对不起，我不会说英国话"。对于以英语为母语的人来说，整句话只有"英国话"一词依稀可辨。

他等大家都聚齐了之后就开始讲解："欢迎来到宁静海基地。大家可以靠近玻璃一点，这儿的空间绰绰有余。"

我们走上前去，沿着巨大的玻璃墙站成一排。着陆器仍留在一个世纪前它降落的老地方，四周散落着以前的宇航员留下的一些实验器具。

"你们可能注意到了观景大厅的玻璃墙线条很奇怪，"君特说，"为什么这一面不是规则的半圆或直线呢？我们有规定，在阿波罗着陆点的任何物件的十米范围内不允许修建任何东西。'任何物件'包括了着陆器以及各类实验器材、工具、登月纪念牌，甚至航天员留下的足印。因此观景大厅的设计原则就是玻璃墙每一个观赏点的十米范围内都有着陆点的一部分。大家可以在大厅随便走走，从各个角度随意观赏。"

之前有几个游客早已经沿着弯弯曲曲的玻璃墙走过一轮了，君特说完之后更多人也开始走了起来。

"或许有人担心自己和宇宙真空之间就隔了块玻璃，不过请放心，这面玻璃厚达23厘米，足以保证您不会受到任何辐射的影响，这面玻璃同时也是整个游客中心最坚固的部分。另外，我还要自豪地告诉诸位，这些玻璃都是在我们月球上制造的，而且里面还添加了一些表岩屑来调暗玻璃的色调，不然外面的阳光直射进来会过于刺眼。"

他指向了着陆点："以美国国鸟命名的'鹰号'登月舱于1969年7月20日成功着陆。您现在看到的是'鹰号'的下降级[1]。宇航员尼尔·阿姆斯特朗与巴兹·奥尔德林在任务完成后

---

[1] 阿波罗登月舱分为上升级和下降级两部分，下降级包括支撑腿、电池、供水、推进器，还有装载着实验器具的货物隔间。

搭载上升级返回了月球轨道。"

游客们挤到了玻璃边,为自己眼前所见沉醉不已。连我自己都忍不住盯着着陆器看了好久。我这样的人也是有感性的一面的,我爱阿尔忒弥斯,也爱这里的历史,而"鹰号"正是阿尔忒弥斯建城史中举足轻重的一部分。

"每一次阿波罗登月任务都会在月球上插一面美国国旗,"君特说,"那些国旗跑哪儿去了呢?其实在上升级点火升空的时候,推进器就把可怜的国旗给吹倒了,被冲击力激起的月尘又把国旗埋在了下面。如果您仔细盯着地面看的话,就在登月舱左手边,您能看到一小块白色,这就是我们现在能看到的唯一一部分。"

人群中开始出现嗡嗡的低语声,人们纷纷开始把那一小块白色指给身边的人看。

"在之后的几次任务里,他们才总算开了窍把国旗插远点。"

人群中传出了一阵笑声。

"再跟大家分享个有趣的冷知识:其余几面国旗因为暴露在月球白昼的太阳光直射之中长达一个世纪之久,现在已经完全褪色了。不过宁静海基地这儿的国旗因为埋在表岩屑下面,应该还是1969年时候的样子,但各位没法看到了,因为着陆点严禁任何人进入。"

他握紧了背在背后的双手。"希望大家能好好享受宁静海基地的历史与美景。如果您有任何疑问,请不要犹豫,直接来问我就好。"

在人群后,鲍勃·刘易斯和另外两个舱外活动专家站在一个标着"舱外活动准备区域"的走廊边。

君特指向三人组："如果各位感兴趣的话，我们安排了舱外活动项目。这将为您提供一段奇妙的体验，因为您可以从观景大厅无法覆盖到的角度观察着陆点。"

一般情况下戴尔也会在三人组之中，但今天是周六，他是一个虔诚的犹太教徒，这会儿应该去了阿尔忒弥斯唯一的一所犹太教堂。

一小群人聚在舱外活动专家周围，剩下的（穷）人则留在了窗边。我混在前面那堆人里，保持在人群中部。我不想太接近鲍勃所在的位置。

我们被分成了三组，每组八人。我被分配到了鲍勃那一组。妈的。

每个舱外活动专家带着自己的组走到一边，开始讲解舱外活动的基础。我站在我们组最后，然后把视线转向一边。

"好了，听好了，"鲍勃说，"我待会儿会穿全套舱外活动服，而你们需要待在一种我们称之为'仓鼠球'的东西里面。活动期间严禁随身携带尖锐物品，因为球壁一旦被戳穿你这条命也就没了。另外也严禁追逐打闹，全程只许走，不许跑。不要蹦跳，也不要互相碰撞。"他眼神锐利地扫视了一眼组里的几个十几岁小孩。

"为了防止你们误入，着陆点四周围着一米高的围栏，标示的就是十米范围的禁区，这块区域是严禁进入的。不要试图翻越围栏，否则我将会终止舱外活动，而你将被遣返地球。"

他沉默了一会儿，给听众回味这段话的时间。"等我们到了舱外，你必须遵从我的指示，不得延误，不得质疑。你们必须全程都处于我的视线范围内。你可以随意选择行进的方向,但是如果我用对讲机告诉你你走得太远了,你就得立刻回到我身边。有问题吗?"

一个小个子亚洲男人举起了手:"嗯,我有个问题。刚才讲解员好像说外面有辐射?危险吗?"

鲍勃一脸久经考验的镇定:"舱外活动持续约两个小时,这段时间里你受到的辐射量小于100微希沃特——这个量和你去牙科扫个X光差不多。"

"既然如此,为什么游客中心需要辐射防护呢?""紧张先生"问道。

"月球上所有建筑的辐射防护,包括这座游客中心在内,考虑的是在这里居住和工作的人。偶尔辐射一下是没问题的,但是一直处于辐射中就不行了。"

"那你呢?你总是在外面,不是吗?"

鲍勃点了点头:"没错,但是每个舱外活动专家每周只能在外面待两个小时,这样我们受到的辐射量可以被控制在最小值。还有什么疑问吗?"

"紧张先生"垂下了视线。即便他还有问题,现在也不敢问了。

鲍勃取出了他的付款机。"舱外活动的费用是每人1 500斯拉克。"

游客们一个接一个地去扫自己的机模,我混在人群中跟他们一起把钱给付了。当机模屏幕上显示出我的账户余额时我皱起了眉头,为了一夜暴富我已经烧掉了好多积蓄!

鲍勃领着我们进入了过渡舱。作为全场资历最老的舱外活动专家,他的队伍都是头一个出舱的。

泄了气的仓鼠球挂在屋里的架子上，每个球边上还摆着一个硬壳的背包。远处的墙面上嵌着舱门，还有一块控制舱门的面板，舱门外是一个足够容纳一整个游客团的气密舱。

鲍勃从墙上取下了一个背包。"这是漫步包，在舱外活动期间你需要全程背着。它释放氧气的同时会吸收二氧化碳，还能维持球内气压及温度。"

他向我们展示了背包侧面接着的耳麦。"在舱外活动期间你们必须全程戴好这个耳麦。耳麦用的是公共调频，我们九个人的声音全都听得见。另外，如果出现了什么问题，你的背包就会把问题汇报给我。"

"紧张先生"又举起了手："我们该怎么操作呢？"

"不需要进行任何操作，"鲍勃说，"这是全自动的，不要随便动它。"

我装作很认真地听着。我当然知道漫步包是什么，培训的时候他们给了我好几个被故意弄坏的背包，让我排查故障，而我全都排查出来了。

鲍勃指向一排储物柜："把你们的个人物品还有不想带在身上的东西都放柜子里。机模得带在身上。"

和刚才相比，游客们现在愈发激动了，他们都欢笑着，兴奋地交谈着。我走到离我最近的储物柜边扫了一下机模，柜门咔嗒一声打开了。现在柜门已经绑定到了我的机模上，过会儿只有我才能打开它。高明的设计——就连"紧张先生"都能在没有任何疑问的情况下顺利完成操作。

我把手提包放在柜子里，然后用眼角的余光四处打量，观察有没有人在盯着我。没有。

我从提包中取出了外检机，把它搁在储物柜边上。我没法把它完全隐藏起来，但至少已经遮挡住了一部分。我把遥控器塞进了大腿内侧绑着的皮套中。

鲍勃先是盯着我们装备上了漫步包，然后一个接一个地把我们的仓鼠球封上了口。尽管开始走动的时候难免会有些磕磕绊绊的，但是大多数人都适应得很快，因为这的确算不上很难。

鲍勃从储物柜中取出了自己的舱外活动服，三分钟之内穿戴完毕。妈的，真是神速，我自己的最快纪录是九分钟。

我们在他身后排成一列，一些人行动起来要更为自如，一些则不然。他拿出自己的机模对着气密舱控制面板晃了一下，内舱门就打开了。他带着我们步入气密舱中。

我是第一个进去的，然后滚着球站到角落里。我对着墙从裙下取出遥控器，然后激活了外检机。外检机在更衣室中苏醒过来，摄像头也打开了。现在我可以同时看到外检机的全部视角以及我自己的视野。

鲍勃现在的注意力都在游客身上，也就是说他没有面朝外检机所在的方向。游客们的视线则集中在外舱门上——那是他们和精彩的月面之旅之间的最后一道关卡。另外，如果你在仓鼠球里面的话，会发现外面的东西看起来比实际上更暗一些，这是为了确保里面的人不会被舱外强烈的阳光灼伤。

我的机会来了。我操控着外检机摆动着它可爱的小爪子向前蹦跶。它紧跟在最后进门的游客的仓鼠球后面，然后躲进了角落里。

鲍勃封闭了内舱门，然后走上前去操作外舱门的阀门。外舱门没什么特别的——上面就只有一个手动阀门。有人要问了，为什么不用电脑操控呢？因为阀门从不会死机或重启，这件事上我们可不敢冒没必要的风险。

空气嘶嘶地从气密舱中散逸出去，仓鼠球的球壁也与此同时变得更为坚硬。鲍勃盯了一会儿读数，以确保我们八个人的仓鼠球都处于密封状态。气密舱进入真空状态之后，他通过对讲机对我们说：

"好了，现在我要打开外舱门了。游览区域里尖锐的石子已经被清理过了，但如果你们发现了什么可能会刺穿球壁的东西就绕开，记得跟我报告一下就行。"

他打开外舱门，灰暗又了无生机的地貌跃然于我们眼前。

游客们纷纷发出了哦哦啊啊的惊叹声，然后在公共频道里开始叽叽喳喳地说起话来。

"请尽量避免在这个频道里闲聊，"鲍勃说，"如果你想跟特定的人说话，请使用你的机模呼叫对方，公共频道仅用于游览相关的指导以及问题。"

他走了出去，示意我们跟上。

我和其他人一起滚着球到了外面，松软的月球表岩屑在球下沙沙作响。自动调节明暗度的聚合物球壁阻挡住了大部分太阳光，但这也意味着这些光会转化为热能。球壁内侧的聚合物是很好的隔热物，却远非完美。我走进了阳光直射的区域才几秒钟工夫，就已经能感觉到球内的空气变热了。

漫步包启动了其中一个风扇，热气被源源不断地吸入，经过冷却后再被排出。

和矿车一样，仓鼠球也必须应对棘手的散热问题，但你总不能把一个大活人直接包裹在蜡里吧。那漫步包又是怎么处理这些吸入的热量的呢？包里面其实有一大块冰。

就是把水结成冰的老办法，包里头有好几升呢。液态水已经是比热容最高的物质之一了，而融化固态冰块则会消耗更多能量。仓鼠球漫步时长的限制因素其实就只有一个：这一大块冰能坚持多久？计算结果大约是两个小时。

等我们全员通过了外舱门之后，鲍勃又把门重新关上了，然后带领我们前往着陆点。我有意把我的外检机小兄弟（我决定叫他"歪弟"）留在了气密舱里面。

绕过游客中心外围的路程并不算远。

我跟其他人一起走到围栏边。还记得我之前和詹焌说过在外面看到的风景和在游客中心里看到的差不多吗？我说谎了，外面的风景其实要比里面好得多得多，你能体会到一种真实的临场感。你当然确确实实就在那儿，但你明白我是什么意思。

我对着尼尔和巴兹当年漫步的地方缅怀了好一阵。这个场景确实让人叹为观止，对我来说这就是亲临历史。

好了，该干活了。

游客们四散开来找寻不同的观景角度，有几个人还在朝游客中心招手，尽管我们完全看不到里面，从我们这里望去，那些玻璃就跟镜子一样，因为外面的射线可要比里面的厉害多了。

我背朝着鲍勃的方向，假装自己在欣赏月球的荒凉，然后拿出了遥控器，再次启动了外检机。你可能会好奇一个构造简单的遥控器是怎么让电波穿过阿尔忒弥斯的防护壳的，毕竟隔着两层六厘米厚的铝板和中间一米厚的碎石层呢。

但原理说来也简单。遥控器跟阿尔忒弥斯里的很多东西一样，是通过无线网络发送数据的，而每个球形舱顶部都安装有很多接收器和转发器，游客中心也不例外，毕竟没人希望那些舱外活动专家们在外面失去信号，在安全方面没有任何事情比通信更为重要了，遥控器也因此可以和歪弟进行无障碍对话。

气密舱目前处于真空状态——这也是所有气密舱默认的状态。现在下一个团正在他们的舱外活动专家的指导下进行准备工作。我的时机稍纵即逝。

我让歪弟抓在外舱门上。屏幕高亮显示了他可以抓握攀爬的区域，这个人工智能的辅助功能真是绝了，我只需要告诉他该去哪儿，接下来交给他自行发挥即可。

他抓着管道、阀门和其他隆起物攀到了门上。我让他先锚定在天花板的横梁上，然后再扳动舱门上的阀门。

他两只爪子并用才拧动了阀门，三圈过后门微微开了一个口。我给他发出了落地的指令，他在半空中自动翻了个身，爪子稳稳地踩在了地面上。天哪，这东西太好玩儿了！我心里默默地把他添加到了日后发财必买的购物单上。

歪弟拱开了舱门，像猫一样钻了出去，接着把身后的舱门带上了。

我越过肩膀往后看了一眼，确认没人在往那个方向看。大多数游客都挨着围栏，而鲍勃在一边看着。没人违反规定或遭遇危险，他看来对此颇为满意。

我指示歪弟关上舱门，爬上门板，转动阀门重新封锁舱门。之后我又指示他爬上游客中心穹顶的最高点。那是一个完美的避人耳目的地点。他麻溜地顺着侧面向上攀爬，根据他够得到的把手和握柄计算出了一条虽然迂回复杂但却行之有效的路径来。他仅用了两分钟就爬到了顶上。

我让他进入了省电模式，重新收好遥控器。我回头看了一眼游客中心，发现从地面上无法看到穹顶的顶部。完美。

第二阶段完成。在剩下的时间里我一直盯着"鹰号"看，想到当年真的有人敢坐在这个登月舱里降落在这里就觉得很奇妙。换作是我的话，就算你给我100万斯拉克我都不干。

行吧，如果你真出100万斯拉克我还是会干的，只是免不了会紧张。

亲爱的凯尔文：

肖恩闯祸了。

我爱他，但是天哪，他有时候是真的蠢。

他从一个游客那里搞了点大麻，我们想找个地方一起嗨，问题是我们这儿不论抽什么，火警都会响。所以我们应该上哪儿去呢？

我想出了一个完美的计划：去我爸的新店！

我爸现在正在壮大自己的事业。他租了第二间店面，正在采购新设备，面试电焊工，忙得热火朝天。

新店面还没开张，因为半数设备还没到呢，现在那里不过是间宽敞的空房子，而我又知道密码锁的密码。要知道，在防火车间里抽东西可是相当负责任、有担当的行为！消防安全，人人有责什么的。所以我提出了这个方案。

我们办了场聚会，规模不大，就肖恩的几个朋友还有我。我们玩得很开心，而且还抽高了，后来肖恩和他的几个兄弟就开始折腾那些设备。我本可以阻止他们的，但是所有人都玩得很开心，我不想冷场，你明白吗？

那天老爸刚加满了乙炔罐，结果肖恩和其他几个神经病拿焊枪手柄当剑打来打去，但输气管那时候是开着的，肯定是之前有人打开了旋钮什么的,反正他们手里的金属撞击在一起的时候火星跳了出来。

整个屋子顿时就被点着了,警报声大作,大门自动锁死了。我们被困在了屋子里,差点都没能逃进避难舱。我们就这样挤在里面等着消防队的人过来。

反正结果是:没人受伤,但是整个屋子都没了。鲁迪(那个爱管闲事的骑警队王八蛋)想要把我遣返回地球,但大火把大麻也给烧没了,因此他也没找到我们持有非法可燃物的证据。

老爸气炸了。他从没像那样对我吼过——他不停地重复说他在这家店里砸了多少钱,这地方又是怎么被我一把火夷为了平地。对此我也很气,因为我差点死在里头,至少他也该关心一下我,不是吗?

我们真的就这样较上劲了。他不许我再跟肖恩交往,就好像他真的有权左右我的感情生活!然后他又开始老生常谈,说我如何把自己的潜力都喂了狗。

我他妈真受不了"潜力"这个词了,我受不了从爸爸、老师还有所有混蛋"大人"嘴里听到这两个字了。

我告诉他他无权干涉我跟谁交往,而他只是不停地在说车轱辘话,说有这么个聪明脑子我可以如何如何"出人头地",肖恩这种人又怎么怎么耽误我的人生,絮絮叨叨,啰里啰唆。这是我的人生,我想怎么过就怎么过!

我拿了几件自己的东西就离家出走了。我现在住在肖恩家,他的房子比老爸那儿好太多了,肖恩才23岁就已经有自己的卧室和卫生间了。很多人对我的期望就是没日没夜地上班，勉强维持生计，而他却不需要。他是个赌注登记经纪人，负担得起自己的开销。他现在正在存钱，想在星光赌场里包一张赌桌，那可是在奥尔德林区啊！

我得先找份工作，然后存钱找个属于我自己的住处。或者也没这个必要，肖恩和我可能以后会一直生活在一起。

亲爱的爵士：

你和你父亲闹翻这件事真是太遗憾了。我知道你很气，但请务必考虑跟他和好，哪怕你已经不想继续跟他住在一起了。世界上没什么比家人更重要。

我这儿还有个消息，我被肯尼亚太空集团录取了！尽管只是个小小的装卸管理员助理，整天给货舱称重，但这只是个开始！他们答应我试用期过后会教我平衡装载量的技巧。货物的布局至关重要，如果没处理好可能就会导致发射失败。

等我升职到了装卸管理员之后就能帮妹妹们付学费了。之后等我们都学成了，就能赚钱赡养父母，爸爸妈妈到时就能退休了。前路漫漫，不过我们正在努力朝这个目标前进。

亲爱的凯尔文：

抱歉回得有点晚。之前两个星期过得很糟心，我和肖恩吵了一架，不过后来和好了（我就不跟你说细节了，现在没事了）。

恭喜你入职！

几个沙特人前几天来找我了，说如果我有兴趣，他们可以安排我当个焊工学徒。阿尔忒弥斯有五个焊工师傅想收我为徒。匈牙利的机工也来了，他们说电焊和机工差不了太多，因为都涉及金属的处理，我不是很理解他们的思路。总而言之，他们觉得我可以做得很好。

在此之后，我在求职这件事好像就传开了，一大堆人都上门来了，管道工、电工、吹玻璃工，你能想到的都来了，我一夜间就成了香饽饽。虽然一直以来我学啥会啥的天赋都广受好评，但现在受欢迎成这样未免也太夸张了一点。

我闻到了老爸的气息，这件事里到处都是他的猫腻。他在阿尔忒弥斯的技工圈子里有些影响力，要么就是他直接让这些人来找我，要么就是这些人觉得聘用阿玛尔·巴沙拉的女儿可以巩固和他之间的商业关系。

我把他们都拒了。我并不恨我爸，只想自力更生，你明白吗？而且我拒绝他们还有个直接的原因：这些工作都是体力活儿。

我找了份快递员的工作。这只是临时的，主要为了赚点零花钱。肖恩付了房租，但我不想什么事情都靠他，你懂吗？我很喜欢现在这份工作，因为我每天想接多少单子就接多少，也没有职场或者老板之类的，我每次取件或送件就能收一次钱。

还有一件事，肖恩跟其他女的好上了。我们从没约定过只能和彼此在一起，我搬进来是因为我没其他地方可去了，所以我觉得现在的局面是有点尴尬，不过也还好，我们刚刚约法三章，主要的一条是：我们双方都不可以带其他人回肖恩的住处，要亲热就挑别的地儿去。对我来说这基本上就是理论上的可能性了，我对钓男人没兴趣，对我来说一个就够多了。

我不喜欢现在这样，但是肖恩从我们交往第一天开始就明说了，所以我也没什么可抱怨的。走一步看一步吧。

第五章

第二天早上，我躺在棺材里捣鼓着外检机的遥控器。

我下了指令之后歪弟就醒了过来，他的电力还剩92%，我的小歪弟并没有太阳能板。外检机一般活动几个小时就会返回，设计师又怎么会想到要给他加个太阳能板呢？

我指示他从穹顶一路爬到列车的气密舱上方，之后就只好干等着了。我玩了会儿机模，主要是在浏览阿拉伯语的八卦网站。王后居然站在她儿媳一边跟自己亲儿子较劲！你敢信？！如果连你亲妈都觉得你完蛋了，你就真的完蛋了。

终于，第一班满载着观光客的列车抵达了游客中心，歪弟翻下了穹顶，落在车厢顶。列车发车都相当准时，十分钟后就带着我家逃了票的小东西向阿尔忒弥斯进发了。

外检机虽然电池容量很大，但肯定是没办法徒步在月面上走完40公里的，所以就让歪弟搭个顺风车返回阿尔忒弥斯。爱他当然要给他最好的！

我一边继续在我最爱的八卦网站上打发时间，一边等待着列车归来。

我的亲娘啊！我简直不敢相信王子的二老婆对媒体说的那通话，太过分了！我仍然会对任何被劈腿的女性产生共情，因为我曾经也是她们中的一员，当年那种感觉简直了。

列车到站后我指示歪弟爬到了奥尔德林球形舱的穹顶上。从这里开始事情就简单了,现在我正在操纵歪弟做他的本职工作。

他爬过了奥尔德林的外防护壳,然后途经奥尔德林—康拉德连接通道,跳上了康拉德的穹顶。我指示他在康拉德穹顶的顶部待命。

之后歪弟再次进入省电模式,而我的思绪又回到了毫无营养的王室八卦之中。

请注意:您正在进入奥尔德林公园。公园并未覆盖双层防护壳结构,若您听到泄漏警报,请立刻前往最近的气密避难舱。避难舱印有蓝色的标识,您可以在公园各处发现这些蓝色标识。

门票价格:

非本地居民——750斯拉克

本地居民——免费

我把自己的机模在读取器上扫了一下,隔间的门打开了。我进公园当然是免费的,谁说阿尔忒弥斯人没有公民权的?

我站在隔间内等着外门关闭,外门关闭后内门打开。我步入了阳光中。是的,阳光。

奥尔德林公园占据了球形舱最顶上的四层楼。这里并不像阿尔忒弥斯的其他区域有着刀枪不入的铝墙铁壁,而是覆盖着巨大的玻璃——和阿波罗11号游客中心的观景大厅一样,由月球的本地企业制造。

现在已经是内罗毕时间下午三点了(因此是阿尔忒弥斯时

间下午三点），但实际上现在是月球的"早晨"。太阳悬挂在地平线上方，阳光倾泻在公园里，而玻璃穹顶为公园中的游人抵挡着足以将人烤焦的暴烈辐射和紫外线。

还没到我和斯沃博达约定见面的时间。我散了会儿步。

公园的设计简约而不失雅致。公园的地面延伸到了玻璃幕墙边，地势平坦，人造的小丘散落各处，芳草茵茵。这些可是货真价实的草，天地良心童叟无欺，简直就是奇迹。

我沿幕墙踱着步，望着外面的月球。我一向都无法理解月球上的风景到底美在哪里，看上去就是……光秃秃的什么都没有。所以别人喜欢的可能就是这种虚无？禅意？可我就是不吃这一套。对我来说，从这里能看到的最美的风景是阿尔忒弥斯。

沐浴在阳光中的阿尔忒弥斯就像一堆金属乳房。干吗？我又不是诗人。确实很像乳房。

在西方，康拉德球形舱占据了视线的大部分。不管里面有多肮脏多寒酸，单从外面看的话，它和其他几个姐妹们一样美丽。

在西南方，个头小一号的阿姆斯特朗球形舱就像一只端坐在网络正中的蜘蛛。更远处坐落着谢泼德球形舱，里面遍地都是阔佬。我一度以为半球形的纯几何体再怎么样都不可能呈现出自命不凡的视觉效果，但谢泼德却做到了。比恩球形舱位于康拉德和谢泼德之间，无论是从象征层面还是地理位置看都是如此。如果计划顺利的话我未来会把家安在这里。它现在离我还很远。

我朝北望去。宁静海一望无垠，一直延伸到了我的视野之外。灰色的山丘和崎岖的巨石散落在整个月面上，直到地平线的尽头。我希望自己能感慨说这真是一片壮阔的荒芜之类的鬼话，但我真不觉得。阿尔忒弥斯附近的地面上布满了纵横交错的车辙和支离破碎的石块。阿尔忒弥斯有不少石质建筑，看来那些石头都是从这儿采的。

我走到了公园中心，面朝着女士们。

虽然公园里没有娇贵的真树，却有一座几可乱真的桂花树的雕塑，下面站立着两尊人像。其一是嫦娥，中国神话中的月神；其二是阿尔忒弥斯，古希腊神祇，我们这座城市就是以她命名的。这两位女子微笑伫立着，嫦娥的手搭在阿尔忒弥斯的前臂上，看起来就像是正在谈论闺蜜之间的话题。本地人都将她们称为"女士们"。我走上前倚靠在"树"上。

我向上望着空中只露出半张脸的地球。

"公园内禁止吸烟。"一个沧桑沙哑的声音说道。

公园管理员少说也有80岁了，他从公园开张那天起就在这儿了。

"你看见我手里拿着烟了吗？"我说。

"我之前抓到过你一回。"

"那都快十年前的事儿了。"

他先是指了指自己的眼睛，然后又指了指我的眼睛："我可盯着你呢。"

"我想问问，"我说，"你怎么会跑那么大老远来月球上修草坪呢？"

"我喜欢园艺，但关节老疼，月球的引力对我的关节炎来说比较友好，"他抬头望向地球，"而且我妻子离世以后，我也没什么理由继续留在那儿了。"

"对一个老人家来说，飞一趟月球也真够呛的。"

"我以前因为工作的关系老跑长途，"他说，"习惯了。"

斯沃博达一如既往地准时出现了。他背着一个单肩包，笑着指了指我这边："瞧！三个月球美人在聚会！"

我翻了个白眼："斯沃博达，我以后真得好好教教你该怎么和女人说话。"

他朝管理员招了招手："嘿，我认识你。你叫迈克，对吧？"

"不对。"管理员说，然后瞪了我一眼，"我就不打搅你和你的客人了。"

他背对着我挥了挥手，走远了。

"东西做好了吗？"我问斯沃博达。

"那当然，这儿呢！"他把包递给了我。

我往里瞄了一眼："谢啦。"

"你找到机会测试避孕套了没？"

"这才过了24小时，你对我的私生活是不是有什么误解？"

"我就随便问问，"他扫视了一眼公园，"我没怎么来过这里，看来还挺适合放松心情的。"

"如果你喜欢玩抛接球的话，这里是挺不错的。"这座公园是有口皆碑的抛接球地狱。如果你是从地球上来的，那么你再怎么有意识地控制自己抛球的力道也只是徒劳，你站在十米开外的朋友——理论上的接球手——会眼睁睁地看着球在自己的头顶画出一道弧线，然后落到公园的另外一边。飞盘的话就更别提了，在低重力和低气压的双重作用下，其运动轨迹对于游客来说更是无解。

"我喜欢这儿，"斯沃博达说，"这儿应该是阿尔忒弥斯唯一存在'自然风光'的地方了。我想念开阔的旷野。"

"你想要开阔的旷野球形舱外面有的是，"我说，"如果你想跟朋友会面，酒吧要比公园好得多。"

他的眼神亮了起来："我们算朋友吗？"

"当然了。"

"酷！我本来就没几个朋友，而你是我朋友里唯——个长着胸的。"

"你真该好好学学要怎么跟女人说话了。"

"好吧，抱歉。"

我其实并没有生气，也根本就没把他的话放在心上，我现在满脑子都是下一步计划的事儿。

前期准备已经全部就绪，我拿到了电焊工具和改造过的电子设备，外检机也已经就位。我的呼吸变得急促，心脏都快从嗓子眼里蹿出来了。我的天才计划不再只是设想，马上就将被付诸实践了。

那天晚上我把我舱外活动服漏气的气阀给修好了，对它进行了一遍全面而细致的检查，然后又再次检查了一遍。尽管我从没这么跟鲍勃承认过，但他之前说我在考试前没好好查验装备是对的，保证自己装备的安全确实是我的责任，而这次，我一百万分地确定所有部件都运转正常。

我睡了会儿，但没睡很久。我一向怯懦，也没有掩饰过自己的怯懦。时候到了，我之后的人生何去何从就在此一举了。

我凌晨四点就醒了，之后就怎么也坐不住了。

我带着舱外活动服步行去了太空港到达区,然后驾驶着扳机穿过熟睡中的城市的厅廊到达了康拉德的气密舱,早上这个点这里还空无一人。我把舱外活动服和一大袋作案工具带下了车,然后将它们藏在副舱里,就算有人路过也发现不了。

我又把已经清空了的扳机开回到太空港的停车位。划重点:如果你要干一票大的,千万不要把你的车留在作案现场。

我又步行回到了康拉德的气密舱,然后把自己关在了副舱里。我只能寄希望于不会有人半路闯进来撞见我,不然我可就有的解释了。

我在舱外活动服上所有会暴露我身份的地方都贴上了胶布,比如序列号、证件号、胸口一大块写着"J.巴沙拉"的名牌等,然后我再次启动了歪弟,他立刻又活蹦乱跳了起来。

根据我的指令,歪弟顺着康拉德的穹顶一路爬到了气密舱。他先是打开了外侧的舱门,然后落在地面上,从门缝里溜了进来,接着关上了身后的门。他再次转动阀门封锁了外舱门,然后来到了内舱门边。

我透过圆形的舷窗看着我家小歪弟转动着手动阀门让阿尔忒弥斯的空气进入气密舱。在短促的"嘶嘶"声后,气密舱的气压已经与阿尔忒弥斯这一侧同步了。歪弟再次转动门把,内舱门打开了。

我走进气密舱拍了拍他的脑袋。"真乖。"我让他进入休眠模式,然后把他和遥控器一起藏进了副舱的储物柜里。

好了,万事俱备。气密舱已经能用了,控制面板还被蒙在鼓里。我对着控制面板比了个中指,它好像并不是很高兴。

我开始换装,同时也在计时,就像舱外活动专家一样。我用了十一分钟,妈的。鲍勃是怎么在三分钟之内完成的?他一定是个天才。

我启动了舱外活动服的系统,所有功能都正常上线了。我开始进行气压测试。根据指令,防护服稍微增了一点气压以便实时监控自己的状态,这也是测试是否有泄漏的最佳途径。没发现任何问题。

我走进气密舱,封闭了内舱门,然后打开了外舱门。

早安,月球!

单人舱外活动本身并无危险,对于舱外活动专家来说也是常有的事。但我的舱外活动是偷偷摸摸进行的,根本就没人知道我在外面,出了什么三长两短,根本就不会有人来找我,到时候只会有一具漂亮的女尸躺在月面上,直到很久之后被某个人撞见。

我确认自己的对讲机处于关闭状态,但是仍然在接收舱外活动公共频道的信号。要是还有其他人也出来了,我必须得知道。

我的两个氧气罐里携带的氧气量可供我呼吸16个小时,我还另外带了6罐,每罐8个小时。这已经远超我所需要的量了(但愿如此),但小心驶得万年船嘛。

不过……考虑到我这会儿正穿着舱外活动服拿着焊枪,准备把工作中的矿车炸上天,我好像也没资格说"小心驶得万年船"这种话。

我的二氧化碳排放系统的状态是绿色的,很好,因为我还不想死。在过去,宇航员需要靠一次性过滤器收集二氧化碳,而现在,我们靠复杂的膜状物和外面的真空来处理二氧化碳分子。我不清楚细节，不过只要舱外活动服还有电，这套系统就会一直运行下去。

我再次检查了一遍活动服的读数，确保所有数值都在安全范围内。永远不要指望警报系统来提醒你哪儿出了问题，不是说设计有什么问题，但那是用来保底的。安全始于操作者。

我深吸一口气，把一包装备扛在肩上，开始行进。

首先我得绕着阿尔忒弥斯走上半圈。康拉德区的气密舱是朝北的，而桑切斯铝业的熔炼厂在南边。这段路我得走二十来分钟。

接着去往一公里开外的熔炼炉和反应堆，我又走了两个钟头。看着阿尔忒弥斯在我视线内远去让我感到不安，毕竟那是这块大石头上人类唯一的庇护所。挥挥手说再见吧！

我总算抵达了我们叫作大坝的东西底部。

当初设计阿尔忒弥斯的时候有人提出："要是反应堆爆炸了怎么办？反应堆距离城区也就一千多米吧？那样岂不是很不妙？"于是这群书呆子们皱起了眉头，开始冥思苦想。其中的一个说："这样吧……要不咱们在中间堆个土丘？"然后他就升官了，还戴着花游街。

细节都是我瞎编的，不过差不多是这个意思，大坝可以保护城区免受反应堆爆炸的影响，虽然球形舱的防护壳应该是能够应付这种规模的核爆的，但大坝可以提供额外一层保险。有意思的是，我们并不需要防护核辐射，就算反应堆整个都熔了也没关系，阿尔忒弥斯拥有360度防护。

我在大坝底下坐下来休息片刻，我已经走了很久了，得喘口气。

我把脑袋别向头盔内侧，咬了一口奶嘴（别瞎想），吸了口水。舱外活动服的温控系统可以保持水温的冰凉。我在这套衣服上可没少花钱，它的品质还是有保证的，出故障或者搞砸我的考试时除外。

我重重地叹出一口气，然后开始往大坝上爬，沿着45度角的斜坡爬了5米距离。这个距离听起来好像不算很长，尤其是在月球的引力下，但当你身上穿戴着100公斤的舱外活动服还背着另外50公斤装备的时候，相信我，你会感到累的。

我往大坝顶上进发的时候一直在吸气、喘气、说脏话。我好像发明了一些新的粗口，但也不确定。我终于登上了大坝顶部，然后眺望着远方的大地。

反应堆在一座不规则形状的建筑中运转着，十几条管道从中蜿蜒而出，连接着上百块平铺在地面上的锃亮的散热板。

地球上的反应堆可以将热量排入江河湖海，但我们月球上没那么多水，只能将热量以红外线的形式散发到宇宙中。这已经是一个世纪之前的老技术了，但我们也没能找到更好的办法。

反应堆200米开外就是熔炼厂。熔炼厂是个小型的半球体，直径30米，在一侧有个大斗。这个大斗将石块磨成砂石后装进密封的圆柱体容器中。这些容器则会被密封进管道，被强气压推送进熔炼炉里，就跟20世纪50年代的气动管道系统一样。如果你厂里正好装了一些气密管和真空系统，最好还是让它们物尽其用。

列车的气密出入口坐落在半球体的另一侧，铁轨在这里分出了两条岔路，一条通向气密出入口，另一条上行驶着无人货运列车，往太空港运送火箭燃料。

我沿着大坝另一侧的斜坡往下走了几米，然后找了个好位置躺下来看风景。我不清楚矿车具体的日程安排，所以只能等着。

等啊等。

等他妈等。

如果你真想知道的话我就告诉你吧，这里一共有57块石头。我起初从小到大数，随后又改了主意从最圆润的往棱角最分明的数。再后来我又开始用表岩屑盖城堡，结果只盖出了一个土疙瘩。表岩屑的颗粒长着倒钩，因此黏性特别好，但在戴着舱外活动手套的情况下也只能这样了。我发现半球体在可操作范围内，于是堆了一个微缩版的阿尔忒弥斯。

总而言之，我等了四个小时。

足足他妈四个小时。

终于，我在地平线上看到了太阳光的反光。一台矿车回来了！谢天谢地。我站起身扛起包，准备再次行军。（为了打发时间，我把我的装备按照首字母排了序，第一遍用英文，第二遍用阿拉伯文。）

我大跨步跑下大坝，和矿车从不同的方向在熔炼厂前方会合。我先到了一步。

为了躲过矿车的摄像头，我蹑手蹑脚地绕到了熔炼厂球形舱的另一侧。其实此举没太大必要——监控录像不一定真的会有人去看。我继续绕着墙面行进，直到矿车进入我的视野。它就矗立在那里，全身闪烁着光芒。

矿车倒退着来到熔炼厂的大斗边，停稳，货厢的前端缓缓抬起。

上千公斤矿石被倾泻进了大斗之中，瞬间腾起一片烟云，眨眼的工夫却又消散无踪了。这里没有可以让它们一直保持悬浮状态的空气。

货厢在卸货完毕后又回归到水平位置，矿车的整个车身仍停留在原位，机械臂开始作业，将充电线和冷却管接到车身的接口上。我不确定充电会持续多久，但我一刻都没耽搁。

"为了100万。"我说。

我从侧面爬上矿车，把装备都丢进货厢，自己也跟着跳了进去，轻轻松松。

我本以为等它充满电还需要很久，结果只等了五分钟。我必须得承认，丰田制造高速充电电池的技术的确了得。矿车突然向前行驶起来，我们就这样一起上路了。

我的计划奏效了！我像个小女孩似的咯咯笑了起来。嘿，我本来就是个女孩子，有权这么笑，再说了，边上也没人看着啊。我从包里拿出一根铝棒，随后爬到矿车顶上，像握着佩剑一样挥舞着："冲啊，我的战马！"

我们向前疾驰着，矿车以每小时五公里的致命时速朝西南方毛奇山的方向疾驰而去。

我眼看着熔炼厂和反应堆消失在视野中，又再次感觉到了不安。我并非从未离夏尔这么远过[1]，游客中心距离阿尔忒弥斯有40公里远呢，但我从未离安全点这么远过。

当我们进入山麓地带时，地面也开始更加崎岖不平，但矿车的速度丝毫未减。它可能从来跟"快"字搭不上边，但是马

1　这句话出自托尔金的《魔戒》中山姆之口。

力实在惊人。

我们第一次撞上一块巨大的石砾时我差点从货厢里飞了出去，好不容易才护住了周围的全部装备。矿车毕竟不是高档跑车，但它刚才回程的时候货厢里的矿石怎么就没撒出去呢？可能它回程的路上会行驶得更小心吧。无论如何，矿车再颠簸也好过徒步行走，这么陡峭的斜坡非把我活活累死不可。

最后我们终于开始减速了，路面也重新平整了起来。我把装备包从身上推开，再次爬上了车顶。我们终于抵达采矿区域了。

成年累月的采掘作业已经清理出一大片光秃秃的空地。太好了，路况总算好转了。这块空地大概呈圆形，我看到另外三台矿车正在将石块往自己货厢里铲，我乘坐的这台也行驶到空地边沿，然后放下了铲斗。

我把装备从货厢里丢了出去，然后紧跟着跳下车。此刻也顾不上避开摄像头了，我只能希望没有任何桑切斯的员工会随便挑一段监控录像当礼物送给自己的女友。

我带上装备，拖着袋子钻进了矿车底下。

第一步是将我和我的装备固定在底盘上。矿车不会长时间保持静止，我可不想追着它跑。我把包竖起来，开始准备工具。

首先是帆布。这是一块纤维加强过的重型塑料，在四个角上还有金属扣眼，可以用来穿绳。我将尼龙绳穿过扣眼，然后将绳索固定在矿车底盘上类似于千斤顶支承点的凸起上。现在我是个有吊床的人了。我钻进了崭新的秘密基地中，然后取出了电焊工具。

矿车突然开始往前行驶了。我估计它已经往货厢里装了些矿石，现在决定往前走一步再吃上一口。它移动的时机完全在我的意料之外,谁叫真空中是听不到声音的呢?这也算是个小小的不便吧——我还没来得及把备用氧气罐搬进吊床里呢。

我往氧气罐的方向看了一眼。还好,情况还不算太糟。我可以待会儿再回来——

一块巨大的石砾因为底下突然少了块承重物而失去了平衡,径直朝氧气罐的方向滚了过去。气体悲情地从罐子底下逃逸出去,短暂地吹起了一片尘埃,紧接着是一片沉寂。我全部的备用氧气罐都一命归西了。

"哎哟,我真是服了!"我大喊道。

我掐指算了算自己现在到底是什么处境。

我查看了一下手臂上的读数。主氧气罐里还剩六小时的氧气存量,紧急氧气罐里还有两小时的存量。还有一罐是电焊用的,我当然可以把这一罐也接到活动服的气阀上,但这样一来我今天整个计划就都泡汤了。我的邪恶计划不能没有这罐氧气。

这样一来我还有八个小时的氧气。能撑得过去吗?

阿尔忒弥斯在三公里开外,虽然沿途的地形算不上很平坦,但至少都是下坡路,就算作两个小时的路程吧。

我的原计划是先等到晚上(内罗毕时间的晚上,不是月球的晚上),然后趁大家都在睡觉的时候偷溜进去。但我身上的氧气已经不够我等到晚上了,我只能在光天化日之下回去了。

计划变更:改用印度空间研究组织的气密舱,它通往阿姆斯特朗区的太空署街。从那里走,路上顶多就会遇到几个不明就里的书呆子或者只会说"哼嗯"的人,而我只管自顾自地往前走就行了,更何况我还戴着护目镜,根本就没人能看到我的脸。另外那里也不像康拉德区的气密舱似的有那么多舱外活动专家。

好的,问题算是解决了,也就是说在我不得不离开采掘作业区之前我还剩6个小时,每台矿车90分钟。开始干活吧。

我在吊床上尽可能舒服地躺着,然后开始组装电焊工具。我将乙炔罐和氧气罐夹在双腿之间好让它们保持稳定。我盯着矿车底盘上距离冷却阀十厘米的地方,用螺丝刀刻出了一个直径三厘米的圈。这就是我要切割的地方。

我翻下了头盔上的护目镜,先前我用胶布把电焊护面专用镜片固定在了护目镜的正中。接着,我拧开了乙炔罐的气阀,将焊枪调到引燃模式,打出火星,然后——

……焊枪没启动。

唔。

我又试了一次。没用。这次连火星都没出来。

我检查了一下乙炔罐。输气没有问题。搞什么?

我掀起护目镜检查了一下点火器。老爸教导过我要用燧石点火器,因为电子点火器不过是"一个迟早会坏的玩意儿"。弹力把手边接着的不过就是一块燧石和几条钢槽,没什么复杂的结构,这项技术已有千年历史,怎么就出问题了呢?

哦。

对了。

燧石撞击钢铁的时候会激发出一小颗金属颗粒进入空气中,而金属颗粒会因为某些与表面积以及氧化程度相关的复杂原理燃烧起来。基本原理就是金属颗粒以极快的速度生锈,而生锈这一氧化反应所释放出的热量点燃了火焰。

一个有趣的知识点是：氧化需要氧气，燧石和钢在真空中没用。好了，别慌，焊枪的火焰不过是在氧气中燃烧的乙炔。我调节了气阀，以确保输出的每一丝乙炔都对应着一小股氧气，然后我直接对着喷嘴启动了点火器。

火星！我的乖乖！氧气让金属颗粒火冒三丈，但量还是给得太多了些，而乙炔的量相对给得太少了，火没能烧起来。我把乙炔的输出量稍微提高了一点，然后又试了一次。

这一次，一丛火星点燃了一股喷薄而出却明灭不定的火焰。我把两个气阀调回了正常比例，火焰也恢复到了我所熟悉的稳定状态。

我长吁一口气，然后拉下了护目镜。尽管舱外活动服碍手碍脚的，我还是稳稳地握住了焊枪。烦死了。但至少这次我不需要应对熔化了的金属，只是切割，无须焊接。切割作业并不是在熔化金属，而是直接将金属化作气态。没错，就是这么火热。

切割比我预想中的要简单很多，一分钟不到就完成了。那一小片直径三厘米的金属落在了我的胸口，后面紧跟着一滴化了的蜡，那滴吐着泡的蜡几乎在一瞬间又再次凝固了。

我计算的位置非常完美，可以在不伤及冷却剂管道的前提下破坏储蜡的容器。我无所谓冷却系统的死活，只是不希望矿车因为侦测到冷却剂泄漏而立即被召回维修。滴在我身上的那一小滴蜡并不足以惊动矿车的自检系统，至少我是这么希望的。

我从装备包里掏出一个气压阀。我前一天从宁静海五金店里买了六个（一台矿车一个，剩俩备用）。一面是一个标准型引压连接头，另外一面是三厘米长的空管道。我用连接头把那个窟窿给补上了。我的切割完成得还不错——可谓严丝合缝。我又点燃了焊枪（还是之前那个疯狂输出氧气的气体比例），然后抓取了一根铝棒。我要把刚买的气压阀密不透风、牢不可破地焊在底盘上。

我小时候就跟我爸一起安装了上百万个阀门，但从未在穿着舱外活动服的情况下干这活儿。此外，不同于之前的切割，气密焊接必须先熔化金属棒。

如果我搞砸了，刚熔化的金属液很有可能会滴落在我身上，直接在舱外活动服上烫出一个洞，那可就大大不妙了。

我尽可能地往一边靠——只要我处于现在的位置，就算搞砸了，那滴杀人于无形的液态铝兴许也会与我擦肩而过。我开始工作，并且紧盯着那滴液态铝越积越大，在焊接点附近颤颤巍巍，最终还是渗入了上方的裂隙中，我的心率总算也恢复到了接近正常的水平。感谢上帝创造了表面张力和毛细现象。

我的操作十分小心，不慌不忙。我慢慢环绕着气压阀焊接着，同时尽可能避免自己的身体直接处于焊接点正下方。终于，我完成了这项史诗般的壮举。

我在储蜡容器底下装了个气压阀，现在是时候开始我计划中最邪恶的一步了。

我用输气管将焊接用的氧气罐和气压阀接到了一起，然后把氧气罐的输出量调到了最大。

诚然，储蜡容器里装满了蜡，但里面还是有缝隙的。相信我，如果你往一个高压容器内输送50个大气压的气体，这些气体就会找到这些缝隙。当氧气罐与储蜡容器的气压持平后，我小心翼翼地关闭了阀门，然后拔掉了输气管。

我从矿车底下爬了出来，然后盯着它看了一秒，确信这该死的家伙暂时没有移动的打算。我可不想重蹈覆辙。

铲斗还在往前挖，舀起了几百块矿石倒进货厢里。然后它又伸出铲斗准备再挖一次。好了，我有足够的时间爬上去了。

我踩在离我最近的轮子上，翻身上了车身。我找到了开关盒，打开小盖板。里面和特龙的矿车的开关盒一样，有四根线。其实并不意外——本来就是同一型号的，但我看见电路的那一刻还是稍微松了口气。

为了预防电力故障，矿车全身上下都是断路开关，但最后一道防线就是总断路器，全部的电路都流经此处。这就是保护电池的"保险丝"。

我从包里取出了自制的小发明，一根粗电缆上夹着两个跳线电缆夹所构成的高压继电器开关，继电器连接着电子闹钟的蜂鸣器，就是这么简单，闹钟响起后继电器就会被触发。这玩意儿算不上是什么尖端科技，而且一点也不中看，但是中用。

我将矿车总电源的正负两极接到了我的小发明上，当然啦，什么都还没发生，现在继电器还是开着的。然而一旦闹钟响起（我设定的时间是当天半夜），继电器就会关闭，电池也将短路，而且短路将会完全绕过断电器，因此也不会出现正常情况下的跳闸。

2.4兆瓦时的电池在短路的时候会变得非常非常烫，换句话说，火烧屁股般烫。而发烫的电池又位于一个装满了蜡以及高压氧的封闭容器中，这个容器还是完全气密的。我来给你好好算算：

  蜡＋氧＋热＝火

  火＋高压物＝炸弹

  （炸弹＋矿车）×4＝爵士账上的1 000 000斯拉克

  东窗事发时我应该早就安全返回阿尔忒弥斯好久了，就算他们再怎么细致地观看录像，也猜不出我是谁。另外我还留了一手……

  我查看了一下手臂上的读数。我只能指望斯沃博达的产品和广告里说的一样好了，至少到目前为止他还未曾让我失望过。

  此刻在我的棺材中，斯沃博达的产品正在启动。我亲切地称其为"不在场证明器"。我在出发前把自己的机模插了进去。

  不在场证明器的机械指碰了一下机模的屏幕，机械指与人类的手指别无二致。

  它输入了我的密码，然后开始浏览网页。它依次点击了我最爱的沙特八卦网站、几个搞笑视频，还有几个在线论坛，甚至还发了几封我已经预先写好了的电邮。

  虽然还算不上是最完美的不在场证明，不过也已经相当不错了。要是有人问起当时我在哪儿，我会跟他们说我那时候在家里上网，而我机模的数据记录还有阿尔忒弥斯的网络都可以为此提供证明。

  我看了一下时间。整个流程——从搭建吊床到安装矿车终结者——我一共用了41分钟。看来可行！照这个速度我返回的时间会很充裕！一台矿车已经解决，还剩三台。

我重新爬回了那台大限将至的矿车底下，收好了全部装备，然后又爬了出来。整个过程中我都在小心地避免自己被巨大的轮子压扁，即使在月球这样的低重力环境下，矿车也足以把我像颗葡萄一样踩得稀烂。

我估计下一台矿车怎么着都应该在100米开外，要么就在采掘场地的另外一头，但实际上它就停在我跟前三米远的地方。它他妈在干吗?！

它不在挖掘，也不在装载，只是"盯"着我，当我站起身的时候，它的高分辨率摄像头重新调整了一下焦距。只有一种可能：桑切斯铝业的某人正在手动操作这台矿车。

他们发现我了。

亲爱的爵士：

我很担心你，你杳无音信已经一个多月了，我发的邮件你也不回。我通过你父亲的电焊网站找到了他的邮箱地址，跟他取得了联系，他也不知道你在哪儿，并且很担心你的安危。

阿尔忒弥斯的公共黄页里有七个叫肖恩的人，我跟他们通通联系了一遍，但他们谁都不认识你。我猜可能肖恩并不愿意公开自己的信息？总之我毫无头绪。

亲爱的凯尔文：

抱歉让你担心了。我宁可你之前没联系过我爸。

我最近不是很顺。上个月有一群怒气冲冲的暴民上门来找肖恩，大概来了15号人，把肖恩揍得鼻青脸肿。事后肖恩不愿意谈这件事，但我知道到底是怎么一回事。这事在我们这儿还挺常见的，名曰"风纪纠察队"。

有些行为是这里的人无法容忍的，即便对方没有触犯法律他们也会自发组织起来为民除害。肖恩是个下流坯——我深知这点，我也知道他在跟其他女孩厮混。

但我不知道他连十四岁的女孩都不放过。

我们这儿的人来自地球各地，不同的文化有着不同的道德准则，因此阿尔忒弥斯也没有同意年龄的规定，只要没有强迫行为就不构成强奸罪，而这个女孩也同意了。

但我们也不是野蛮人。就算不至于被遣返回地球，一顿打是绝对逃不了的。我估计来的人里面可能有几个那女孩的亲戚吧，我不确定。

我太傻了，凯尔文，傻到极点了。我当初怎么就没看清肖恩这个人的为人呢？我那时候才17岁，从认识他第一天起，他在我眼里一直都是那么有魅力，结果到头来发现当时的自己可能是他会喜欢的类型的年龄上限。

我现在无家可归了。我不想回我爸那儿，我真的做不到。那场大火把他置办的设备都烧了，他还得自掏腰包赔偿建筑物的损害，现在也没资金扩大店面了。何止，他都快破产了。在这一切之后我怎么还好意思回去呢？

我的无知害了我爸。

也害了我自己。从肖恩那里搬出来以后，我的账户里就只剩几百斯拉克了，这么点钱什么房型都租不到，连像样的吃食都买不起。

我靠糊糊饱腹，天天吃，而且是原味的那种，因为我买不起带调味料的。然后——天哪，凯尔文……我根本没地方住。我走到哪儿就睡到哪儿，人少就行，要么是热得要死的高层，要么是冷得要命的低层。我还从宾馆的洗衣房里偷了条毯子，睡觉的时候可以在身下垫着。我每天晚上都得抢在鲁迪发现我之前换地方，因为露宿街头是违反规定的。自从那次大火之后他就盯上我了，为了把我撵走他什么事都干得出来。

一旦被他抓住，我就会被遣送回沙特阿拉伯，等待我的只有穷困潦倒、无家可归,还有重力不适的人生。我必须留下来。

很抱歉跟你说了这么一大堆,我也找不到其他人可以倾诉了。

千万不要给我打钱。我知道那一定会是你的第一反应,但是别这么做,你还有姐妹以及双亲需要照料呢。

亲爱的爵士:

我不知道该说什么好,我好难过啊,希望能为你做点什么。

我这儿情况也不乐观。我妹妹哈利玛告诉我们她怀孕了,孩子的父亲肯定是个当兵的,但她连对方叫啥都不知道。马上我们家又要多一张嘴了,这件事给了我们之前的计划当头一棒。按照原计划,我会拿工资给哈利玛付学费,然后她再帮库奇付学费,与此同时,我会存钱给爸妈养老,之后库奇再帮菲斯付学费,以此类推。现在哈利玛除了照顾孩子之外啥都做不了了,而且我们还得养着她。妈妈找了份工作,在肯尼亚太空集团园区里的一个小卖部当店员,这是她这辈子找的第一份工作,她自己好像还挺喜欢的,但我希望她根本不用去工作。

爸爸只能再多干几年了。库奇说她可能会找个没什么技术门槛的工作补贴一下家用,但她这是在牺牲自己的未来啊!

我们应该乐观一点。哈利玛会成为一个好妈妈,而我们家也很快就会有个新的小生命需要我们疼爱。我们的身体都很健康,而且我们拥有彼此。

你可能现在露宿街头,但至少阿尔忒弥斯的街头和地球上一些城市比起来更干净更安全。你已经找到工作并开始赚钱了，而且应该足够你日常开销。

  生活不易啊，我的朋友，但是仍然有出路，肯定有出路，我们都会找到出路的。如果有什么我能帮得上的，请一定要告诉我。

第六章

"你他妈逗我呢?"我对矿车说道。

另外两台矿车也朝我这边开来,大概是怕我会躲到一块石头后面然后逃之夭夭吧。那些正在手动操控矿车的人正在从多角度给我摄像呢。茄子。

我后来才知道当时到底发生了什么:那块砸坏了我的氧气罐的石头搞出了很大的动静——矿车一定是感觉到了地面的震动,这些机器的轮子里都安装了灵敏度极高的地面震动检测器。干吗用的?这些矿车的挖掘地点可是在山脚下,监控方肯定希望能及时收到塌方风险警告。

于是矿车把这次震动也汇报给了基地,桑切斯监控中心的工作人员调出了前几分钟的录像,他们担心由石头垒起的死神峭壁正对他们价值上百万斯拉克的矿车张开血盆大口。你猜怎么着?他们发现了我钻进矿车底下的画面!于是他们派了另一辆矿车来查看我到底他娘的想干吗。

他们之后一定是联系了舱外活动专家。我不知道他们具体说了什么,不过我猜大概是这样的:

桑切斯监控站:"嘿!你们干吗要搞我们家的矿车?"

舱外活动专家:"我们没有啊。"

桑切斯:"明明有个人正在现场搞得起劲呢。"

舱外活动专家:"我们这就去收拾他,不过并不是为了你们,而是为了维持我们对舱外活动的垄断地位。不管怎么说,我们本来不就是群王八蛋吗?"

于是此刻,舱外活动专家正在集结,准备把我逮回阿尔忒弥斯,然后我就会被围殴,被遣返,在利雅得享受重力不适,人生自此每况愈下。

我冷静下来,重估了一下现在的局势发展。抢在舱外活动专家气势汹汹地出动之前安全返还阿尔忒弥斯已无可能,所以就算现在收手也为时已晚,如果我继续的话,没准还能在史诗般的月球躲猫猫游戏开始前完成全部工作。

他们应该会用货运漫游车代步,一小时能行进十公里,爬上坡可能要慢一点,就算它六公里每小时吧。在他们到达之前,我还有半个小时的时间。

智取的时机已经逝去,我原本的计划也不再可行。桑切斯马上就会召回所有矿车,让技工们从头到脚仔细查验所有机体,我之前的努力也将全部付诸东流。

我必须在接下来的半小时内彻底报废掉全部四台矿车。现在的情况也有其积极的一面:桑切斯的监控人员贴心地把矿车都送来我跟前了。

好嘞,说干就干。我从包里取出一个剪线钳,一跃而起扒住了发现我的那台矿车,然后爬上了车顶。为了最大化信号范围,主次两套收讯系统全都安装在车体的最高处。矿车(现在显然处于远程手动操作模式)不停地前后舞动着——大概是想把我给甩下来。我驾轻就熟地维持住了平衡,几步就移动到了全部四根天线边上,虽然这几根天线比剪线钳适用的尺寸略粗一些，但还是没能逃脱我的魔掌。当第四根天线落地的那一瞬间，矿车就安静了下来。根据矿车的预设程序，失去信号之后机器会完全停止工作。有谁会希望矿车在脱离控制之后自己动起来呢？

我直接跳到下一台矿车顶上，就是经过我一番精密改造后沦为定时炸弹的那台。大半天的全都白忙活了，唉。

咔嚓，咔嚓，咔嚓，咔嚓！

另外两台矿车开始往后退。

"别急着走啊！"我说。我从车顶纵身跳下，三两步就追上了。

我爬到第三位受害者的头顶修剪了起来。跟它其他几个兄弟一样，失去最后一根天线的时候它也就静止不动了。

为了追上最后一台矿车，我小跑了一段距离，不过没过多久还是赶上了。正当我剪断了前三根天线，准备对第四根下手的时候，左腿突然一阵剧痛，我突然被击落车顶，在空气中画出一道弧线。好吧，不是"空气"，是真空。你懂我意思就行了。

我摔在了地上，打了好几个滚。

"怎么回事？"愣了一下我才反应过来到底发生了什么。这群桑切斯的擦屁纸竟然用铲斗把我给扫了下来！

婊子养的！刚才那一下险些把我的活动服弄破！虽然我确实在毁坏贵公司的财产，但你居然就为了几台矿车不惜置人于死地？

哦，它启动了。

矿车把铲斗降下了半程，朝我这边驶来。

我站起身，跑到主摄像头前对它比了个中指，另一只手抄起剪线钳朝摄像头直接砸下。看不到画面了吧，王八蛋。

"不管你到底是谁，我们知道你就在那儿。"舱外活动主频道里传出了鲍勃·刘易斯的声音。妈的！公会果然派出了他们素养最好的成员来带队。"不要让我们难做，投降吧。要是你非要逼我们冒着生命危险来强行制服你，我们保证会让你后悔。"

他并没有夸大其词。和太空电影相反，穿着舱外活动服打斗是极端危险的，我也没有和他们搏斗的打算，如果真被他们追上的话我会直接投降，但这就要看他们有没有本事找得到我了。

一次解决一个问题。我这儿还有台杀人矿车等着我呢。没了主摄像头，它现在正原地打着转想要找到我。虽然它速度不怎么样，但是铲斗前后挥舞的力道可不是开玩笑的。

铲斗砸在了我左侧一米远的地面上。猜得还挺准，不过还是差了点意思。我直接跳进铲斗蹲下了身子。这是一场赌博，因为铲斗有非常精确的重量感应器，而我的体重必然在感应范围内，我只能寄希望于遥控者不会注意到铲斗载重的变化。

铲斗的吊臂再次抬起，我顺势跃起。借着铲斗上升的力，我跳起的高度比我预期的要高得多得多。

"糟了。"到达最高点的时候我说道。我估计自己此刻距离地面十公尺，但当我落在矿车顶上险些摔断腿的那一刻，才得以确定之前在半空中估计的距离是对的。

我很快就反应了过来，伸手剪断了最后一根天线。矿车立刻停了下来。

"啾。"我暂时让四台矿车都陷入了瘫痪。是时候让它们永远动不起来了。

先从已经处理过的那台矿车开始。我就像之前那样从侧面爬了上去,打开了开关盒,然后把手探进安装好的继电器盒中去刨闹钟的设置键。结果当然是徒劳的,因为闹钟按键预设的操作对象是裸手,而非粗笨的舱外活动手套。

好吧,既然没办法设置闹钟时间,就只好采取更高调的手段了。我松开了那两个电缆夹,把中间的继电器一把拽了出来,然后切开了电缆的绝缘层,将两侧的电缆草草打了个结,最后再次把电缆夹夹回了电池的两极。

然后我拔腿就跑。

移除了继电器之后,我相当于制作出了一个全新的东西,人称"电线"。电池立马就短路了,产生了可怕的高温。

我全速冲向最近的一块石头,然后一个滑铲躲在了后面。但是过了一段时间,什么都没发生。我抓住石头边缘,朝矿车的方向偷瞄了几眼。还是什么都没发生。

"唔,"我说,"也许我——"

然后矿车就炸了。就是……炸了,程度比我预计的要厉害多了,顷刻间碎片横飞。矿车先被冲击力重重地压向地面,接着又被反作用力高高弹起,然后在半空中翻了半圈,最后车顶着地。

我觉得一场爆炸就足够了,但好戏还远未落幕。废铜烂铁纷纷砸在了我的石头上,而更小一些的零件则像雨点般从我头顶的方向落了下来。

"原来如此。"我说。我都忘了把另一个爆炸源算进来:氢电池。氢在高温状态下遇见氧之后，一定会进行短暂而热烈的讨论。

石头挡得了第一波横向的冲击，但却拦不住从我头顶上空倾泻而下的残骸。我只好肚子贴地爬到另一台矿车底下，一路上无数烟尘从我周围的地面上升腾而起。记住：这里没有空气，如果一件东西抛到空中，那么它上升时有多快下落时就有多快。现在天上真的在下子弹雨。

亏得我命大才在被碎片砸死之前爬到了矿车底下，在里面避了一会儿。一直等到碎片暴雨消停后，我才终于从车底爬出来欣赏自己的杰作。

遇害者是彻底完犊子了，而且妈呀，你甚至已经很难辨认出这堆残骸以前居然还是台载具。它的底盘现在沦为了一块扭曲的废铁，而差不多有50%的部件现在已经均匀分布在采矿作业区里。我看了一下时间，整个过程用时十分钟。不错，但剩下的三台我得加快速度了。

在这之前，我在废铁中挑了一块约两米见方的金属板，然后将它拖到我的石头护盾的远端。我让板子斜靠在石头的侧面，搭出一个简陋的小棚。

大功告成，从技术上来说我建好了一个月球基地。我在贾丝明要塞里坐了几分钟，把剩余的继电器电缆改装成了像刚才那样的跳电器。

然后我又开始处理第二台矿车。至少这次我不需要吊床了，现在它已经哪儿也去不了了。

由于我已经掌握了在真空中点火的诀窍，进度也就快了起来。另外我也不再需要将切割点标出，只需要按照自己的记忆来就好，没什么比肌肉记忆更能提升你手速的了。我切了口，装了阀门，灌好了气。

然后我让电池短路，跑到金属要塞中，蜷缩在底下，等待。这回我不再觉得自己像个白痴了。

我通过地面感觉到了爆炸，然后准备承受"恐惧之雨"的袭击。这块金属板的厚度会不会不够啊？

金属板上开始出现凹痕。尽管惊险，但它还是在雹子中保护了我。雹子停下之后，我检视了一下附近的地面，看看烟尘是否已经不再升起。要是我能听见声音就更好了。真空无法传导声音这件事真是烦死了。

我慢慢钻了出去，并没有被任何东西砸死，看来安全了。我绕过石块，看到了另一台报废的矿车。

我看了一眼手臂上的读数。又花了十分钟。"妈的！"

如果追捕小组速度够快的话，十分钟后就将抵达，而我还剩两台矿车没搞定。只要留下任意一台不作处理，桑切斯铝业就能继续挖取矿石，也就能继续制氧，那么特龙就会扣下那100万斯拉克。

最最浪费时间的步骤是我得躲避半空中砸下的碎片。我知道该怎么办了——虽然我并不喜欢这个方案：我得同时炸掉剩下的两台矿车。

我将剩下的两台矿车先后都设置成了炸弹。现在它们里面都充满了氧气，开关盒都已经打开，电缆的其中一头也都夹在正极上，在半空中晃来晃去。

我把所有电焊工具都塞进其中一台矿车底下。既然现在赶时间，就不可能再把这么多东西都拖回家了，但即便如此，我也不能把上面印着"巴沙拉电焊公司"的东西丢下不管。

嗯，100万斯拉克，我可以给他买套新装备。更高级的那种。

我站在一台矿车边望向20米开外的另一台。这可不好办。我脑中被遗忘已久的理智突然被激活了。这真的行得通吗？（100万斯拉克。）我看行！

我先让一台矿车的电池短路，然后跑向了另一台，让它的电池也短路。我就要抵达要塞时，第一台矿车已经爆炸了。

就差那么一点。

我前方的一切被爆炸的火光照得亮如白昼，矿车的残片遵循着物理定律，烟尘在我身边跳起。没时间从石头一侧绕了。我半是爬半是跳地从石头顶上翻了过去，本想帅气地落地后翻滚一周，结果却摔了个狗吃屎。

"你瞧见了？！"耳麦里传出了一个声音。

"你现在在主频道里说话。"鲍勃说。

"妈的。"

看来追捕小组之前一直在其他频道里通话，以防被我偷听到，但那家伙让事情败露了，如此一来我也就知道他们刚才也看到了爆炸的火光。他们离这儿已经很近了。

我等待着第二次爆炸，但一直没来。我鼓足勇气从石头后面偷偷伸脖子瞄了一眼，另一台矿车依然毫发无损。

"他妈的怎么——"我张嘴就骂，却发现剩下的那台被另一台的爆炸伤到了表面，而我的跳电器被一块碎片干净利落地切成了两截，仍然挂在各自的两极上。电池不再处于短路状态，因而温度也没能升高到足以引发爆炸的程度。

我注意到采矿作业区另一头的一道光，舱外活动专家们已经抵达现场了。我回头看了一眼剩下的那台矿车，离我有15米的距离，还得算上修理跳电器的时间。我又看了一眼那道光线——现在已经可以确定那是漫游车的车灯，就在100米开外，而且正在飞速朝我驶来。

看来没戏了，他们一眨眼的工夫就能赶上我，我也只好丢下那台矿车不管了。

"操！"我说。我知道这是正确的决定，但这并不意味着我喜欢这样的决定。我逃离了犯罪现场。

在月球上逃离追捕有一个小问题：你的脚印非常明显。我径直跑出了作业区，留下了一串白痴都能追踪的清晰脚印。这也没辙，老早以前这块区域就已经被清空得只剩尘土了。

等我回到了天然地貌上以后，我就有了其他选择——高地上可是布满了岩石沙砾。

我踩着一块石头跳到了另一块石头上，接着再跳到下一块石头上，如此前行。我在接下来的20分钟里都在玩这个岩浆海里跳石头的冒险游戏，一次都没有踩在覆盖着尘土的地面上。这串脚印你倒是追追看啊，鲍勃。

接下来的过程既平淡又惊险。我还剩几公里的路程，与此同时我还需要留意身后。追捕小组要不了多久就会发现我正在往家的方向行进，之后他们就只需要跳进漫游车里就能赶上我了。

他们大概会选取最短的路线返回（但愿如此），所以我决定迂回行进，绝不走直线。阿尔忒弥斯和采矿作业区之间的直线距离只有三公里，但我却硬是绕了五公里的路。附近到处都是石块，可以帮我遮挡视线。

计划奏效了。我不知道追捕小组走了哪条路，但他们没能看见我。

我终于抵达了毛奇山脚下的基地。宁静海在这里一路延伸到地平线的尽头，阿尔忒弥斯在极远处闪耀着，大概离我有两公里有余。当我意识到自己现在有多遗世独立、远离尘嚣时，一种不安感油然而生，我拼命压抑住这种感觉。现在已经没时间感伤了。

我需要重新制订策略，不能再继续这样跳房子下去了。一块铺满了灰色尘土的空地横亘在我和家之间。这块区域不仅会留下我的足迹，而且还会将我的踪影暴露给几公里以外的人。

该休息会儿了，至少此刻我还没有暴露在开阔空间里。我找到了一块大小合适的石头，坐进了它的阴影中。我关掉了身上全部的发光二极管照明，头盔上的也不例外，然后用胶布把手臂上的指示器整个贴住。

月球上的影子又暗又稠。没了空气也就没了光的散射。不过也不是彻底的黑暗，附近的石头、尘土、山丘等都会反射阳光，有些反射甚至还很刺眼。不管怎么说，在地平线上的阳光的衬托下，我这里基本上不可见。

我又低头吸了大半升的水。舱外活动是体力活儿。

亏得我休息了会儿。刚休息了五分钟，我就发现远处追捕小队正开着车往城里赶。他们离我特别远——正沿着直线往城区的方向奔驰着。

漫游车的预载乘客数是四人，这会儿却另有七个人扒在车外叠罗汉，活像一辆在平原上飙车的马戏团巡回车，从车尾扬起的尘土来看，他们正在全速行驶。在崎岖的路面上以这种速度行进，他们能发现得了我就见鬼了。他们的脑袋是不是进水了？

"噢，糟了。"我叫道。

他们根本就不用在外面找我，只要赶在我之前回到城区然后看住全部气密舱就行，我氧气一旦耗尽也就只能投降了。

"妈的！驴屎！狗屁！"尽量不重复脏字至关重要，如果某个脏字用得太过频繁，就会失去它原本的劲道。我缩在活动服里释放自我了一分钟，然后冷静下来打起小算盘。

没错，现在情况很糟，但也有好处。他们会在我之前回到阿尔忒弥斯。行吧，但这也意味着他们不会来宁静海找我。我刚才还在担心该怎么神不知鬼不觉地穿过平原地带，现在这已经不成问题了。

我站起身，重新打开了身上的照明，然后把胶布从手臂上扯下。

马上，每个气密舱都会有一个舱外活动专家盯着，而且他们不会在舱内瞎转悠，而是会留在舱外，这样隔很远就能发现我然后拉响警报。

我心生一计，不过必须先回到城区附近，这是第一步。

康拉德区的气密舱朝向北方，比恩区的宁静海湾公司的货运气密通道朝向西北，奥尔德林区的太空港到达区朝向东方，而阿姆斯特朗区印度空间研究组织的气密舱朝向东南。因此，他们视野最大的盲区就是西南方。

我在灰色的荒原上蹦跳了一个小时，迂回了很远才绕到了正确的方向。随着家园的穹顶在我视野中慢慢变大，我眼观六路耳听八方，在最后的100米路程中我的神经已经紧绷到了极点。走进谢泼德球形舱的阴影中时我顿感安心,只要我留在黑暗里,他们就很难发现我。

我倚靠着谢泼德区的防护壳,长吁了一口气。

好了,现在我回到阿尔忒弥斯了。麻烦的部分来了。

我绝不能贴着城区的外墙前往目的地,不然路上铁定会被发现。现在该学学歪弟好好利用一下维修握把了。

握把在设计之初就考虑到了舱外活动服的抓握——其粗细程度完美贴合了大手套的抓握直径。我只花了十分钟就爬到了穹顶顶端,然后就蹲坐下来。倒不是怕被舱外活动专家瞧见——他们所有人这会儿应该都在其他球形舱。我在担心的是最基本的地理学问题。谢泼德区和奥尔德林区之间就隔着阿姆斯特朗区,而阿姆斯特朗球形舱的高度只有它俩的一半,所以此刻,奥尔德林公园里的任何人都能看见我。

现在还是大清早,公园里的游人应该不多。再者,就算真的有人看到我,也可能会以为我是个工作中的维修人员。然而……鉴于我正在实施犯罪,还是别被人注意到的好。

我顺着谢泼德区另一侧的弧面往下爬行,落在了通往阿姆斯特朗区的连接通道上。这跟体操里的平衡木不一样,连接通道可足足有三米宽呢。

抵达阿姆斯特朗球形舱之后,我爬到了顶上。幸好阿姆斯特朗个头比较小,花费的时间比谢泼德要少多了。之后我又轻手轻脚地通过了阿姆斯特朗和奥尔德林之间的连接通道。

奥尔德林就不那么好爬了。我往上爬行了一段距离,然后就上不去了。好吧,不是做不到,而是不应该。在球形舱的金属防护壳上爬来爬去是一码事,但在别人的注视下在奥尔德林公园顶上的玻璃上爬上爬下就是另一回事了。人们会纷纷挑起眉毛:"妈妈妈妈,月球上为什么会有蜘蛛侠?"——别了吧,谢谢。

所以我爬了一半就停下了——就停在玻璃板之前——然后转向,往水平方向移动,从一个握把荡到另一个握把,绕着球形舱行进。没过多久,太空港到达区映入了我的眼帘。离我最近的是停靠列车的车站过渡舱,但是现在并没有车停在站内。过渡舱边上是通往货运气密通道的巨型圆形舱门。

鲍勃·刘易斯从车站站台里走了出来。

"妈的!"我刚才如履薄冰地绕着奥尔德林的穹顶爬了大半圈!我爬得很慢,为的就是在舱外活动专家发现我之前先发现他们,却没能料到鲍勃居然藏在那个该死的安全岛里。这是作弊!

他正在来回巡视。一日海军陆战队,终生海军陆战队。他现在还没抬眼往上看,不过这也只是时间问题。我大概还有一两秒钟的时间作出反应。

我松开握把,沿着穹顶滑了下去。我试图让自己的脚对准地面——如果我以正确的方式着陆,没准还能控制住冲击力。然而事与愿违,我动作完成得极为狼狈,两方面都创下了最差纪录;我不仅重重地摔到了地面上,而且还完全失去了重心。

我像坨屎一样拍在了地上,但是却落在了安全岛的另外一边。幸好声音无法在真空中传播,不然刚才那一下肯定逃不过鲍勃的耳朵。无所谓了,赢得再难看也是赢啊。

我抱着奥尔德林的外墙往到达区的反方向绕,直到鲍勃在我视野中消失为止。我不清楚按他的"巡视路线",他下一步会去哪儿,但我确定他一定不会离太空港太远。我继续前进,直到整个到达区都消失在我的视野里,然后背靠墙壁坐在了地上。

我开始等待。从我现在的位置是看不到安全岛的,但是能看见从阿尔忒弥斯蜿蜒而出的铁轨。

半小时后列车出现在了远方的地平线上。由于月球的尺寸较小,我们的地平线仅距离我们两公里半,也就是说,用不了多久列车就会到站。

等列车驶入站台完成停靠后,我蹑手蹑脚地靠近列车。

这是今天的首班车,大多数乘客都是游客中心的员工。他们很快就上了车,列车也准备好返程了。

列车缓缓启动了,这样大小的载具需要一定的时间才能完成加速,所以这会儿它开得还不算快。

我往前一跳,抓住了列车的前轮廓。虽然算不上称手,但我死死抓着不放。列车拖着我一路向前奔驰,我的双腿在地面上蹦跶着。好吧,可能这算不上完美计划,不过至少能让我逃出鲍勃的魔爪,这就足够了。

列车速度正在提升,行驶得越来越快,我吃奶的劲儿都使上了。以当前的速度,随便来一块尖石子都能划穿我的活动服。我总不能全程就这样挂着吧,必须得在车体上找个可以落脚的地方。

我向上伸出手臂抓住了车窗的边沿——我也只好指望此刻没人坐在那扇窗边。我一个引体向上,把脚搁在了轮罩上。我想伸长脖子偷瞄一眼,看看是不是已经有人发现我了,但我努力克制住了这股冲动。人们不一定会留意到窗户外沿多出的几根手指，但一定能发现不知从哪儿突然冒出来的一项巨大的舱外活动头盔。

我尽量保持静止。如果车里的乘客听到列车外壁发出奇怪的声音，大概会被吓死吧：《人生误入歧途的月球女人的反击》。

我和一车人一起，从容地驶向游客中心。现在你应该猜到我的计划了。追捕小组正在盯着阿尔忒弥斯的全部气密舱，但他们有没有想过游客中心的气密舱也需要盯一下呢？

就算他们想到了，也不可能在我之前赶到，这可是首班车。

就跟以往一样，这趟旅程一共耗时40分钟。我找了个还算比较舒服的姿势坐在了轮罩上，感觉还不错。

我一路上都在对自己目前的窘境忧心忡忡。即便我能在没被人抓住的情况下回到舱内，我也完蛋了。特龙雇我把四台矿车通通报废掉，我却只解决了三台。桑切斯的工程师只需要对幸存的那台稍作修理就能派它继续工作了，尽管产量会减少，但仍能完成供氧指标。

特龙不可能为这样的结局买单，我对此也不会有什么怨言。我这次不仅功败垂成，也让他后续的行动变得更为艰难。现在桑切斯已经经得知有人在找他们麻烦了。

"妈的……"我的胃一阵绞痛。

靠近游客中心之后列车开始减速。我跳下车，顺着惯性往前跳了几步减速，而列车则继续向前驶向站台。

我蹦跳着跑向游客中心，绕过了它的外墙。在我绕着外壳爬到另一侧时"鹰号"映入了我的眼帘，它看起来并不认可我的表现。呲，呲，我的船员绝不会犯这种错误。

之后我看到了极为壮观的场面：舱外活动气密舱完全没人

看守!

太好了!

我冲向气密舱,打开外舱门溜了进去,再把门带上。我转动输气阀门,听到了嘶嘶的空气声从各个方向朝我喷射过来。

虽然现在火烧眉毛,我还是完成了空气清洗。我也许是走私犯、破坏狂、全方位的王八蛋,但也无法放着自己脏兮兮的舱外活动服不管。

等清洗程序完成后,我浑身锃亮得就像个哨子。

终于进来了!我必须在游客中心里找个地方把我的舱外活动服藏好,这倒不成问题。我可以把活动服塞进游客专用的储物柜中,占用多少格都没问题,之后可以带个大一点的包回来取。我本来就是个快递员——只要说我是来取件的,就没人会起疑。

我打开内舱门,走向了我的救赎。

不对,不是救赎,而是末日。我迎来了我的末日,脸上的笑容一下子就转变为刚上钩的鲤鱼脸上的表情。

戴尔站在副舱里,双臂交叠在胸前,一脸的似笑非笑。

亲爱的爵士：

你还好吗？我很担心你。已经好几周没你的音信了。

亲爱的凯尔文：

抱歉，为了省钱我把我的机模给停了，刚刚才重新激活。这段日子很苦，不过慢慢开始步入正轨了。

我新认识了一个朋友。偶尔手头有闲钱的时候我都会去康拉德区的一个墙洞里喝上杯啤酒。我知道在无家可归的时候还把钱浪费在酒精上并不明智，但是酒精能让无家可归的生活更好过些。

总之，那地方有个常客叫戴尔。他是个舱外活动专家，大多数时候都在阿波罗11号游客中心工作。他负责带观光客进行舱外活动之类的。

我跟他聊了会儿，也不知怎么就跟他说起了自己目前的处境。他对此深感震惊，主动提出要借我点钱，我觉得他这是在找理由泡我，所以拒绝了他。

但是他再三发毒誓说他只是单纯作为朋友想帮我一把。收下他的钱是我有史以来作过的最艰难的决定，但我已经走投无路了。

总之我凑齐了钱，付了胶囊公寓头一个月的押金。那地方实在是太小了，以至于我想要后悔都嫌空间不够，只能走到外面去（此处应有鼓点音效），但好歹也算是个住处。戴尔也信守了自己的承诺，从未要求我回报他什么。他是个真君子。

说出来你可能不信，我现在甚至开始和一个男的约会了，他叫泰勒。我们认识还不久，但他很贴心。他有点害羞，对谁都很有礼貌，涉及原则问题的时候就会跟童子军一样较真。所以他所有方面都跟我完全相反，但我们处得很好。走一步看一步吧。

我现在有点自私，就光顾着自己了，甚至都忘了联系你。你近来可好？

亲爱的爵士：

真为你高兴！我之前还担心你和肖恩的那件事会不会让你永远都不想联系我了。我说了吧，我们的情况还没那么糟。

我在肯尼亚太空集团上班，对此一直心存感激。我最近还升职了，现在已经是见习装卸管理员了，再过个把月我就能当正式装卸管理员了，然后就能加薪了。

哈利玛现在已经有六个月身孕了，我们所有人都在为孩子的出生作准备。我们制订了轮值制度，这样哈利玛去上学的时候就由其他人照看孩子，妈妈、爸爸和我则负责上班养家。爸爸之前都准备退休了，但现在至少还得继续干五年。我们还能有什么别的办法呢？钱不够啊。

亲爱的凯尔文：

你现在是见习装卸专家了啊？也就是说有时候你可以独自处理货舱的装卸了？那个啥，我们阿尔忒弥斯这儿有好多烟民。

亲爱的爵士：

愿闻其详……

第七章

我盯着戴尔的眼神就好像他是个怪物:"你怎么……"

"不然你还能怎样?"他从我无力的手中拿过了头盔,"你肯定知道追捕小组已经控制了阿尔忒弥斯所有的气密舱,唯独漏了游客中心。"

"你怎么没和追捕小组的人在一起?"

"我之前和他们在一起,只不过后来自告奋勇来守游客中心。我本可以更早抵达的,但是刚才那班列车已经是最早的一班了。从时间上来看,我猜咱们搭的是同一班车。"

妈的,我还真是个犯罪专家。

戴尔把我的头盔搁在了长椅上,然后抓着我的一只手解锁了手套上的密封器。他在我的手腕处转动手套,把它摘了下来。"你这次做太过火了,爵士,真的太过了。"

"你想给我上思想品德课?"

他摇了摇头:"那事都过去这么久了,你就不能放下?"

"凭什么?"

他翻了个白眼:"泰勒是个同性恋啊,爵士,跟奥斯卡·王尔德一样,喜欢穿亮片衣遛卷毛狗,头上还戴个小皇冠。"

"谁戴皇冠,卷毛狗?"

"不是,主语是奥斯卡·王尔德——"

"行了行了,这样句子就通了。不管怎么样,去你妈的。"

戴尔苦笑了起来:"你们是不会有结果的,永远都不会。"

"所以你就可以搞我男朋友了?"

"不。"他柔声道。他摘下了我的另一只手套,然后在长椅上坐下。"你们当初还在一起的时候我不该跟他乱搞的。我坠入爱河而他不知所措,但这些都不是借口。这是不对的。"

我望向别处:"但你还是这么做了。"

"没错,我背叛了我最好的朋友。如果你真的了解我,就应该知道我为此备受煎熬。"

"你好可怜啊。"

他面露愠色:"我没有'撺掇'他。就算没有我,他自己也会选择离开你的。他跟一个女人在一起是不可能幸福的,这不是你的错。这些你都知道,对吧?"

我沉默了。他没说错,但我没心情听这些。他做了个手势让我转过身,我照做了,他帮我卸下了维生背包。

"你不打算通知你舱外活动公会的弟兄们,说你已经抓到我了?"

他小心翼翼地把维生背包放在了长椅上。"爵士,现在局势非常严峻。等待着你的可不只是一顿胖揍,你很有可能会被遣返。你把桑切斯铝业的矿车给炸上了天,你他妈想干吗?"

"关你什么事?"

"我担心你啊爵士。这么多年来你一直是我最好的朋友。我不后悔和泰勒相爱,但我也知道自己当时不该这么做。"

"我谢谢你啊,"我说,"每当我想起我此生唯一爱过的男人被你给睡了而彻夜难眠的时候,我就会想起你为此自责不已,心情一下子就会明媚起来。"

"这事儿都已经过去整整一年了,你的受害者心理什么时候才是个头啊?"

"去你妈的。"

他靠墙站着,双眼盯着地面。"爵士,你给我一个不呼叫追捕小组的理由,什么理由都行。"

我从脑内狂怒的龙卷风里挤出一丁点理智。我要成熟一点——哪怕只成熟一分钟的工夫。尽管很不情愿,但也只能这么做了。

"因为我之后会给你十万斯拉克。"我拿不出十万斯拉克。要是当时我成功把最后一台矿车炸掉的话就出得起了。

他挑起了眉毛:"这个理由还不错。所以到底他妈的出什么事了?"

我摇了摇头:"不许问问题。"

"你是不是摊上什么事了?"

"你这就是在问问题。"

"行吧,行吧,"他环抱双臂,"那追捕小组那边怎么办?"

"他们发现我的身份了吗?"

"没有。"

"那么你就什么都不用干,忘了在这儿碰到我就行。"

"爵士,咱们整个阿尔忒弥斯有舱外活动服的不过就40个人,这个范围太小了,而舱外活动专家们绝对会着手调查的,更别说鲁迪了。"

"我对此早有准备,你只需要管住自己的嘴就行了。"

他思忖了片刻,然后脸上闪过一丝笑意。"那十万你还是自己留着吧,我改主意了:咱们和好,怎么样?"

"15万。"我反议道。

"每周咱们在哈特奈尔酒吧聚一次,跟以前一样。"

"不成,"我说,"要么拿钱,要么把我卖给那群舱外活动公会的流氓。"

"爵士,我现在已经很配合你了,你就别跟我扯东扯西的了。我不要钱,只要和好。要么接受,要么拉倒。"

"去——"我张嘴道,但把嗓子眼里呼之欲出的"死"压了下去,在现在的形势下我只能克制自己的自尊心。他一个电话就能掐灭我全部的希望,我别无选择。

"——去就去,"出口成了这句,"行吧。但这并不意味着我还把你当朋友。"

他放松地吁出一口气:"谢天谢地,我可不想毁了你的前途。"

"我的前途早已被你毁尽了。"

他总算因为我的嘲讽皱了一次眉。很好。

他拿出机模拨了个号。"鲍勃吗?你还在外面呢?……行,我就是跟你报备一下,我现在在游客中心,正在穿戴装备呢……对,我搭上了首班车,把整个游客中心都搜了一遍,这儿除了我还有几个准备上工的工作人员,除此之外就没别人了。"

他安静地听了一会儿,然后说:"行吧,我15分钟后就出去了……好,等我出去了就打给你。"

他挂掉了电话。"好了,我得去搜寻那个神秘的破坏者了。"

"玩得开心点。"我说。

"周二晚八点,哈特奈尔酒吧见。"

"好。"我嘀咕道。

我在戴尔的协助下脱下了活动服,然后再协助戴尔穿上了他的。

我一到家就一头倒在了床上。妈呀真是累死我了,现在就连棺材屋都让我体验到了前所未有的舒适。我把自己的机模从不在场证明器的手掌里拽了出来,然后查看了一下网页以及邮箱历史记录。这台机器完成了它的任务。

我长吁一口气。现在我总算是脱身了。某种程度上。我估计鲁迪和公会八成会来找我问话,但我早就把词儿都备好了。

机模上有一条特龙的讯息:"你送的上一单少了个东西。"

我回复道:"很抱歉现在才回复您,我现在正准备把遗漏的货品补送给您。"

"收到。"

在下次和特龙联系之前,我需要想出一个对付最后那台矿车的计划,但我他娘的还能干吗呢?该重新安排一下了,也不知道最后能想出怎样的计划,但是首先得去想。

接下来我意识到自己已经毫无计划性地睡过一觉了,鞋子还穿在脚上,机模也还攥在手里。因为一整天的上蹿下跳和前一晚的辗转反侧而欠下的睡眠,终于还是找上门来了。我看了眼时间,发现自己睡了四个钟头。

好吧,至少我得到了休息。

我绕着康拉德的地面层走了近一个小时。我并不是在健身,而是准备在无人察觉的情况下溜进康拉德气密舱的副舱。

外检机仍在副舱的储物柜里。我答应过斯索卡会在两天内归还，这一期限很快就要到了。但是每当我经过那该死的气密舱时，附近都刚好有人，于是我只能继续往前走。

与此同时，我也希望能避开舱外活动公会一段时间。经过五个小时的搜索后他们就放弃了，这会儿应该正在盘问那些有舱外活动服的人。尽管有我的机模记录作为不在场证明，但我更希望可以避开整个提问环节，所以还是不要和气密舱附近的人产生交集为好。

在溜达了四整圈之后，我总算逮着了一个四下无人的当口。我溜进副舱，扫描机模打开了柜门，从里面取出了外检机和遥控器，然后又溜了出去。

走出副舱的时候我脸上浮现出了一丝沾沾自喜的微笑。这就叫完美犯罪。然后我一头撞见了鲁迪。

这就好比一头撞上了南墙。呃，这么比喻也不太准确，毕竟在速度足够快的情况下，南墙还是有可能被撞破的。我慌乱中一下子没抓稳装着外检机的箱子。

鲁迪眼睁睁地看着那个箱子下落了一阵，然后从半空中轻松地一把接在手里。

"下午好啊爵士，"他说，"我正找你呢。"

"你休想活捉我，臭条子。"我说。

他看了一眼箱子："这是外壳检查机器人？你怎么会用到这玩意儿？"

"女性生理健康方面的事，你不懂的。"

他把箱子递还给我："咱们聊聊。"

我把歪弟夹在了腋下："你听说过机模吗？有了它你想在哪儿聊就在哪儿聊。"

"我估计你根本就不会接我打来的电话。"

"哦,你又不是不知道,"我说,"我一接到帅哥的电话就会手忙脚乱。总之,很高兴能和你聊天。"

我继续向前走去。我本以为他会抓住我胳膊什么的,结果他只是在我身旁跟着。

"你知道我干吗要找你,对吧?"

"我怎么会知道,"我说,"这是什么加拿大的习俗吗?你们那儿是不是需要为自己从未犯过的错向他人道歉?还是必须给20米开外的人留门?"

"你应该已经听说桑切斯铝业的矿车的事了吧?"

"你说的是各大本地网站上的头条?那我的确有所耳闻。"

他握紧了藏在身后的双手:"是你干的吗?"

我展现出了我最具说服力的一脸震惊的表情:"我为什么要干这种事?"

"我正准备问你这个问题呢。"他说。

"是有人指控我了吗?"

他摇了摇头:"没人指控你,但我对自己地界上发生的一切都清清楚楚。你既有舱外活动服,又有前科,感觉是个很不错的切入点。"

"我一整晚都躺在棺材板上,"我说,"你要是不信可以查我的机模记录。我在此授予你检查的权限——省得你为了取得恩古吉的授权还得专门跑一趟。"

"那我就恭敬不如从命了,"他说,"我刚才还收到了舱外活动公会的鲍勃·刘易斯的请求,他想要所有拥有舱外活动服的人昨晚的位置记录。你是否准许我将你的数据移交给他?"

"行啊,随便吧,这样一来事情应该就解决了吧。"

"也许对鲍勃来说是的,"他说,"但我这个人就是生性多疑。你的机模在棺材板上躺了一整晚并不意味着你本人也在那儿。你有任何目击证人吗?"

"没。别信闲话,我从来都一个人睡。"

他挑起了眉毛:"桑切斯铝业很生气,舱外活动公会也不太高兴。"

"不关我的事。"我毫无预警地拐进了某个路口想甩开他,他却并未让我得逞。他一定早就猜到我会这么干了。

王八蛋。

"咱这么着吧——"他掏出了自己的机模——"你要是跟我说实话,我就付你100斯拉克。"

"什……啊?"我停下了脚步。

他在机模上打着字:"100斯拉克,从我个人的户头上直接转给你。"

我的机模响了一声,我把它从口袋里掏了出来:

来自鲁迪·迪布瓦的转账:100斯拉克。是否接受?

"你他妈到底想干吗?"我大声质问道。

"花钱从你这儿买真话啊。来吧。"

我拒绝了转账请求:"不要再说怪话了,鲁迪,实情我早就告诉过你了。"

"这100斯拉克你真不想要?如果你真的已经告诉我实情了,那就把钱收下再告诉我一次嘛。"

"滚一边去，鲁迪。"

他用看穿一切的眼神打量了我一眼："我就知道。"

"知道啥？"

"当年你还是个小太妹的时候我就认识你了。你可能不愿意承认，不过你和你爹简直是一个模子刻出来的。你的商业道德观跟他一模一样。"

"所以呢？"我努努嘴移开了视线。

"如果咱只是干聊的话你能扯谎扯上一整天，但如果我为你的真话掏了钱，这就成了一桩生意，而巴沙拉家的人从不会在生意上出尔反尔。"

我搜肠刮肚都没找出一句机灵话来回应他。这种情况很少见，不过偶尔也是会有的。

他指了指歪弟："这台外检机倒是个无须授权就能打开气密舱的好东西。"

"也许吧。"

"但你首先得把它弄到舱外去。"

"也许吧。"

"你可以通过游客的舱外活动项目把它偷运出去。"

"你是查到什么线索了吗，鲁迪？"

他点击着他的机模："气密舱里没有监控摄像头，毕竟咱们这儿又不是警察国家。但是在游客中心的纪念品店里我们的确有一个摄像头。"

他把机模的屏幕转给我看。我就在录像里，身披伪装穿过了礼品店。他暂停了录像视频："根据她买票时的转账记录来看，她叫努哈·奈哲姆。奇怪的是，她的机模现在正处于离线状态。她的身高、体型以及肤色都和你差不多,你不觉得吗?"

我凑近看了一眼屏幕:"你知道月球上的矮个子阿拉伯女人不止我一个,再说了,她戴着尼卡布呢,而你曾几何时见我穿过什么传统服饰?我本人完全算不上虔诚。"

"她也够不上,"他在触屏上抹了几下,"列车上也有摄像头。"

他的机模开始播放列车上的录像。那位有教养的法国人站起身给我让座,我向他鞠了一躬然后坐下。

"绅士还没灭绝,"我说,"真是让人宽慰。"

"我们是不会向其他人鞠躬的。"鲁迪说。

妈的。我早该知道这些的。我早年应该在教义上更上心一些——在我爸放弃带我入教门之前。

"哈,"我说,"我对你无话可说。"

鲁迪背靠着墙说:"这回我可算把你逮住了,爵士。这可不是走私之类的小案子,而是上百万斯拉克规模的财产破坏罪。你栽了。"

我浑身直哆嗦,并非出于恐惧,而是由于愤怒。这个混蛋除了将我的人生玩弄于股掌之上以外,就没别的事情可做了吗?!你他妈有多远就给老子滚多远!

我大概没把情绪隐藏好。

"怎么了?说不出话了?"他说,"你这次不是闹着好玩,这件事从头到脚都写着'收人钱财替人消灾'。只要告诉我是谁雇的你,我就会在行政长官面前帮你求情,让她别遭返你。"

我抿紧了嘴唇。

"来吧,爵士,只要告诉我是特龙·兰德维克,咱们这事儿就当翻篇了。"

我试图表现得无动于衷，然而事与愿违。他又是他妈的怎么知道的？

他读懂了我的表情："他最近一直在抛售地球上的资产，在户头上囤积了大量斯拉克，必定是准备在阿尔忒弥斯收购一项大产业。我觉得他想收购的是桑切斯铝业。"

他一定是急着想要拿下特龙，以至于愿意放弃这次可以一劳永逸地解决我的机会。然而……出卖特龙？这不是我的风格。"我不明白你在说什么。"

他把机模放回兜里。"你怎么会有一台外检机？"

"这是我的快递件。我是个快递员，端屎送尿是我的天职。"

"寄件人是谁？收件人又是谁？"

"无可奉告，"我说，"快递双方的隐私是受保护的，我得爱惜自己的信誉。"

他直勾勾地盯着我看了好一会儿，但我的表情并没有露怯。

他皱了皱眉，然后让步了。"行吧，但这事儿还没完。某些有权有势的人现在很生气。"

"他们生的气是奔着其他人去的，我可什么都没干。"

之后让我大感意外的是，他转身走了。"你很快就会摊上大事。到时候记得给我电话。"

"什么——"我刚开口，就立马收声了。他这次既然不抓我，我敢肯定他绝对有所忌惮。

这说不通啊。鲁迪已经盯上我好多年了，现在他已经掌握了足够充足的证据，我很确信这些证据足以让行政长官接受他的说法，毫不迟疑地把我一脚踢回地球上。

如果他真想要拿下特龙，那干吗不逮捕我呢？我一旦面临被驱逐的风险，就会有更大概率供出特龙，不是吗？

这他妈到底是怎么了？

我得去喝一杯。我去了哈特奈尔酒吧，坐在了我的老位子上，然后跟比利打了个招呼。是时候将我的痛苦溺毙在酒精中了。我打算点几杯廉价啤酒，然后去奥尔德林的夜店猎艳，带个俏小伙回家。嘿，我甚至有机会试用一下斯沃博达的安全套，何乐而不为呢？

"还好吗，妞？"比利说道，"试试这批货，新配方。"

他把一盏小玻璃盅推到我面前，咧着嘴笑到了耳朵根。

我满脸狐疑地瞅了一眼："比利，说真的，我只想要杯啤酒。"

"试试吧。只消一小口，你今天的头一杯啤酒就算我账上。"

我思考了好一会儿，最终想通了，毕竟能换杯免费的啤酒。我抿了一小口。

我不得不承认：味道出乎我的意料。我之前以为会难喝得跟上回一样，但结果，这回的难喝程度跟上回截然不同。上回灼人的口感已是明日黄花，取而代之的是一股让人作呕的咸味。我一口把酒吐了出来。

我已经丧失语言功能了，只好指向了啤酒的龙头。

"咳咳。"比利说。他帮我倒满了一品脱杯，然后递了给我。我举杯牛饮，仿若一个迷途的旅人找到了一片绿洲。

"好了，"我抹了抹嘴，"好了。里面加了辣根？我敢打包票里面一定加了辣根。"

"不是的，那是朗姆酒，呃，酒精冲泡的朗姆酒萃取物。"

"你到底是用怎样的工序才能把朗姆酒搞得这么难喝？"

"我待会儿再试验一下吧,"他说,"一定是在去酒精的环节上出了幺蛾子。如果你还想挑战一下的话,我手头还有伏特加。"

"之后再说吧,"我说,"现在我只想再来杯啤酒。"

我的机模响了,是特龙发来的讯息:"之前那单快递怎么样了。"

"操。"我咕哝道。我还没想到该怎么解决最后那台矿车。

"正在为快递方案添加最后细节。"

"作为顾客我目前深感不满。包裹有急用。"

"收到。"

"要不我还是另寻高明吧?如果你忙不过来的话。"

我冲着机模皱起眉头。

"别这么混蛋。"

"咱们面谈吧,我全天都有空。"

"我马上就来。"我把机模揣进兜里。

"你看起来肚子里一包火。"比利说。

"客服的问题,"我说,"只能亲自去解决了。"

"第二杯不要了?"

我叹了口气:"嗯,也只能这样了。"

我步行到了兰德维克府邸正门口,按了按门铃。

没人应门。哼,这倒是奇了。伊琳娜和她标志性的金刚怒目哪里去了?亏我还提前准备好想跟她耍耍嘴皮子呢。

我又按了一次门铃。还是没人。

这时我留意到了门上的裂痕,就在边沿,一小块,正好在用撬棍可以把门撬开的位置上。我皱起眉头:"不会吧……"

我推开门往里偷瞄了一眼门廊，没瞧见伊琳娜和特龙的人影。一尊装饰性的花瓶倒在底座旁，一摊鲜红色的血迹溅在墙上。

"不好！"我说。

我飞快地跑回了外面的厅廊上："糟了糟了糟了糟了！"

亲爱的凯尔文：

下一单我需要3公斤散装烟草、50包卷烟纸、20个打火机，还有10罐打火机燃油。

我又给咱找了条财路：泡沫材料，对降噪有奇效。相信我，在这里噪声是个很大的问题，尤其是在很破的区域，比如我住的地方。泡沫一旦变干就成了可燃物，所以只能走私进来。但如果我们能卖给廉租房的街坊邻居一晚上的安宁，无论多贵他们都会愿意买的。

至于特殊订单嘛，我找到了一个阔佬，他想要拉·欧罗拉牌的多米尼加雪茄。你得专门去订购，再想办法把货先弄去肯尼亚。咱们可得好好从他身上榨些油水出来，之后他可能每个月都会订购一批，所以把货先囤起来吧。

上个月的利润是21 628斯拉克，你的那一半是10 814斯拉克。你想怎么收款？你的姐妹们怎么样了？你料理好哈利玛的人渣前夫了吗？

亲爱的爵士：

好，我会把这些货弄上下一艘补给船，这艘船九天后发射。泡沫涂层的想法真不错，我打听打听，找一下降噪效率最高的比例然后给你寄一箱,看看销路如何。

请把我的分红兑换成欧元汇到我德国的账户上。

哈利玛的丈夫已经解决了,他现在不想再争爱德华的监护权了,而且他本来就没想要监护权,只是想讹我们钱,所以就把钱给他了。感谢上帝赐予我们这些生意,我不知道要是没了这笔收入我的家人该怎么办。

库奇前不久刚出发去澳大利亚读大学,她打算以后当一名土木工程师,我们都为她感到骄傲。菲斯在读高中,成绩越来越好了,尽管她花了太多心思在男孩身上,超出了我们的接受范围。玛戈现在体育很好,她现在是球队的正式前锋。

你过得还好吗?泰勒怎么样了?

亲爱的凯尔文:

泰勒特别好,他是我相处过的男友中最体贴最善良的。我不是多愁善感的人,以前从没想过自己会说这样的话:我特别想嫁给他。我们已经在一起一年了,我仍然深爱着他,对我来说这简直是破天荒头一回。

泰勒在各个方面都可以说是肖恩的反例。他善解人意,忠诚可靠,全心全意地爱着我,简直是个绝世好男人。此外他还没恋童癖,这是他强过肖恩最主要的一点。天哪,我不敢相信自己以前居然跟那种人渣在一起过。

还有另一则新闻:我开始跟戴尔学舱外活动了,戴尔是个好老师。舱外活动内容庞杂,还有一定的风险,而舱外活动公会比邪教组织还排外。不过现在他们已经知道我正在为加入他们而受训,于是对我的态度也就好转起来了。

妈呀，等我拿到了舱外活动证，那就等着钱滚钱利滚利吧。带观光团可赚钱了！

而且到时候发财的可不只是我，你也有份。我到时候就辞了快递员的工作，在探测器维护部门找一份差事，之后就不用再给名越塞钱了。凯尔文，我的朋友，我们的前途一片光明。

亲爱的爵士：

那真是好消息。

不过肯尼亚太空集团这儿出了点小状况。刚才上头来了通知，说要增加发射次数，我们装载部门的人手也会增加。到时候会有另一个装载小组和我这队同时工作，而我不可能同时出现在两个地方，因此我们估计会错过半数发射。

但我有个想法：你觉得要不要再加个人跟咱们一起干？我一定会找个可信的人，我可认识不少手头紧的装载员呢。咱俩不需要跟他平分收入，给个10%怎么样？

亲爱的凯尔文：

说实话，我不是很喜欢这个主意。我和你是过命的交情，但其他装载员我一个都不认识。我们必须彻查全部人选，入伙的人越多，搞砸的概率就越大。

但你提到说我们会错过半数的发射倒是点醒了我，这句话结结实实地砸在了我的贪念上。

亲爱的爵士：

要不我们等你加入舱外活动公会之后再说？到时我们就不

需要出钱贿赂名越了。一旦没了这个负担,我们的生意就能继续发展。发射频率越密集,对我们而言就意味着货物越多,我们会盈利的。

亲爱的凯尔文:

我喜欢你的思路。行吧,开始物色人选吧,不过看在祖宗十八代的分上,机灵点儿。

亲爱的爵士:

机灵?我从没想到过。也许我应该把物色人选的公示从布告栏上撕下来。

亲爱的凯尔文:

机灵蛋。

第八章

我朝远离兰德维克府邸的方向一路小跑。在没有打乱脚步的情况下我掏出了机模，给鲁迪发了条信息："兰德维克家出事了。现场流血了。快去。"

他回复道："我正在赶来，在我到之前别动。"

"不行。"我回复道，然后机模铃声响了起来，鲁迪直接来了电话。我无视铃声，全速跑了起来。

"妈的，"我小声道，"诸事不顺。"

我每步都能跨出七八米的距离，拐弯的时候都会蹬一下墙面以保持速度。

亚伦小铺是个高端的地方，你可以在里面买到垃圾食品和奇葩的纪念品，比起便利店这里倒更像是宾馆里的礼品店——价格虚高的程度合情合理。我已经没时间挑三拣四了。

"需要帮忙吗，女士？"穿着三件套西装的店员问道。天底下哪个便利店的店员会穿这么正式？我摇了摇头不再细想，现在可不是对店员着装评头论足的时候。

我拿了一个我能找到的最大的袋子——一个印着月球图像的大布袋，这设计还真是他奶奶的有创意。我从每个货架上胡乱抓起垃圾零食往袋子里塞，根本没在意具体的种类。我只依稀记得拿了一捧巧克力棒，还有20种不同口味的干糊糊。待会儿再统计吧。

"女士?"店员询问道。

我从冰箱里拿了一罐水丢到柜台上,然后底朝天地开始倾倒购物袋。"这些全要,"我说,"快。"

店员只是点了点头。我必须得肯定一下他的态度——他正在尽可能快地结账,没有问问题,没有找我碴,急客人之所急。我要给亚伦小铺五星好评。

等商品在柜台上平铺开来,彼此之间毫无重叠之后,他在收银机上摁了一个键,电脑自动识别了所有商品,然后计算出了总价。

"1 451斯拉克。"

"我的妈呀。"我说。但没时间讨价还价了,很快钱对我来说就没用了。我对着感应区扫了一下机模,然后确认了交易。

我把东西都塞进袋子,然后冲出了店铺。我沿着厅廊一边大步奔跑,一边在机模上拨了个号。电话接通前一个确认弹窗跳了出来:

> 你正在拨打地球的电话号,每分钟的话费为31斯拉克,是否继续?

我点了确认,然后听到了转接中的嘟嘟声。

"你好?"听筒里传出一个带口音的声音。

"凯尔文,我是爵士。"我说。我拐了个弯,然后奔向比恩连接通道。

在四秒钟的延迟后传来了凯尔文的回复:"爵士? 你怎么直

接打过来了？出什么事了？"

"凯尔文，我现在惹上大麻烦了，待会儿再跟你细说，我他妈现在就需要一个假名，我需要你的协助。"我火急火燎地穿过连接通道，暗骂着要命的通信延迟。

"行。我需要做什么？"

"我不知道自己到底被谁给盯上了，我的银行信息大概已经不安全了。我需要你帮我用假名开一个肯尼亚太空集团的账户。当然，事后我会把钱还你的。"

令人抓狂的四秒过后："行，明白了。1 000美金够吗？相当于6 000斯拉克左右。另外，账户名你想怎么写？哈珀丽特·辛格怎么样？"

我在比恩球形舱内穿行。比恩基本上是个睡城，这儿的厅廊又长又直，对于像我这样赶着投胎的女孩简直完美，我体内的蒸汽机正在全速运转。

"行，我会帮你搞定的，"凯尔文说，"大概需要15分钟时间。等你有时间了就给我个信儿，解释一下到底是什么情况，至少让我知道你脱离了危险。"

"太谢谢你了，凯尔文。我会联系你的。爵士下线。"

我挂了电话，然后立刻关闭了机模的电源。我不知道现在到底是什么情况，但我十分确信绝对不应该在屁股上留一盏供人追踪的信号灯。

我跑到了比恩区的主广场，离我最近的宾馆叫月升酒店。只要稍稍琢磨一下你就会发现这个名字特别愚蠢，阿尔忒弥斯可能是全宇宙唯一一个看不到月亮升起的城市。但管他呢，只要是个宾馆就行。

我刚告别努哈·奈哲姆的身份,又以哈珀丽特·辛格的名字拿了一台宾馆的机模。对于不懂行的宾馆前台来说,阿拉伯人和印度人[1]看起来都一样。

好了,假名已经搞定了,从现在起我就要当一段时间的哈珀丽特·辛格了。尽管直接在酒店登记入住这个选项很诱人,我还是不想藏在一个可以被人一览无余的地方。我必须得找一个真正意义上没人看得到我的地方。

我已经知道要去哪儿了。

阿尔忒弥斯发生双重谋杀案

商业巨头特龙·兰德维克及其保镖伊琳娜·韦特罗夫的遗体今日于兰德维克宅邸被发现。阿尔忒弥斯之前在历史上一共发生过五起谋杀案,而本案是月球城市中的首例双重谋杀案。

鲁迪·迪布瓦警官得到线报后于上午10:14发现了遗体。屋门有被强行打开的痕迹,从尸体的情况来看,两人皆死于利器。现场显示韦特罗夫在试图保护其雇主时遭到杀害,但在此过程中有可能对袭击者造成了重伤。

兰德维克的女儿莱娜案发时正在学校上课。

受害者的遗体现已转移至梅拉妮·鲁塞尔医生诊所进行检查。

莱娜·兰德维克将在成年后继承其父庞大的遗产,在此之前这笔资产将由位于奥斯陆的约根森-伊萨克森-贝

---

[1] 哈珀丽特·辛格是个非常常见的印度名字。

里联合律师事务所代为管理。继承人拒绝对此发表任何评论。

新闻到此还未结束,但我已经不想再看下去了。我把机模放在冰冷的金属地板上,两臂环抱着膝盖蜷缩在角落里,用双手捂住了自己的脸。

我试图遏制住自己的眼泪,我真的努力试过了。我在仓皇逃跑时尚且能勉强保持住一点目的感,但一旦危险过去,肾上腺素也随之落潮了。

特龙是个好人。他有时候可能喜欢耍手段,而且还总爱穿着浴袍到处晃,但他是个好人。更何况他还是个好爸爸。天哪,之后莱娜又该由谁来照顾呢?她在很小的时候就横遭车祸,现在16岁又沦为孤儿,真的是命途多舛。她自然是不缺钱的,可……妈的……

就算是没学过犯罪学的人都能猜到,这起谋杀案绝对是对矿车爆炸案的报复,不管幕后黑手是谁,他们一定也不会放过我。他们也有可能并不知道矿车是我炸的,但我可不想把自己的小命押在这种可能性上。

所以我现在正在躲避某个杀人犯。又及,就算我现在能报废掉最后一台矿车,那100万斯拉克我也永远拿不到了。我和特龙并没有签过什么成文的协议,我所做的一切都成了竹篮子打水一场空。

我在维修入口冰冷的隔板中瑟瑟发抖。我上次经历这种感觉还是很久以前无家可归的时候。十年来我一直勉力维持着自己的生活水平,结果现在我又回到了原点。

我抵住自己的膝盖，开始轻声啜泣。这是我那时候学会的另外一项技能：尽可能小声地哭泣。我可不想外面大厅里的人听见我在哭。

所谓的维修入口是个三角形的小型空间，四周是可移动隔板，以便维修人员自此进入内防护壁。这里的空间甚至都不够让人平躺下，相比之下我的棺材房都可以算是间宫殿了。泪水慢慢变得冰凉，把我的脸扎得生疼。比恩负27区是个藏身的好地方，但是忒冷了。热气只会往高处走，即便在月球这么小的引力下也是如此，因此层数越低，气温也就越低。此外，也不会有人在维修入口这样的地方安暖气。

我抹了抹自己的脸，再次捡起我的机模，哦不对，是哈珀丽特的机模，你明白我的意思就行。我自己的机模正躺在维修入口的角落里，电池也已经卸掉了。行政长官恩古吉只有在理由充分的情况下才会公开一部机模的位置信息，而"进行双重谋杀案的质询"是个足够充分的理由。

我必须作出决定，一个将会影响我之后人生的决定：要不要去找鲁迪？

他肯定关心这起谋杀案更胜于我的走私行为，而我只要洗清了嫌疑，处境就会比现在安全得多。他可能是个王八蛋，但同时也是个好警察，他一定会尽他所能地保护我。

不过从我17岁起，他就一直在找理由遣返我。他已经知道是特龙在找桑切斯铝业的麻烦，而我也提供不出更有用的信息了。我猜"供出特龙以从宽"这个条件已经无效了——特龙已经死了。所以如果我去找鲁迪，我将会：

一、给他提供足够多将我遣返的证据，并且

二、设法给他提供这起谋杀案的线索。

不行，去他的。放低姿态、闭紧嘴巴是活下来并继续留在月球上的唯一办法。

我只能靠自己了。

我看了一下自己手头的物资。食物和水足够维持好几天，我也可以趁没人的时候使用大厅里的公厕。我不想一直待在维修入口里，但目前我不希望被人发现。完全不想。任何人都不要。

我抽了几下鼻子，咽下了最后的泪水，清了清嗓子，然后通过本地的代理网络给爸爸打了个电话。没人认识那个给阿玛尔·巴沙拉打电话的哈珀丽特·辛格。

"你好？"他接了电话。

"爸，我是爵士。"

"哦，嗨。奇怪，我的机模竟然没能辨识出你的号码。项目进展如何了？工具用好了吗？"

"爸，我希望你能好好听我接下来的话，仔细听好。"

"行吧……"他说，"听起来不太妙。"

"的确不妙，"我又抹了抹脸，"你需要离开家和店面，去找个朋友暂住在他那里，几天就好。"

"什么？为什么？"

"爸，我摊上事了，摊上大事了。"

"来我这里，咱们一起解决。"

"不行，你得赶快走。你看到谋杀案的新闻了没？特龙和伊琳娜的谋杀案？"

"我看到了。太惨——"

"杀他们的人现在在找我，这些人也可能会来找你，因为你是我唯一在意的人。所以赶紧跑。"

他沉默了一会儿。"好吧。来店里找我，然后咱们一起去找伊玛目法希姆，他和他的家人会收留我们的。"

"我不能光躲起来——我必须弄明白到底发生了什么。伊玛目家你自己去吧，危险过去了之后我会联系你的。"

"爵士——"他的声音在颤抖——"把事情交给鲁迪吧，这是他的工作。"

"我不信任他，至少现在还不行。等以后吧。"

"贾丝明，你现在就给我回来！"他的声音突然高了一个八度，"看在安拉的分上，别和杀人犯纠缠不清！"

"对不起，爸，我真的很抱歉。快走吧，事情结束之后我会给你电话的。"

"贾丝——"他刚开口我就把电话挂了。

代理网络的另一个好处就是爸没办法回电。

之后我在维修入口藏了一整晚，其间就去了厕所两次，其余的时候我不是在担忧自己的性命就是在不自已地阅读新闻。

第二天早上醒来时我腿脚麻木后背酸痛。哭着睡着就是如此，醒来之后问题并不会消失。

我将入口面板推到了一边，然后一个翻滚滚到了厅廊上。我舒展了一下正在抗议的肌肉。会来比恩负27区的人不多，特别是这么大清早的时候。我坐在地上，开始享用丰盛的早餐：原味的糊糊和白水。我应该继续躲在维修入口里的，但里面逼仄的空间我已经受够了。

我当然可以一直躲下去,然后寄希望于鲁迪能抓到凶手,但这样也只是治标不治本。就算凶手真的被鲁迪抓住了,幕后主使也可以另派一个人。

我又吃了一口糊糊。

一定和桑切斯铝业脱不开干系。

唉。

但为什么呢?为什么大家要为了一个刮不出油水的夕阳产业斗得你死我活的?

一定还是为了钱。天下熙熙,皆为利来,天下攘攘,皆为利往。所以钱到底在哪儿呢?特龙光凭蒙是成不了亿万富翁的,他想涉足制铝一定有他实际而充足的理由。不管其理由到底为何,他正是因此而死的。

这是一切的关键。在我调查凶手是谁之前,得先搞明白为什么,而我也知道从哪里下手:詹焌。

那天我送雪茄去特龙家的时候他正巧在。他来自香港,有个印着"ZAFO"的盒子,而且他并不想让我看到这个盒子。这是我已知的全部信息。

我在网上搜索了一下,但找不到任何关于他的信息。不管他真实身份是什么,他必定行事低调,或者他在月球上一直都在用假名。

送雪茄好像已经是很久远的记忆了,但实际上才过了四天。运肉船每周只来一次,这几日并没有离港的班次,所以詹焌还在阿尔忒弥斯某处。他可能已经死了,但一定还在这里。

我吃完了"早餐",把包装纸塞回了维修入口,接着把隔板重新封上。我扯了扯身上发皱的工作服,然后就出发了。

我去了康拉德区的一家二手店买了一套衣服：一条短到和腰带没什么两样的亮红色迷你裙，一件露脐的亮片上衣，以及一双我能找到的鞋跟最高的鞋。最后我还添了一个红色的皮手袋。

随后我去发廊做了个头发，大功告成！现在，我成了个妖艳骚货了。我照镜子的时候，发廊里的姑娘们都纷纷翻起了白眼。

我的转型未免过于顺利了。我的身材自然是好的，但我还是希望这个过程能稍微坎坷一些。

旅行是个婊子，即便是那种一生只此一回的旅行也不例外。

它会让你花钱如流水，逼你倒时差，让你从早到晚累得够呛，害得你明明在休假却仍止不住想家。但所有这些不快在餐饮问题面前都得自惭形秽。

这种事在我们这儿也算司空见惯了。游客们总想尝尝本地菜，但问题在于：我们这里的本地菜是真的难吃，其实就是水藻里加点人造调味剂。不出几日，美国人就会想披萨，法国人就会想红酒，日本人就会想米饭。美食足以抚慰心灵，让人重振旗鼓。

詹焌是从香港来的，他到头来一定会想吃正宗粤菜的。

有资格和特龙单独会面的人就算不是商界巨头，至少也是非常重要的人士。这类人经常出门在外，他们选择下榻的酒店时会考虑到餐饮的质量。

所以我们现在知道：此人是一位重要人士，他经常出远门，来自香港，而且想吃家乡菜。我们这儿有一个地方能满足全部这些条件：阿尔忒弥斯广州楼。

广州楼是一家位于奥尔德林球形舱的五星级大酒店，专为华人精英阶层服务。其所有权和运营权归香港商界所有，致力于为高端商旅提供宾至如归的体验。最重要的是，这里能吃到正宗的广式早茶自助餐。如果你来自香港而且钱多得花不完，就会选择广州楼。

我步入装饰华丽的大堂，这是阿尔忒弥斯少有的货真价实的酒店大堂。如果某家酒店一晚上的住宿费高达50 000斯拉克，那浪费点空间充充门面也未尝不可。

我从头到脚一身站街女的行头，在这里显眼得有如鹤立鸡群。有几个脑袋朝我这儿转了过来，然后又一脸鄙夷地转开（尽管男脑袋会转开得慢一些）。一位亚裔大婶站在服务台后。我直直地朝她走去，脸上虽无羞愧之色，内心深处却已尴尬到了极点——我尽量藏好表情。

前台服务员向我投来的视线仿佛在说我冒犯了她本人以及她的列祖列宗。"请问有什么需要帮忙的吗？"她问道，带着轻微的中文腔。

"嗯，"我说，"我找人，有个客户在等我。"

"好的。您知道这位客人的房间号吗？"

"不知道。"

"那您有他的机模识别号吗？"

"没有。"我从手袋里掏出了一个化妆盒，对着镜子补了一下红宝石色的口红。

"抱歉，女士——"她从头到脚打量着我——"如果您没有他的房间号或者其他您受邀的证明，我就没法帮到您了。"

我刻薄地瞪了她一眼（我精于此道）。"是他要我来的好吗？就一个钟头。"我把化妆盒放在她桌上，然后在手袋里翻来翻去。她身子向后挪了挪，仿佛化妆盒会害她染上恶疾。

我拿出一张纸，然后读道："奥尔德林球形舱，购物廊区，阿尔忒弥斯广州楼，詹焌。"我把纸放到一边，"就给那个王八羔子打个电话行吗？我之后还有别的客人。"

她努了努嘴。像广州楼这样的酒店是不会因为来者的一面之词就联系入住客人的，但一旦涉及某交易，这条原则就可以通融。她在键盘上敲了几个键，然后拿起了电话听筒。

她听了一会儿，然后挂断了："抱歉，没人接。"

我翻了个白眼："你要提醒一下他，让他别忘了给钱！"

"我帮不了您。"

"随便你！"我抓起化妆盒丢进了手袋里，"如果你见着他了，记得告诉他我在吧里等着。"

我踩着重踏步离去。

看来他不在房里。我可以一直监视大堂——坐在酒吧里大堂尽收眼底——但这可能需要花费一整天时间。我另有打算。

早些时候我涂口红可不是为了演戏。我打开化妆盒，如此一来我便能通过上面的镜子窥见前台的电脑屏幕了。当她查询詹焌的时候，我看到了他的房间号：124。

我走进酒吧，挑了从角落数起第二张吧台椅坐了上去。老习惯吧，大概。我的视线穿过大厅，落在了电梯上。一个五大三粗的保安站在电梯附近，他穿着一套西装，脚上是一双漂亮的皮鞋，但我能看出里面藏着的腱子肉。

一位住客走上前扫了一下机模，电梯门随之打开了。保安只是看着,好像有点心不在焉。

不一会儿又来了一对情侣,那位女性扫了一下她的机模,电梯门开了。保安走上前去和他们简短交谈了几句,她说了些什么,随后保安回到了自己原来的位置。

电梯应该是混不进去了,你要么本人是住客,要么得有住客领着你才行。

"想来点什么吗?"我身后传来一个声音。

我转过脸朝向酒保:"波摩单一麦芽苏格兰威士忌有吗?"

"有的,女士。但我必须提醒您,两盎司一小杯的价格为750斯拉克。"

"无所谓,"我说,"给我满上1 000斯拉克的量,钱不用找了。账算在我男友身上:詹焌,124号房。"

他在收款机上输入了信息,确认了名字与房号匹配之后微笑了一下:"马上就好,女士。感谢惠顾。"

我盯着电梯,等待着保安休息的机会。酒保带着我点的酒回来了,我抿了一口。啧啧……真是好酒。

我朝地面倾斜杯身,以酒酹地,祭奠特龙。他的确是个财迷,为了钱就算违法也在所不惜,但他生前为人却也厚道,命本不该绝。

行了,我该怎么绕过那个电梯前的壮汉呢?调虎离山吗?应该没用。他是个受过专业训练的保安,专门负责控制客人的进出,不太好糊弄。也许我能找个又高又壮的人然后躲在他身后?唔,感觉太像巴斯特·基顿[1]电影里的桥段了,不大

---

[1] 巴斯特·基顿(1895—1966),美国著名喜剧演员、电影导演,其默片尤为有名。

现实。

我感到有只手搭在了我的肩膀上。一个五十多岁的亚裔男人坐在了我的旁边,穿着一身三件套西装,梳着难看的侧面支援中央的发型。

"几何?"他问道。

"哈?"我说。

"呃——"他掏出机模指了指,"几何?"

"能说英语吗?"我问。

他在机模上打了几个字,然后转过屏幕对着我,上面写着:价格?

"哦。"我说。行吧,这就是穿得跟站街女一样坐在酒吧里的下场。看来如果我走私干不下去还有后路可走,这也算是件好事吧。我瞥了一眼电梯还有保安,然后把视线挪回到客户身上。

"2 000斯拉克。"我说。这个价格好像还挺合理。我扭了一下自己的迷你裙。

他点了点头,输入金额准备转账。我赶忙抓住了他的手阻止了他。

"不急,"我说,"事后付款。"

他有些困惑,不过也没有反对。

我从吧台椅上站了起来,将剩下的波摩一饮而尽。我猜每个苏格兰人都曾经历这种心理纠结。

我的小个子朋友像绅士一样挽着我的胳膊,我们俩一起穿过大堂,走到电梯前。他扫了一下机模,我们手挽着手进了电梯。保安瞥了我们一眼,但什么都没说,这种事他每天都能遇见上百遍。

你这会儿脑海中浮现出的可能是那种25层楼高的大酒店,但别忘了我们身处奥尔德林球形舱。广州楼只有三层楼高,我的客人按了"1"[1]。好极了,这正是我要去的楼层。

电梯停在了一楼,我们步入了奢华的走廊。这里没哪块地方是没装饰物的。柔软的毯子,天花板装饰条,墙上的壁画,以及你能想到的一切。每扇门都在炫耀着上面黄金雕花的数字。

我的客人领着我经过了124号房,直到141号房门口才停下脚步。他朝门锁扫了一下机模,门咔嗒一声打开了。

我拿出机模假装在看屏幕,然后在上面点了几下,仿佛真的收到了一条重要信息似的。他颇感兴趣地看着我。

"抱歉,我得去打个电话。"说着我指了指机模以强调我的意图,然后又对他做了个手势示意他先回房。他点了点头,然后走了进去。

我举起机模贴在耳旁:"洛可?嗯,是我,甜甜。我在陪客人呢。什么?!她是不是疯了!"我关上了大叔的房门以便和自己的皮条客聊私事。在发现我已经跑掉之前他大概还会等上个小一刻钟。

没错,我的确耍了一个好色的生意人,但他的钱我一分也没拿,因此在道德上我对他毫无亏欠。

我搔首弄姿地一路走到124号房门口,然后左顾右盼了一阵。走廊里没其他人。我从自己花里胡哨的手袋里掏出了一把

---

[1] 阿尔忒弥斯的楼层数显然是从底楼(标作"G"或"0")开始算的。

螺丝刀，开始撬锁。来吧，詹焌，让我瞧瞧你干吗来了。

我推开了房门。一个头发花白的拉丁裔男人坐在床上，右臂吊着绷带，左手握着一把布依刀[1]。

他一下子跳了起来。"Tu[2]！"他大喊道。

"呃——"我张口道。

他冲了过来。

---

1 一种经典的美式军用匕首。
2 西班牙语，"你"。

亲爱的爵士：

泡沫材料能有这么好的销路真是太棒了！咱们这下赚翻了！我下一次再寄两箱原料过来。

"雇员"方面我已经物色到了一个人选。他叫加塔·马赛，是一个刚入职不久的装载助手。他为人和善，口风很紧，还喜欢独来独往。他曾提起过自己有个老婆，还有两个女儿，我只知道这些了。他从不和其他装载工一起在食堂吃午饭，一直自带盒饭来上班。在我看来这说明他手头紧。

一个老婆。两个孩子。手头缺钱。装载助理。我喜欢这套背景组合。当然了，我还没开始接近他。我雇了一个私家侦探调查他的背景，等她递交报告之后我会发你一份，如果你对结果满意的话我就招他入伙。

另外，你跟泰勒相处得怎么样了？

亲爱的凯尔文：

泡沫材料两箱，就这么定了。行，加塔的报告出来以后发我一份。

我和泰勒结束了。我不想谈这事儿。

第九章

我的脑子飞速运转了起来。

现在有个家伙抄着一把匕首朝我冲了过来。他有条胳膊受伤了，可能是伊琳娜临死前弄的。这阵仗意味着他也想杀了我。

伊琳娜身强体壮、训练有素、装备齐全，但即便如此，还是在和这人拼刀子的过程中败下阵来。相形之下我又能有多大的赢面呢？我他妈根本不会打架。逃跑也不可行，我穿着高跟鞋，还有紧身裙。

我唯一的胜算取决于我能不能猜对他接下来打算往哪儿捅。我不过是个彷徨无助、衣着暴露且手无寸铁的女孩子。何必扭扭捏捏的呢？直接往我脖子上一抹得了。

我看准时机，将手袋举到了脖子的高度挡下了他的攻击。他快如闪电的一刀直接划开了手袋，里面装着的东西撒了一地。要是我反应不及，遭此厄运的就会是我的脖子。他还以为我挨了这一下就半只脚踏进鬼门关了，所以露出了一丝破绽。

我一把抓住他受伤的手臂，另一只手攥紧拳头直接砸了上去。他疼得大叫起来。前一秒他还在用刀子戳我，下一秒我就扭转了局势。我没有松手，脚踩着门框借力，拼尽全力拧他的胳膊肘。等他疼得受不了了我说不定就能有机会逃脱了。

他怒吼了一声，然后举起那条胳膊把我甩到了半空中。好吧，这一步并不在我的计划中。他把我整个甩过了头顶，然后往下砸向了房间的地面。就是现在，虽然可能会摔得很惨，但也算是个机会。

在落地前我松开了他的手臂。下坠的力道并没有减轻，我侧身重重地摔在了地面上，肋骨一阵剧痛。我想蜷起身子叫唤两下，但我没时间这么干了。我自由了——虽然只有一秒。

他一下失去了平衡。刚才他手臂上还抓着一个55公斤重的爵士，但突然间重量就消失了。我忍着侧身的疼痛跪坐起来，然后铆足全部的力气，用肩膀朝他的后背撞了过去。"阿左"本就已经失去平衡，也没料到会有反击。他向外摔到了走廊里。

我往后摔进了房间，与此同时一脚把门给踹关上了，门自动上了锁。还不到一秒钟的工夫，我就听到了门那头"咚"的一声：阿左想把门撞开。

我连滚带爬地跑到床头柜边拿起了电话。

"这里是前台。"那头立刻接了电话。

我尽可能用慌张的语气说话，在目前的情形下这简直易如反掌。"嘿！这里是124号房，有人在外面撞门！我猜这人大概是喝高了。我快被吓死了！"

"我们这就派保安上来。"

"谢谢。"

阿左朝房门撞了第二下。

我挂了电话，一瘸一拐地走到门口。我透过猫眼向外窥视。阿左后退了几步，然后再次助跑朝房门冲了过来。又是咚的一声，但房门纹丝不动。

"金属房门，金属门闩！"我喊道，"去你奶奶的！"

他又后退了几步，准备再次助跑，这时走廊尽头的电梯门打开了，那个虎背熊腰的保安从里面走了出来。"请问有什么能帮到您的吗，先生？"

另外几间客房的房门也打开了，住客们一头雾水地向外张望着，阿左之前已经闹出了不小的动静。他评估了一下目前的局势以及这个虎背熊腰的保安，单靠他手里的一把匕首显然是没戏的。他不甘地看了一眼房门，然后跑了。

保安整理了一下领带，走上前敲了敲房门。

我把门开了条缝："呃，你好？"

"您还好吗，女士？"他问道。

"还好，就是觉得有点莫名其妙。你不打算去追他吗？"

"他手里有刀，还是先别管他的好。"

"明白了。"

"我会在走廊里站会儿，确保这人不会再回来。您就安心休息吧。"

"好的，谢谢。"我关上了门。

过了好一会儿我才回过神来。

阿左之所以在詹焌的房里是因为……因为什么？他不可能提前知道我会来这个房间。他在等的并不是我。他一定是在等詹焌。

来了个拉丁裔的杀手。很巧的是，桑切斯铝业是一家巴西企业。见鬼了，我当然也知道如果你弄坏了大公司的东西他们会不高兴，但是要人偿命？偿命？！

我再次透过猫眼往外看去。保安就站在附近，现在我可比今天白天任何时候都要安全得多。行了，该搜索房间了。

啊，当个有钱人感觉一定很爽。房里有张特大号的床，角落里有张整洁的办公桌，还有个安装着灰水再利用装置的卫生间。我长叹一口气：我买个好房子的梦跟着特龙一起死去了。

我把整个房间翻了个底朝天，却并没有发现什么特别的，不过是些出差的商务人士通常会携带的衣物、洗漱用品之类的，唯独没有机模。从房间的状况来看（至少从房间被我翻得乱七八糟之前的状况来看），之前这里并未发生过争斗。这是个好兆头，说明詹焌大概还没死。当时最可能的情况是：阿左前来杀他，他却不在房里，于是阿左守株待兔，然后我就出现了，彻底搞砸了阿左的计划。

不客气，詹焌。

我正准备离开，突然注意到了衣柜里的保险箱，这类东西在房间里一般很难被人注意到。保险箱嵌在墙体中，门上安着一个电子锁，旁边贴着一张说明书教你如何设置电子锁。设置的步骤其实很简单，你入住的时候箱门是开着的，只要把东西放进去，然后设置密码，这个密码会一直保留到你退房。

我拉了一下箱门，发现根本拉不开。有意思。这类保险箱不用时门都是微微打开的。

我准备撬锁了。这种产品比起那些为了保护英国王室珠宝这类价值连城的珍宝而设计的保险箱可差远了。

手袋被划破后里面的东西撒了一地。我找到了化妆盒，拿着它朝我的手掌心拍了好几下，打开化妆盒的时候里面的粉底已变得蓬松。我把化妆盒拿到保险箱前，朝着粉底表面来回吹了一遍气。

棕色的粉底马上在保险箱四周扩散成了一片烟云，我后退了一步，等粉末慢慢沉积下来。尘状物在阿尔忒弥斯落下要更为缓慢，气压加低重力等于小颗粒要花几辈子时间才会落到地上。

最后粉尘总算散去了。我仔细观察了一下密码键盘，发现保险箱门全都被薄薄的一层粉尘盖住了，不过其中三个键上的粉尘要多于其他地方：0、1和7，这说明这三个键上沾着人手指上的油脂。在广州楼这样的酒店里，服务人员一般情况下会在上一个客人退房后、下一个客人入住前把房间里的一切擦得一尘不染，所以这几个键一定是詹焌设置的密码里的数字。

保险箱的说明书上说门锁的密码共四位。

唔。四位密码，三个非重复数字。我闭上眼睛开始心算，一共有……54种排列组合。说明书上还说，如果密码连错三次，保险箱就会直接锁死，到时候就只能让酒店的工作人员打开了。

我在脑海中又回放了一遍之前跟他的互动。他当时坐在特龙的沙发上……他喝着土耳其咖啡，我喝着红茶。我们聊的话题是——

啊哈！他是个《星际迷航》迷。

我在键盘上依次输入了1701，保险箱的锁咔嗒一声开了。NCC-1701是"企业号"[1]的注册号。我都不知道自己是怎么知

---

1 《星际迷航》主角团队的宇宙飞船。

道这个数字的，肯定是以前在哪儿偶然听到的，我是个过耳不忘的人。

我打开保险箱，找到了那个神秘的白箱子——詹焌当时不希望我注意到这玩意儿。外面仍然印着那几个字：ZAFO样品——未经授权，请勿使用。太好了，我们总算有所进展了！

我啪的一声打开了箱子，发现里面躺着……一条电缆线？

那是一团盘起来的电缆线，约莫两米长。是不是之前有人把某个神秘装置拿走以后把它的电线落箱子里了？那又何必呢？干吗不把整个箱子都带走呢？

我凑近端详，发现这原来并不是电线，而是光缆。光缆是用于传输数据的，但问题在于，传输的到底是什么数据呢？

"好吧，现在怎么办？"我问自己。

门哗的一声移开了，斯沃博达走进了他的一体式公寓间，把他的机模搁在了门边的架子上。

"嗨，斯沃宝。"我说。

"老天！"他一只手按着胸口惊叫道。

这些年我给他走私了不少非法化学物品，为了方便我送货进门，他把自己公寓密码锁的密码都告诉我了。

我靠在他桌边的座椅靠背上。"我需要你帮我个忙。"

"我的妈呀，爵士！"他还没缓过气来，"你来我公寓干吗？"

"我在跑路。"

"你头发上是什么东西？"

我之前已经换回了自己平时的装束，但头发还是站街女的风格。"说来话长。"

"那是小亮片吗？你往头发上撒了小亮片？"

"说来话长！"我从衣服口袋里掏出了一块裹在包装纸里的巧克力丢给他，"接着。我记得哪本书里说过，拜访乌克兰人的时候最好带个小礼物。"

"哇！巧克力！"他接住巧克力，打开了包装纸，"鲁迪今天来实验室，他问起你了。他没说原因，但我听说你和那起凶杀案有所关联？"

"犯案的真凶想连我一起杀了。"

"哇哦，"他说，"这事严重了。你应该去找鲁迪。"

我摇了摇头："然后被遣返回地球？不用了，谢谢。我不相信他。我现在谁都不信。"

"但是你却来了我这儿，"他微笑道，"这是否意味着你相信我？"

哈。我好像从来就没有不信任斯沃博达过，两面三刀这种行为跟他实在扯不上关系。"算吧。"

"太好了！"他把巧克力一掰两半，递给我一半，把剩下的一半丢进自己嘴里，一口咽了下去。

"对了，"他一边咀嚼一边问道，"你试过避孕套了没有？"

"还没，你交给我之后才过了两天，还没机会使用。"

"行吧，行吧。"他说。

我拎起ZAFO箱丢给他："我指望你告诉我这到底是什么呢。"

他在半空中接住箱子，然后看了一眼上面的字："哈，ZAFO。早些时候你问起过我。"

"对，不过我现在拿到实物了。你什么时候能给我答复？"

他打开箱子拉出了缆线:"是光纤数据线。"

"干什么用的?"

他瞄着一头的末端往里看:"什么都干不了。"

"啊?"

他两只手握着光缆的两端:"两头都没接口,就是俩光秃秃的头。这玩意儿根本就没法用,至少在没接口的情况下没法用。"

"所以是什么意思?这就是根没用的线?"

"不清楚。"他说。他把线重新盘好放回箱子里。"这玩意儿跟谋杀案有关?"

"也许吧,"我说,"我不知道。"

"好吧,我现在就把它带去实验室,今晚应该就能查出点什么来。"

我取出了哈珀丽特的机模。"2 000斯拉克?"

"什么?"他看我的表情就好像我在他母亲的坟头撒尿了一般,"不,不用,不收你钱。真是的。"

"怎么了?"我说。

"我帮你是因为我把你当朋友。"

我张开嘴想说些什么,但又不知该说些什么。

他一把从架子上抓起了自己的机模。"我猜你现在用的是化名。用户名告诉我一下。"

我把自己新的联系方式分享给了他,他收到之后蓦地点了点头:"好的,'哈珀丽特',我查到什么了就会联系你。"

我从未见过他这般不快。"斯沃博达,我——"

"别提了,没事的,"他憋了一个笑,"你有这个反应也正常。要找个地方过夜吗?"

"啊,那个,不用,我已经找到落脚的地儿了。"

"我懂。走的时候记得把门锁好。"他走得好像有点急。

唉,见鬼了。我现在可没时间担心自己有没有伤及他的男性自尊什么的,必须赶快进行我计划的下一步了。

"好吧,阿左,"我自言自语道,"咱们来瞧瞧你的后台有多硬。"

晚间是购物廊区一天中最繁忙的时段,每天这个时候阔佬们都会聚集于此纵情声色。他们酒足饭饱后就会光顾这里的店铺、赌场、妓院和剧院。(月面杂技是绝对不容错过的,因为太他妈精彩了。)

完美,现在这里人山人海,正中我下怀。

(圆形的)廊区广场坐落于奥尔德林地面层的正中心,广场上无非是几条长椅、几棵盆栽——这些东西如果摆在地球上任何一个城镇广场,都不过是些司空见惯的玩意儿,然而一旦到了月球,其身价就高到让人咂舌。

我环顾四周,并没有发现阿左的踪影。还好他吊着绷带,就算混在人群中也仍然显眼。若我死后堕入地狱,一定要当面谢谢伊琳娜当初伤了他的胳膊。

广场上,醉酒和狂欢的人们熙熙攘攘,游客们则成群结队地占据着长椅,聊着天或是互相给对方拍着照。我掏出了我的机模开了机。

我刚才所说的"我的机模"指的是真正的我自己的机模。机模的屏幕启动了,显示出了我熟悉的桌面壁纸——骑士查理王猎犬崽。看什么看？我就是喜欢小狗崽。

我不动声色地把机模放在地面上，然后把它踢到了附近一张长椅底下。

鱼饵已经设置好了，现在就等鱼儿咬钩了。

我步入拉希特赌场。这家赌场有一面宽广的大窗，从窗口向外望去，整个廊区广场尽收眼底，这有利于我在保持安全距离的同时暗中观察。此外，三楼的窗边还有价格公道的自助餐供客人享用。

我拿哈珀丽特的机模付了想吃多少吃多少的糊糊吧自助餐费。

在这里点餐的一个诀窍在于尽量不要点那些试图模仿其他菜品味道的糊糊。千万别点唐杜里烤鸡味，吃完只会大失所望。要点就点默特尔·戈尔茨坦3号秘方，简直好吃到不行。不清楚是拿什么做的，不过就算原料可能包括白蚁尸体以及意大利人的腋毛，我也无所谓。黑料白料，能让糊糊变好吃就是好料。

我端着自己的碗找了一个靠窗的座位坐下，小口地嚼着糊糊，小口地喝着水，视线一秒都未曾离开过我藏机模的长椅。没过多久我就开始无聊了，但也只能继续盯着，监视的活儿就是这样的。

阿左真的可以追踪到我的机模吗？要是他真有这能耐，也意味着他跟最高层有瓜葛。

"介意我跟你一起用餐吗？"身后传来一个熟悉的声音。

我猛地回头一看。

是鲁迪。妈的。"呃……"我说得掷地有声。

"我就当你同意了。"他自顾自坐了下来,然后把他那碗糊糊摆在了桌面上。"如你所料,我有些问题想问你。"

"你是怎么找到我的?"

"我追踪到了你的机模。"

"行吧,可机模在那儿呢!"我指了指窗外。

他透过窗户看了一眼广场。"你能想象出当我发现你的机模出现在廊区广场时有多吃惊吗?太过冒失了,完全不像你的作风。"

他吃了口糊糊。"因此,我认为你应该在一段距离外暗中观察。而这里的自助餐好吃又便宜,视野也不错,所以想要得出你躲在这里的结论并不难。"

"好吧,福尔摩斯,"我站起身,"我就先不奉陪——"

"坐下。"

"我不。"

"给我坐下,爵士,"他瞪了我一眼,"如果你以为我不敢当众把你摁到地上的话,你就大错特错了。低头乖乖吃你的糊糊,咱们好好聊聊。"

我坐回椅子上。我根本就不可能打得过鲁迪。我之前跟他打过一次,那一年我17岁,脑子还没开窍。面对那壮如种马、硬似铁块的肌肉,当时的我输得一败涂地。他平时锻炼吗?这身腱子肉肯定是练出来的吧?我不禁开始遐想他健身时的样子。他健身时会出汗吗?汗流浃背肯定是免不了的,汗水会沿着一块块肌肉往下流淌,汇成小溪——

"我知道你没杀人。"他说。

我的思绪瞬间被拉回到现实。"哇哦,你是不是对每个女生都这么说?"

他拿手里的勺子指向我:"但我知道桑切斯的矿车是你炸的。"

"那件事跟我没半点关系。"

"你觉得我会相信爆炸案、谋杀案以及你现在正在东躲西藏这三者之间不存在任何关联?"他舀了一勺糊糊,优雅地将勺子送入口中,"你跟这几件事都有莫大的关联,我现在就想知道你到底了解多少内情。"

"我知道的你全都知道。你应该立即去调查凶手,而不是执着于咱俩之间陈芝麻烂谷子的那点恩怨。"

"我这是在救你,爵士,"他把餐巾放在了桌上,"你知道你之前制造的那起爆炸案招惹到谁了吗?"

"被指控制造的爆炸案。"我说。

"你知道桑切斯铝业的所有权持有者是谁吗?"

我耸了耸肩:"某家巴西公司吧。"

"是帕拉西奥帮,巴西境内规模最大、实力最强的犯罪集团。"

我愣住了。

老天爷!

"我明白了,"我说,"不是什么善茬儿。"

"没错,他们是那种老派的'杀之后快、以儆效尤'的黑手党。"

"等下……不对……说不通啊。这样的组织我以前连听都没听说过。"

"可能——只是可能——我比你更了解我们这座城市里的犯罪组织。"

我双手扶额:"你他妈逗我,一个巴西的黑帮他娘的怎么会想要收购一家月球的铝业公司?！铝业早就不剩多少油水了！"

"他们不是为了盈利，"鲁迪说，"只是把桑切斯铝业当作洗钱的工具。阿尔忒弥斯斯拉克是一种不受监管、很大程度上不受追踪的准货币，而阿尔忒弥斯的身份验证系统又满是漏洞。咱们这儿是洗钱者的天堂。"

"天……"

"现在对你来说有个利好消息：他们在这儿没什么势力。帕拉西奥帮并不在阿尔忒弥斯'活动'，这里充其量不过是他们进行创意理财的地点。尽管如此，咱们这儿还是有一个他们的业务代表。"

"但是……"我开口道，"等下……让我好好想想……"

他将双手放在桌面上，礼貌地等待着。

"那个，"我说，"有件事说不通。特龙知道帕拉西奥帮的事吗？"

鲁迪抿了一小口水。"我觉得他一定知道。他是那种会在行动前把一切事无巨细都研究透的人。"

"那他为什么还要在知情的情况下为了某个夕阳产业跟大型犯罪集团对着干呢？"

我人生头一回看到鲁迪脸上浮现出不解的神情。

"你也答不上来了吧？"我说。

我瞥了一眼窗外的廊区，呆住了。

阿左站在那里，就在我藏匿机模的那个长椅旁边。

我猜鲁迪一定是发现我脸上突然没了血色。"怎么了？"他问道。他顺着我的视线望向窗外。

我对他使了个眼色:"那个胳膊上吊着绷带的人就是凶手!他是怎么知道我机模所在位置的?"

"我怎么——"鲁迪开口道。

"你知道犯罪集团除了杀人越货以外还会干吗吗?"我说,"他们还贿赂警察!你倒是说说看那人是他妈怎么追踪到我的机模的?!"

他伸出双手:"不要冲动——"

我就是冲动了。我掀了桌子拔腿就跑,鲁迪在起身追上来之前只能先耽误一点时间应对在半空中缓慢翻滚的桌子。

我自然事先就已经规划好了逃跑路线。我笔直地穿过赌场,然后钻进了标着"闲人免进"的后门,这扇门本该是一直锁着的,但事实上却从来没人锁过。门后通往奥尔德林区全部赌场的货运主通道,我对这里可谓了如指掌——以前来这里送过成百上千次货,鲁迪休想追上我。

不过问题是……他根本就没来追我。

我停下脚步看了一眼身后的门。我也不知道自己是怎么想的——大概是一时间脑子短路了吧。如果鲁迪此时撞开门冲进来,我不就白白错失了撒丫子逃命的绝佳时机了吗?然而他并没有出现。

"哈。"我说。

我主动进入了"恐怖电影里的蠢货"模式,走回到门边,把门开了一小条缝往里看。我并没有看见鲁迪,但人群正在往自助餐区聚集。

我偷摸着溜回赌场,混进人群之中。他们之所以围观是有道理的。

我之前的座位边上的窗户已经破了，窗框上还留着几块玻璃残片。阿尔忒弥斯是没有安全玻璃的，往月球上进口聚乙烯醇缩丁醛太过昂贵。所以我们用的每一块玻璃都可能会要了你的命，如果你想平平安安地度过一生，最好别来月球上住。

我前面的一位美国游客一边嚼着糊糊干，一边伸长了脖子想越过人群往里看。（只有美国人才会在月球上穿夏威夷衫。）

"出什么事了？"我问道。

"不清楚，"他说，"有人一脚把窗户给踹破了然后跳了出去。三层楼高，你说他会不会摔死啊？"

"月球引力很小。"我提醒他道。

"但是足足有30英尺高呢！"

"月球引……算了，当我没说吧。那家伙是不是穿着加拿大骑警制服？"

"你是指鲜红色的上衣和奇怪的帽子？"

"你说的那是礼仪制服，"我说，"我问的是执勤制服。淡色衬衫，深色长裤，两边绣着黄色条纹那种？"

"哦，汉·索罗[1]那种。他的裤子确实是那样的。"

"好的，谢啦。"喊，汉·索罗裤子上的条纹分明是红色的，甚至连条纹都不能算——是一道细线。真没文化。

鲁迪第一时间并没来追我，而是追阿左去了。从这儿去往赌场底楼的出入口需要先往下三层楼再穿过一个巨型的大厅，如果选取正常的路线，至少得花上两分钟时间。我猜他是想抄近路。

1　电影《星球大战》男主角之一。

但我想这也就意味着鲁迪与追杀我的势力之间没有半点瓜葛。现在阿左必须得先过鲁迪这一关了，事情的走向还不错。

可我还是开心不起来。我仍然不知道阿左是怎么定位到我机模的位置的。

我在比恩负27区的藏身窝点只能勉强用来睡觉，如果还想做点别的事情，地方根本就不够用。

所以我坐在外面厅廊的地板上。偶尔听到有人走近的声音，我就会像只蟑螂一样钻回洞里头，但其余大多数时候，整个大厅都被我包了。

我最想知道的一件事就是鲁迪到底抓没抓住阿左。我浏览了一下本地的新闻网站，却没发现半点动静。凶杀案在阿尔忒弥斯极为罕见，如果鲁迪真的逮住了凶手，这条新闻一定会铺天盖地地登上各大媒体首页。因此，阿左仍然逍遥法外。

是时候作些调查了。调查对象：桑切斯铝业。我点击着哈珀丽特机模的屏幕，开始查找这家公司的公开信息。

桑切斯铝业的雇员数在80上下。乍一听人数好像也不算多，但在一个人口只有2 000的城市里，一个企业有这种体量已经相当了得了。这家公司的CEO及创始人叫洛蕾塔·桑切斯，出生于巴西的马瑙斯市。她拥有化学博士学位，专精于无机化学。她创制了一套新的系统，可以利用FFC剑桥法经济地对钙长石进行脱氧，在此过程中氯化钙的损失量可被降至最低，而通过……我没有再深究下去。重点在于，她是管事的，而且（尽管文章没有提）她手下流氓济济。

当然了，矿车爆炸案的新闻已经铺天盖地了。作为对该起事件的回应，桑切斯铝业已经加强了安保工作，他们位于阿姆斯特朗球形舱的办公处已不再对访客开放，而熔炼区域更是只有核心人员才能进入，他们甚至还安排了活人（而不只是电脑）直接在通往熔炼厂的列车上检查员工证。

最值得一提的是，他们不想在仅存的那台矿车上出半点纰漏。他们和舱外活动公会签了约，舱外活动专家就在矿车边上盯着，而且还执行轮班制，每班次两人。

得知一整个公司都因为我的行动而吓尿了裤子，我免不了有些沾沾自喜。他们想杀了我，而且还不止一次。这不仅和帕拉西奥帮有关，我在采掘场的时候，某个在桑切斯监控室里的人操控着一辆矿车想直接弄死我，这件事还记得吗？桑切斯的公司文化还真挺病态的。

王八羔子。

我握在手里的机模嗡地震了一下——屏幕上跳出了收到新邮件的提醒。

哪怕在逃亡中我都不能没有电邮的陪伴。我设置了网络代理，这样我进邮箱的时候就没人知道正在登录中的是谁的机模。代理服务器应该是在地球上的某处（我猜大概是荷兰？），所以网速慢得吓人，每过一个小时才会刷新一次，不过总比什么都没有要强。

我收到了15封新邮件，其中14封是我爸发来的，他心急如焚地想要联系上我。"对不起，爸，"我自言自语道，"这件事非你所愿，我不能连累你。"

第十五封邮件来自詹焌。

亲爱的巴沙拉女士，感谢你救了我——你在酒店里的所作所为救了我一命。至少我觉得当时在我房间里的女人是你——被卷进这起事件的（还活着的）人除我以外就只有你了。多亏了你我才知道自己目前的处境，因此才做好了防护措施，现在我已经躲起来了。咱们能否见上一面？我也想替你安排一个藏身之处，这是我欠你的。

——詹焌宇

有意思。我在脑海中预演了好几种可能性，然后敲定了一套方案。

行。明晨八点在我爸的电焊店见，地址康贝6-3028。如果你8:05之前都没出现，我就直接走人。

我在机模上把闹钟定在了凌晨四点，然后钻进了我的老鼠洞。

第十章

生死悬于一线这类情况最让人糟心的一点就是穷极无聊。

我在老爸的店里等了三个钟头。我没必要非得大清早五点就到,不过还是不希望詹烧在我之前到。我把椅子斜靠在店的后墙上,边上就是我头一次抽烟的避难舱。我还记得自己当时差点被烟味给熏吐了,但当人正处于叛逆期的时候,会觉得这种行为是一种示威,因而会硬着头皮接着抽下去:"你能拿我怎么样啊,老爸!"

妈呀,那时候的我太二了。

快到早上八点的时候,我每隔十秒就会瞄一眼墙上的钟,为了打发时间,我在手里摆弄着一把手持喷枪,爸用它来连接管道堵头。这项工作虽然并不属于"焊接"的范畴,但也必须在防火间里进行,因此他也将其列入了服务清单。

我的手指一直搭在点火扳机上。喷枪并不是真的枪(阿尔忒弥斯全市禁枪),但近距离也是能伤人的。我希望自己能有所防备。

另一头的门在八点整准时被打开了,詹烧小心翼翼地走了进来。他缩着双肩,视线警惕地扫射四周,活像一只受了惊的瞪羚。他看到我坐在角落,别扭地朝我招了招手:"呃……嗨。"

"你很准时,"我说,"谢谢合作。"

他走上前来。"那是当然，我——"

"停下，别再往前走了，"我说，"我今天有点多疑。"

"好的，好的，"他深吸一口气，然后很快地呼了出来，"听我说，我真的很抱歉。事情不该是这样的，我就是想多赚点外快，拿情报换点钱。"

我把喷枪从一只手丢到另一只手，以确保他能注意到。"什么情报？你他妈在说什么呢？"

"ZAFO的情报，我把情报同时卖给了特龙还有帕拉西奥帮，先后秘密收了两笔汇款。"

"我懂了，"我怒视着这个卑鄙小人，"然后你在帕拉西奥帮的矿车爆炸了之后又把特龙出卖给了他们，这样你又能多捞一笔？"

"是这样，不过就算我不说，事情也迟早会败露，一旦特龙接下供氧的合同，帕拉西奥帮心里也就明白了。"

"那他们又是怎么知道炸矿车的人是我？"

他低头盯着自己的脚。

我哼了一声："你这人简直了！"

"这不能怪我！他们开的价可高了！"

"你又是怎么知道那件事是我干的？"

"特龙跟我说的，他一喝高就藏不住话，"他眉头皱了起来，"他人真的挺好的，我当初也没想到会闹出人命，所以才——"

"你以为自己挑拨完亿万富翁和黑社会之后，他们两边还能继续相安无事？吃屎去吧你。"

他来回踱了一小会儿步。"那个……ZAFO样本是不是在你手里？就是我酒店房间里那个箱子？"

"是我拿的，但我没带在身上。箱子现在很安全。"

"谢天谢地，"他看起来轻松了一点，"现在箱子在什么地方？"

"先告诉我ZAFO是什么。"

他一脸为难："这是机密。"

"别跟我扯什么机密。"

他看起来十分痛苦："那东西是……为了做出这个样本我们投了好多钱，需要专门发射一颗装着离心机的卫星到低地轨道上才行。如果不把它带回去，我的饭碗就砸得连渣都不剩了。"

"去你妈的饭碗，现在都闹出人命了！快告诉我到底怎么了！"

他长吁了一口气："我很抱歉，真的，我没想到事情会搞成这样。"

"要道歉的话你去跟莱娜道歉，"我说，"她才16岁，还是个跛子，现在拜你所赐又成了孤儿。"

他的眼睛湿润了："不……我也必须跟你道歉。"

门再次被打开了，阿左走了进来。他的右臂仍然吊着绷带，但他的左手却攥着一把随时准备将我开膛破肚的匕首。

我浑身发抖，不知道是出于恐惧抑或是愤怒。"你这婊子养的！"

"真的很抱歉，"詹焌抽泣道，"我不这么做的话他们会连我也杀了的。"

我扣下扳机的一瞬间，喷枪喷吐出了热焰。我向前举起喷枪，然后慢慢朝阿左靠近："你脸上是不是有哪块皮痒，急着想被做成法式炖蛋啊,你个混账东西?"

"立不让沃好过,沃就让立烂过,"阿左说道,带着很重的口音,"立投降的话沃可以给立个痛快。"

詹焌把脸埋在手心里哭了起来。"这下我的饭碗真砸了!"

"去你奶奶的!"我冲他大喊,"老娘都快死了,你居然还好意思因为自己的工作在那儿哭哭啼啼的?!"

我从工作台上抓了一根钢管。在月球上一手拿着棍子一手拿着燃烧物跟人拼命还真是一幅挺奇怪的场景。

阿左知道,如果他径直冲过来的话,我会用钢管挡开他然后举起喷枪喷他一脸,然而他并不知道我脑中的计策可要比这复杂得多。

我拼尽全力抡起钢管,朝嵌入墙壁的阀门砸去。金铁相击发出了巨大的回响,高压气体的尖啸紧随其后。从阀门处传出的声响穿过了整个房间,撞击着远处墙壁。

就在阿左停下动作琢磨我在干吗的时候,我一跃而起到了天花板的高度(在这里并不难做到——正常人都能蹦三米高)。在我的身体下落之前,我把喷枪的喷火口朝向头顶的火灾警报器,然后扣下了扳机。

一时间红灯闪烁,警报大作,詹焌身后的门随即关上,把他吓了一大跳。

在我落地的一瞬间,我一个跨步跳进了避难舱,然后重重地关上了身后的门。尽管阿左紧随其后,但没能赶上。我快速转动阀门把自己锁在舱内,然后把钢管插进阀门的辐条之间,另一只手紧紧握住钢管的另一头。

阿左试图从门的外侧转动阀门,但他的胳膊拧不过我的抗力臂。

他透过舱门的小圆窗对我怒目而视，我朝他比了个中指。

我能看见詹焌正在挠通往外面的大门想要逃出去，当然，这一切只是徒劳。他面对的可是一间防火室的大门——通体由结实的金属打造，配备了精密的机械锁，只能从外部打开。

雾状的气体从破裂的阀门中逃逸的速度越来越慢，直至停止。爸爸的壁挂式空气阀门连接着储气罐，他每过一个月就会给储气罐重新充一次气。

阿左在工作台上翻找着什么，然后他拿起一根长钢棍，气喘吁吁地再度走到气密舱外。我随时准备跟他再来一场不是你死就是我活的转阀门大战。

当他把他的钢棍塞进阀门里的时候就已经喘得上气不接下气了。他扳得十分用力，但我还应付得了。实事求是地说，赢得胜利的人本该是他才对——他块头更大，体格更强，杠杆的力臂也比我的长。但我有一个他不具备的优势：氧气。

那现在避难舱外面充斥着的气体是什么呢？答案是氖气。我爸在焊接铝材的时候需要用到很多氖气，于是索性装了个壁挂式氖气罐。

火警触发后全部的换气管道都已经自动关闭，因此惰性气体很快就攻陷了整个房间。人在氖气中呼吸时并不会感觉到任何异样，氖气吸起来就跟普通的空气差不多，人体根本无从察觉自己是不是已经进入了缺氧状态，刚开始就跟没事一样，然后等到了某个临界点就会直接晕过去。

阿左双手和膝盖着地，哆嗦了几下之后就直挺挺地倒在了地上。

詹焌坚持得要略微久些，毕竟他没有像阿左那样折腾自己。然而，他也就多坚持了那么几秒钟的时间。

咱们见个面吧，我会保护你的。他真以为我会吃这套吗？

我掏出了哈珀丽特的机模，拨了鲁迪的电话。我并不想找他，但又别无选择，就算我不主动联系他，等消防志愿者到了以后，他们也会联系他，那还不如趁现在掌握主动权。

阿尔忒弥斯没有警局，只有鲁迪位于阿姆斯特朗球形舱的办公室，里面所谓的拘留室也不过是个改造过的避难舱。事实上，这个避难舱当年是我爸改的。既然是避难舱，那自然是不会有锁的，不然就不叫避难舱了。但是鲁迪的"拘留室"的阀门上紧紧缠着好几圈大铁链，铁链上还安着个挂锁，虽然粗暴，但是有效。

一般来说，被关在里面的不是醉鬼就是刚打完架需要冷静一下的人，不过今天里面关着的是阿左。

拘留室以外的地方并不比我长大时住的那间公寓大多少。鲁迪若是能早生几千年，说不定会是个优秀的斯巴达战士。

我和詹焌的双手被铐在了大铁链上。

"你一定是在逗我。"我说。

"你最纯洁、最无辜了。"鲁迪从电脑屏幕上抬眼道。

詹焌把手铐抖得叮哐作响。"喂，我才真的无辜！我不该被关在这儿！"

"你放什么狗臭屁呢？！"我说，"你分明想置我于死地！"

"不是这样的！"詹焌指向阿左，"想置你于死地的是他！我只负责安排会面，如果我不照办的话估计当场就被他宰了！"

"软骨头！"

"我更心疼自己的小命有什么错，有本事上法院告我去呀，要不是你当初炸矿车闹出那么大动静，事情也不至于到现在这个地步！"

"去你妈的！"

鲁迪从桌子抽屉里取出了喷水罐，给我们俩各来了一下子。

詹焌龇牙咧嘴道："你这也太没职业道德了。"

"闭嘴吧。"我说，然后摇了摇头把脸上的液体甩干。

门打开了，行政长官恩古吉走了进来。事已至此，进门的是谁又有什么好大惊小怪的呢？

鲁迪的视线移到了她那边。"哦，是你啊。"

"警官。"恩古吉跟他打了个招呼，又望向我这边，"贾丝明，别来无恙啊，亲爱的。"

我向她展示了一下手上的手铐。

"你有必要做这么绝吗，警官？"

"你有必要来这儿吗？"鲁迪问。

我可以对天发誓，当时屋内的气温真的骤降了十度。

"切莫责怪警官，"恩古吉对我说，"我们俩并不是在每件事情上都合得来。"

"如果你停止包庇像爵士这样的罪犯，咱们的关系说不定会更融洽一些。"

她像在驱赶蚊虫一样挥了几下手。"每座城市都有阴暗面。那些无足轻重的小喽啰就由他们去吧，咱们的精力是用来办大事的。"

我咧嘴笑了："你听到了吧？我可是那些小喽啰里最无足轻

重的那个,快放了我。"

鲁迪摇了摇头:"行政长官的权限并不在我之上,我直接对肯尼亚太空集团负责。你给我老实待着。"

恩古吉走到避难舱前透过窗户朝里窥视:"此人就是那个杀人犯?"

"没错,"鲁迪说,"要不是你在过去的十年里三天两头妨碍我打击犯罪团伙,现在也不至于有人会送命。"

"警官,我们之前已经谈过这事了。没了黑道的资金,阿尔忒弥斯根本就存活不下去。理想主义是不会让天上掉糊糊的,"她转身面朝鲁迪,"嫌犯说了什么没有?"

"他拒绝回答任何问题,甚至连自己的名字都不愿告诉我——但从他使用的机模来看,他叫马塞洛·阿尔瓦雷斯,职业是'自由会计咨询师'。"

"明白了。你确定就是这个人?"

鲁迪掉转他的电脑显示器给恩古吉看,上面是诊所化验的结果。"鲁塞尔医生刚才来取了他的血样,她说血样和犯罪现场发现的血液是匹配的。另外他手臂上的伤口和伊琳娜·韦特罗夫手里握着的刀子的刀刃也是一致的。"

"血液的DNA能对上?"恩古吉说。

"鲁塞尔那儿不是法医实验室,她只比对了血型和酶的浓度——从这两者来看是匹配的。如果我们想进行DNA比对,就得把血样寄回地球,那样的话至少需要两个星期时间。"

"没必要,"恩古吉说,"我们掌握到的证据只要够法庭开传票就行,是否足够将他定罪倒无所谓。"

"喂,"詹焌插嘴道,"不好意思打扰一下!我要求你们立即释放我！"

鲁迪又朝他喷了点水。

"这人又是谁？"恩古吉问道。

"詹焌，香港人，"鲁迪说，"找不到任何他之前的工作信息，他也不愿意老实交代。他帮阿尔瓦雷斯给巴沙拉下了套，但他自己声称当时是被逼无奈，否则阿尔瓦雷斯就会先杀了他。"

"这确实也不能怪他。"她说。

"总算遇到了一个明事理的！"詹焌说。

"把他遣返回中国。"恩古吉说。

"等下，你说什么？"詹焌说，"你不能这么做！"

"我当然能这么做，"她说，"你是一起谋杀未遂案件的从犯。不论你是否真的被逼无奈，我们这儿都不欢迎你。"

他张嘴想要申辩，却发现鲁迪正拿着喷水罐将喷嘴对着他，于是识相地闭上了嘴。

恩古吉叹了口气，摇了摇头说："这事不好办，真的是太不好办。你我……朋友虽说算不上，但谁都不希望自己的地方会发生这种血案。"

"至少在这件事上我们是可以达成共识的。"

"而且这种情况前所未有，"她的双手在背后紧紧攥在一起，"凶杀案我们之前也不是没有过，但起因要么是情人吃醋，要么是夫妻不合，再不然就是酒后斗殴。这次凶手的犯案手段专业狠辣，我不喜欢这种感觉。"

"这就是你之前纵容小喽啰种下的恶果，真的值吗？"

"你这么说就不厚道了，"她摇了摇头，"咱们事情一件一件地解决。有艘运肉船今天出发，走的是戈登航道。把詹先生送上船,直接遣返回香港,不接受任何申诉,之后再专门处理阿尔瓦雷斯先生的事。我们先要为庭审核对一遍证据,庭审地点在……在哪里?"

"兰德维克是挪威人,韦特罗夫是俄国人。"

"这样啊。"恩古吉说。

如果你犯了重罪,阿尔忒弥斯会将你引渡至被害人的国家,听凭被害人的同胞在你身上宣泄复仇的怒火,这样才公平。然而阿左——我想现在可以叫他阿尔瓦雷斯了——却杀了两个不同国籍的人。这可如何是好?

"我希望你能交给我来决定。"鲁迪说。

"怎么说?"

鲁迪看了一眼拘留室说:"如果他愿意合作,我就把他引渡去挪威。如果他不愿意合作,我就把他送去俄国。换作是你,你会更想去哪个国家接受庭审?"

"妙啊,你分明也不是盏省油的灯。"

"那不是——"鲁迪说。

"不过你是不是该把贾丝明释放了?"她说。

鲁迪愣了一下。"绝对不行,她走私商品,还引爆了矿车。"

"据称。"我说。

"你为什么这么在意爵士?"他问道。

"桑切斯铝业是一家巴西公司,你难道想把她引渡去巴西?她要是能在帕拉西奥帮的地界上撑过一天就已经算祖坟冒青烟了。难道她就活该去死?"

"当然不是,"他说,"我会建议将她无申诉遣返至沙特阿拉伯。"

"我否决。"恩古吉说。

"这太可笑了,"他说,"她显然是有罪的,你干吗对这个女孩这么执着?"

"女孩?"我说,"我都26了!"

"她是自己人,"恩古吉说,"她从小在这儿长大,这意味着她并不是无可救药的。"

"放屁,"鲁迪说——我之前还从没听过他说脏话,"你有事瞒着我。到底是怎么回事?"

恩古吉笑了:"我是不会遭返她的,警官。你还想继续把她铐在这儿多久?"

鲁迪思索了片刻,然后从口袋里掏出钥匙帮我打开了手铐。

我揉了揉自己的手腕:"多谢你,长官。"

"亲爱的,注意安全。"她走出了办公室。

鲁迪注视着她离开,然后瞪了我一眼:"你现在还没有脱险。最好老实交代你自己的问题,然后乖乖回沙特阿拉伯,那儿比这儿好藏身。"

"你还是吃屎去吧。"我说。

"帕拉西奥帮是不会因为我逮住了他们的人就收手的,你也清楚他们会再派人搭下一班运肉船来。"

"首先:喊。"我说,"其次:逮住他的人是我,不是你。最后……他是怎么追踪到我的机模的?"

鲁迪眉头紧锁:"这点我也想不明白。"

"我走了,如果你需要联系我,你知道我的现用名,"他逮捕我的时候收缴了哈珀丽特的机模,我把机模从他桌上拿起,"你有好几次可以置我于死地,但你并没有那么做。"

"感谢你对我的信任。为了你自身的安全着想,你最好还是留在我身边的好。"

这个建议很吸引人,但我不能接受。我还没想好自己下一步该怎么办,但不管怎样都不能被鲁迪盯着。

"谢了,不过我还是自己行动吧,"我转向詹焌,"ZAFO到底是什么?"

"顶你个肺!"

"你走吧,"鲁迪对我说,"需要保护的话就回来。"

"行吧。"我说。

哈特奈尔酒吧里坐着的还是以往那么几个轻声细语、半醉不醉的常客,他们每个人我就算叫不出名字也认得脸。今天没来任何新客人,而老主顾们则根本没往我这儿瞄上半眼。在我的灵魂加油站里,一切仍一如往日。

比利给我斟了一杯我老点的酒。"你不是正在流亡吗?"

我横着摆了摆手。"算是吧。"

阿尔瓦雷斯是不是城里唯一一个帕拉西奥帮的人?也许是,也许不是。换作是你,你会往你月球上的洗钱窝点派几个人呢?至少我清楚一件事:他们已经没其他人了,至少现在还没来,从地球来这儿至少要花上个把礼拜。

"在这种情况下还跑来你最爱的酒吧是否明智?"

"不明智,这是我干过的最蠢的事情之一,尽管这个排行榜竞争相当激烈,这件事位列其中还是没问题的。"

他把一条毛巾甩上了自己的肩膀。"那你怎么还是来了?"

我喝了口啤酒。"因为我跟人约好了。"

比利的视线越过我望向了酒吧入口，然后瞪大了眼睛："哟！那张脸我都好几年没见过了！"

戴尔走到我身旁，在他的老位子上坐了下来，他的笑容都拉到耳根上了。"比利，给我一杯你最烂的酒。"

"算我账上了！"比利说，给他斟了一大杯，"臭小子，最近过得可好？"

"凑合，还行吧。"

"哈！"他让酒杯滑行到戴尔手边，"我就不打扰你们这对冤家了。"

戴尔抿了一口啤酒，然后冲我笑了一下："我拿不准你会不会来。"

"一言既出，驷马难追，"我说，"但如果突然跳出一个人来想杀我，那还请恕我无法久陪。"

"哦对，现在情况怎么样了？有传言说你被牵扯进凶杀案了。"

"传言是对的，"我饮尽了一杯，在吧台上敲了两下，比利推了杯新的给我——他已经提前倒好了，"我是猎杀名单上的下一个目标。"

"鲁迪不是已经抓住凶手了吗？新闻网站上说是个葡萄牙人？"

"巴西人，"我说，"无所谓了，他们迟早会再派人来的，我的假期没剩几天了。"

"活见鬼。有什么我能帮忙的吗？"

我直视着他的双眼说："咱们不是朋友，戴尔。你不用担心我。"

他叹了口气："咱们是可以和好如初的，假以时日的话。"

"我觉得没戏。"

"好吧,至少我现在每周有一晚上时间可以让你改变心意。"他冲我笑道——瞧把你得意的,贱人。"所以说,你当初为什么会去炸矿车呢?"

"因为特龙答应付我一大笔钱。"

"好吧,可……"他若有所思道,"我的意思是,这不太像是你的处事风格。这件事风险太大了——而你又太聪明了,除非你走投无路,不然你是不会去冒险的,而就我所知,你现在也没穷到走投无路的地步。我的意思是……是……你是穷,但你的收入还算稳定。你不会是欠了高利贷什么的吧?"

"没有。"

"赌债?"他问。

"没有。别猜了。"

"告诉我嘛,爵士,"他靠了过来,"到底怎么了?我不明白。"

"你没必要明白,"我看了一眼机模,"顺带一提,我们距离半夜十二点还剩三小时三十二分,之后就不能算'晚上'了。"

"那我就只好在剩下的三小时三十二分里反复问这个问题。"

真是烦死人了……我叹了口气:"我需要416 922斯拉克。"

"这是个……很精确的数字。你要这个钱干吗?"

"去你的吧。"

"爵士——"

"够了!"我斩钉截铁道,"无可奉告。"

一阵尴尬的沉默。

"泰勒怎么样了?"我问道,"他还……我不知道该怎么说。他过得还好吗?"

"他挺好的，"戴尔说，"我跟他就和全天下的情侣一样时好时坏，但有问题了还是会一起应对。他最近有点受不了电工公会。"

我冷笑了一下："他一直都看不惯那些龟孙子。他还没入会？"

"当然没有，他死都不会入会的。他要技术有技术，凭什么要为了更低的收入而放弃这么久以来安身立命的方式呢？"

"那伙人有没有欺压他？"我问道。没有法律的其中一个坏处就是行业垄断和以众欺寡。

戴尔做了个起伏的手势。"有那么几次，无非就是造谣、压价什么的，他应付得了。"

"如果他们做太过了，记得告诉我。"我说。

"你打算怎么办？"

"不知道，但我不希望任何人寻他晦气。"

戴尔举起了酒杯："那我还真可怜那些寻他晦气的人。"

我举起酒杯跟他碰了一下，然后我们俩都喝了一小口。

"对他好点。"我说。

"那当然。"

哈珀丽特的机模振了一下，我把它从口袋里掏出来看了一眼，是斯沃博达发来的信息："这个ZAFO什么的真是绝了。快来我的实验室。"

"稍等。"我对戴尔说，然后开始打字。

"你发现什么了？"

"打字说不清楚。另外我想让你亲眼见识一下它的能耐。"

"唔……"我说。

"怎么了？"戴尔问。

"有个朋友想见我。但上次我跟人会面时中了埋伏。"

"需要有人支援吗?"

我摇了摇头,然后继续打字:"亲爱的,我知道你想要什么,但我现在太累了。"

"你在说什么呢?"斯沃博达回复道,"哦,我懂了,你在试探我有没有遭人胁迫。没有啦,爵士,我没有出卖你。"

"小心驶得万年船。我现在有事抽不开身,咱们明天早上再在实验室碰头。"

"好嘞。对了,要是以后我真的被人胁迫了,我会在话里加上'海豚',可以吗?"

"收到。"我回复道,然后把机模放回口袋里。

戴尔努了努嘴道:"爵士……现在局面到底有多糟?"

"这个嘛,有人在追杀我,所以……挺糟的吧。"

我擦拭着凝结在啤酒杯外壁上的水珠。"幕后是一个巴西黑帮,叫帕拉西奥帮,桑切斯铝业是他们的产业,而且他们又得知桑切斯的矿车是我炸的。"

"操,"戴尔说,"你需要找个地方避避风头吗?"

"不用。"我说,几秒后又道,"如果我以后有需要,会记得你这句话的。"

他笑了:"嗯,万事开头难,这是个不错的开始。"

"闭上你的嘴,好好喝你的吧,"我一饮而尽,"你已经落后两杯了。"

"哦,明白了,"他对比利招了招手,"酒保!有个小姑娘以为我喝不过她。给我们来六杯——基佬三杯,丫头三杯。"

我在藏身洞中醒来，浑身酸痛，头昏脑涨，一阵宿醉的难受。也许深陷泥潭时还喝成这样并不明智，但在人生的重要关头作出错误的决定正是我一直以来的风格。

有那么几分钟，我难受到恨不得自己已经死了，接着又往肚子里灌了尽可能多的水，然后像条蛞蝓似的从隔间里爬了出来。

我早饭吃了点干糊糊（这么吃味道会比较淡），然后晃晃悠悠地走去了比恩正16区的公共澡堂。那个上午接下来的时间我一直泡在浴缸里。

之后我又去了比恩正18区的某个中产阶级服装店。我身上这件连裤衫已经连续穿了三天，硬得都能自己站起来了。

我总算感觉自己再次有个人样了。

我沿着阿姆斯特朗区狭窄的厅廊一路前行，最后抵达了欧洲宇航局的实验室。有几个科学家正从大厅前往自己的工作岗位。

我还没来得及敲门，斯沃博达就已经把门给打开了。"爵士！你马上就要见证——哇，你看起来像摊烂泥。"

"多谢夸奖。"

他取出一包薄荷糖朝我手心倒了几颗。"没时间扯闲篇了，我得给你展示一下这个叫ZAFO的鬼东西。来吧！"

他领着我走进他实验室的入口。现在实验室的布局看起来跟以前不太一样，他把实验主桌整个都腾空了，用作ZAFO分析。为了留出足够的空间，房间里的其他东西都被归置到了墙边，各种不同的实验器械（大多数的功用对我来说完全是未解之谜）摆满了桌面。

他走路一蹦一跳的。"这玩意儿太炫了。"

"行了行了,"我说,"到底是什么把你搞得这么兴奋?"

他坐在一张高脚椅上,把指关节攥得咔嗒作响。"我进行的第一步是视觉检测。"

"也就是看了一眼,"我说,"你可以直接说'我看了一眼'。"

"从各方面来看这都不过是根普通的单模光纤,从里到外各个部分都很寻常,核心纤维直径八微米——完全正常。但我觉得核心中或许会有什么不寻常的地方,所以我切取了一些样本,然后——"

"你把它切开了?"我说,"我当初可没允许你对它动刀子!"

"我哪顾得上那么多?"他拍了拍桌上的某件设备,"我用这个宝贝检查了一下核心的折射率,这是光纤的一个重要指标。"

我从桌上拾起了ZAFO的五厘米样本。"然后你就发现了不对劲的地方?"

"并没有,"他说,"折射率是1.458,比普通光纤的平均值要高,不过也就高出了那么一丁点。"

我叹了口气:"斯沃博达,你就不能直接跳过没有异常的部分,直接告诉我你的发现吗?"

"好吧好吧,"他伸手拿起了一台手持设备,"这个宝贝帮我破解了谜题。"

"我知道你在等我问这东西是干吗用的,但说实话我根本不——"

"这是光纤损耗测量仪,简称光损仪!它能告诉你光纤会产生多大的衰减,所谓的衰减就是指光在传导中因转化为热量而损耗的量。"

"我知道什么叫衰减。"我说。但说真的,这无所谓,一旦斯沃博达进入了状态,八匹马也拉不回来。我认识的其他人里,没人有他对待自己工作的那种热忱。

他设置完光损仪就把它放回了桌面上。"高端的光纤的损耗率大约是每千米0.4分贝。猜猜看ZAFO的损耗率是多少?"

"我不猜。"

"猜猜看嘛。"

"直接说。"

"0,是0!"他挥动双臂画了一个圈,"零损耗!"

我在他身边的高脚椅上坐了下来。"你是说在传输过程中没有光损耗?一点都没有?"

"对!至少以我的标准来说是这样的。我的光损仪上具体的数字是每千米0.001分贝。"

我看了一眼自己手里的那截ZAFO。"这玩意儿应该还是会有一些损耗的吧?我的意思是,不可能真的是零损耗吧。"

他耸了耸肩:"超导体传输电流时就是零电阻,所以为什么就不能有什么东西是零光阻的呢?"

"ZAFO,"我念叨着,"零损耗光学纤维[1]?"

"哦!"他敲了一下自己的额头,"确实!"

"它的原材料是什么?"

他转向一台安装在墙上的机器。"现在轮到我的分光计出场了!"他轻轻地拍了一下,"我叫她诺拉。"

"诺拉告诉你什么了?"

---

[1] 英文原文为"zero-attenuation fiber optic"。

"核心的主要成分是玻璃，这没什么稀奇的，绝大多数光纤的核心都是玻璃。然而这条光纤里还带了一点钽、锂以及锗的成分。"

"这些成分有什么用？"

"我要知道就好了。"

我揉了揉眼睛说："好吧，那这有什么好兴奋的？传输数据时会消耗更少的能量吗？"

"实际上比你说的还要厉害。"他说，"正常的光纤的最大长度只有15公里，一旦超过了这个距离，光就会衰减到无法继续传输信号的程度。此时就需要中继器上场了，中继器会读取之前的信号，然后再次发出信号。但中继器并不是免费的，而且需要通电，结构又复杂，哦对了，同时还会降低信号传输的速度。"

"所以说ZAFO不需要中继器。"

"对！"他说，"地球上有着巨型数据线，这些线横跨各大洲，贯穿各大洋底部，遍及全世界，设想一下要是不再需要中继器会发生什么。哇！这意味着传输错误更少，带宽更高。这鬼东西太神奇了！"

"太棒了，但这东西真的值得搭上人命吗？"

"这个嘛……"他说，"我估计每家电信公司都乐于升级自家的光纤。你算一算整个地球的通信网络值多少钱？这个数额差不多就是ZAFO能带来的利润。是的，为了这么一大笔钱，人命又算什么？"

我捏着自己的下巴，愈是细想，就愈发地不喜欢这根光缆。突然间，所有的拼图都归位了。"啊！原来他妈是这样！"

"哇,"斯沃博达说,"是有人在脆米香[1]里掺屎了吗?"

"这跟铝业根本就没关系!"我从高脚椅上站了起来,"谢了,斯沃宝,我欠你个人情。"

"啊?"他说,"你说跟铝业没关系是什么意思?那还能跟什么有关系?"

但此时的我就像一支搭在弦上的箭:"继续当个怪咖,斯沃宝,我会和你保持联系的。"

行政长官的办公室以前位于阿姆斯特朗球形舱,因为那时候就只有一个球形舱。阿姆斯特朗区变得热闹喧嚣了之后,恩古吉就搬离了那里,现在她在康拉德正19区的一间小型单间办公室里上班。

是的,你没听错。阿尔忒弥斯的行政长官——月球上最为重要、最有权势的一号人物,在可以随意挑选任何她中意的办公地点的前提下——选择了在比蓝领还蓝领的地方办公。换作是我的话,我肯定会要一间可以俯瞰奥尔德林购物廊区的巨型办公室,里面还要配备小吧台和皮椅等高端人士办公室里通常都会有的东西。

外加一个私人男助理,精壮又温柔,会成天叫我"老板"的那种,哈哈。

上述物品恩古吉一件都没有,甚至连个秘书都没有,就门外挂着块牌子,上面写着"行政长官菲德利斯·恩古吉"。

话又说回来了,她也确实没到美国总统的级别,充其量只

---

[1] 脆米香(Rice Krispies)类似于萨其马,由早餐麦片混合棉花糖制成,可以和其他麦片一样冲泡食用。

能算个小城市的市长。

我摁下门铃，听到房内简单地嗡了一声。

"请进。"恩古吉的声音传了出来。

我打开了门。她的办公室比我想象的还要朴素，甚至有点斯巴达人的感觉。有几个架子从毫无修饰的铝制墙壁上凸起，上面摆放着一些她家人的照片，而她的金属板办公桌看上去像是20世纪50年代留下来的。她至少还有把像样的办公椅——这也是她唯一对感官享受作出的妥协，等我到了70岁大概也会想要一把舒适的椅子。

她正在笔记本电脑上飞快地打字。比起机模或者语音操作设备，上一辈还是更偏爱笔记本电脑。即便在办公桌前驼着背，她仍带着一种优雅和泰然之感。她的着装就是平时那一身，头上缠着杜库头巾。她打完一句话之后就抬起头冲着我微笑。

"贾丝明！见到你真是太好了，亲爱的。快请坐。"

"好——谢——好，我这就……坐下来。"我在她办公桌对面的两把座椅中挑了一把坐下来。

她握住自己的双手，向前靠在了办公桌上。"我一直在挂念你呢，亲爱的。有什么需要我帮忙的吗？"

"我想请教一个经济学的问题。"

她挑起了眉毛："经济学？哦，这方面我确实略知一二。"

这绝对是旷古绝今的自谦之辞了。这个女人把肯尼亚变成了全球航天工业的中心，世界欠她一个诺贝尔奖，不，两个，一个经济学奖，一个和平奖。

"你对于地球的电信产业了解多少？"我问道。

"这是个很宽泛的话题,亲爱的。能说得具体点吗?"

"这个产业一共值多少钱呢,你觉得?就是,利润率大概是怎样一个水平?"

她笑了起来:"我只能靠蒙了。你是说全地球?那每年的流水大约在五万亿到六万亿美元之间吧。"

"我操!呃……抱歉,女士。"

"没关系的,贾丝明,你的个性一直都这么张扬。"

"他们利润怎么会这么高?"

"他们的客户基数大啊。每一根电话线,每一根网线,每一根数字电视线,等等,都会为产业带来收益——无论是直接来自客户,还是间接来自广告。"

我低头看着地板——我需要冷静冷静。

"贾丝明?"

"抱歉,我有点累——呃,其实是宿醉。"

她笑了:"你还年轻,我相信你很快就会好起来的。"

"假如说有人发明了一个更好的东西,"我说,"造出了一根特别厉害的光纤,不仅可以降低运营成本,还能增加带宽并提升信号的稳定性,接着会发生什么?"

她靠向了椅背:"如果你拿它和现有的数据缆线比的话,它一定会带来巨额利润,而制造商完全可以天天躺在钱里游泳。"

"那么,"我说,"如果我们假设这种新光纤的原型产品已经在某个低地轨道上的人造卫星上造出来了,那个卫星上还有离心机,你会想到什么?"

她一脸的不解:"现在我们的谈话正在走向一个奇怪的方向。出什么事了吗?"

我在大腿上敲击着手指。"我觉得那就意味着在地球的重力下根本造不出这种东西，所以才会专门为此定制一颗人造卫星。"

她点头道："听上去的确很有道理。所以是不是已经有这类产品在开发中了？"

我并未回应这个问题："但是那颗卫星上却配备了离心机，这意味着他们还是需要一定量的重力的，只不过地球的重力过高了。如果说月球的重力差不多能达到这种产品的生产条件，那又意味着什么呢？"

"对于一个假设来说，这未免也太过具体了吧，亲爱的。"

"只管说就好。"

她一手托着腮说："这也就意味着他们可以把生产线转移到月球上来。"

"那么，以你专业的眼光来看，到底哪个更适合生产这款想象中的产品呢：低地轨道，还是阿尔忒弥斯？"

"阿尔忒弥斯，"她说，"毋庸置疑。我们有专业工人，有工业基地，有运输设施，还有往来地球的货运系统。"

"没错，"我点头道，"我也是这么想的。"

"听起来非常可行。是不是有人向你提议要来这儿投资建厂，所以你才来找我？如果这个发明真的存在的话，那的确值得投资。"

我抹了一下眉毛上的汗。康拉德正19区的温度始终保持在22摄氏度，但我仍然冷汗直流。

我直视她的双眼："你知道有哪儿特别蹊跷吗？你压根没提广播或者卫星。"

她侧过头来："不好意思，亲爱的，你说什么？"

"当你在聊电信产业的时候,你提到了互联网、电话和电视,但是你根本没提广播或者卫星通信。"

"广播和卫星通信当然也是其中的一部分。"

"没错,"我说,"但你根本没提。事实上,你仅仅提到了电信产业中需要光纤的那几种。"

她耸了耸肩:"但我们本来就在讨论光纤,只提和光纤相关的那几种不是自然而然的事情吗?"

"但当时我还没提光纤的事。"

"你分明已经提过了。"

我摇了摇头:"我的记性好着呢。"

她略微眯了一下眼睛。

我从我靴子的内衬里拔出一把小刀举在身前:"帕拉西奥帮到底是怎么找到我机模的位置的?"

她从桌底下掏出一把枪:"是我告诉他们的。"

第十一章

"枪?!"我说,"你怎么会有枪?!我可从来没有走私过军火!"

"我对你能恪守原则一直心存感激,"她说,"你不必举起双手,但请把刀子丢了。"

我照做了,小刀缓缓地飘落到地面上。

她的枪口仍然指着我。"我能问一句你是怎么怀疑到我头上来的吗?"

"排除法,"我说,"鲁迪已经证明了他并不是出卖我的那个人,而你是除他以外唯一有权限获取我机模位置的人。"

"有道理,"她说,"但我并不是你以为的那个恶人。"

"啊哈,"我怀疑地看了她一眼,"但你肯定对ZAFO的事知根知底。"

"对。"

"而且你还能从中大捞一笔?"

她面露愠色:"你就真的这么看不起我?这件事我一个斯拉克都赚不到。"

"但是……那……为什么……"

她靠在椅背上,稍稍放松了一下握着枪的手。"你对重力的推测是对的,ZAFO晶状体类石英的结构只有在0.216单位的地球重力下才会成型，因此不可能在地球上制造，但是只要配备了离心机，就可以在这儿制造。你是个聪明的小丫头，贾丝明，要是你能多一点上进心就好了。"

"如果你打算开始'你本来很有前途'之类的说教，我求你行行好直接一枪崩了我算了。"

她笑了。就算在持枪状态下，她看起来仍像个慈祥的老奶奶，就好像她在我脑袋上开个洞之前会先给我一颗黄油硬糖。"你知道阿尔忒弥斯的财政收入来源是什么吗？"

"旅游业。"

"不对。"

我眨了眨眼："啊？"

"旅游业的收入抵不上开支。那的确是我们收入中的大头，但还不够。"

"但是这里的经济仍在运转，"我说，"游客们在本地的店铺里消费，店铺给员工支付工资，员工们支付伙食和房租，如此循环。而且我们还没饿死，所以经济一定没出什么问题，难道不是吗？还有什么是我还没考虑到的吗？"

"我们的财政靠的是移民，"她说，"当人们迁移来阿尔忒弥斯，会把一生积蓄都带在身上，然后在这里使用这笔资金。只要我们的人口一直处于增长状态，经济就没问题，但我们现在的人口已经开始进入稳定期了。"

她把枪口从我身上移开了。她仍然紧握着枪把，但至少现在她不会因为打喷嚏而误扣扳机把我给打死了。"现在咱们的整个经济系统都已经在无意间转型成了庞氏骗局，而且我们正处于曲线的顶点位置。"

我的注意力第一次离开了那把手枪。"我们……阿尔忒弥斯……是不是要破产了?"

"是的,如果我们不采取行动的话。"她说。"ZAFO就是我们的救命稻草。电信的确需要产业升级,而能低成本生产ZAFO的唯有咱们这儿。很快月球上的工业就会呈爆发式增长,工厂会如雨后春笋般出现,人们会因为工作机会搬来这里,这样一来大家就都能过上好日子。"她若有所思地看了看天,"我们总算能建立起外向型经济了。"

"关键在于玻璃,"我说,"这个产业和玻璃息息相关,对吗?"

"是的,亲爱的,"恩古吉说,"ZAFO的确有它不同寻常之处,但是却又和所有光纤一样,主要是由玻璃制成的,而玻璃不过是硅和氧,这两者都是铝矿熔炼的副产品。"

她一只手抚摸着办公桌铝制的表面:"经济运行的规律很有趣吧?不出一年,铝反倒会成为硅矿产业的副产品,而铝本身仍大有用处,建材的需求会随着我们的经济一起增长。"

"哇,"我说,"你果然说起经济学就停不下来。"

"这可是我的老本行啊,亲爱的,而且到头来,只有经济才是最重要的,人民的幸福安康全都要靠它。"

"你的确在这方面挺有一套的。你已经为肯尼亚建立了一套经济体系,现在又要为我们再建一套新的,你是真英雄,我理应对你更加感恩才是——对了,我差点忘了,你他娘还出卖了我!"

"啊,拉倒吧,我知道你不至于蠢到会在毫无准备的情况下开机。"

"所以你真的把我机模的位置信息透露给了帕拉西奥帮?"

"我并没有直接告诉他们。"她把枪放回桌子底下。现在我跟她之间的距离太远，短时间内我无法近她的身。她是在战争区长大的，我可不想测试她的反应能力。"几天前，信息部门收到了一起针对机模网络的黑客行动的报告，某个地球上的人想要调取你的位置信息，我让信息部门故意关掉安全系统，把那个黑客给放了进来。事实比我刚才说的还要复杂——我们的工作人员把一个网络驱动程序降级到了某个有明显漏洞的版本以便黑客黑入。我不清楚细节——我并非专业人士。总之，那个黑客安了个程序，那个程序会在你开机的时候报告你的位置。"

"你为什么要做这种鸟事？！"

"为了引蛇出洞，"她指着我道，"一旦你开机，我就会警告鲁迪说你现身了，我猜帕拉西奥帮一定也同时通知了阿尔瓦雷斯。我希望鲁迪能逮住他。"

我对她皱了皱眉："鲁迪对此好像一无所知。"

她叹了口气："鲁迪和我的关系……很微妙。他不喜欢黑道或者我的处事风格，还想把我赶下台，说实话，我对他的态度也只能说是彼此彼此。如果我事先就警告他杀手可能会出现的话，他一定会追问我是怎么知道的，接着就会调查机模的位置信息是如何泄露的，然后对我来说，事情就棘手了。"

"你置鲁迪于险境却没给他任何警告。"

她把头转向了一边："别这么看待我，这样只会寒了我的心。鲁迪作为一名警察能力极其出众，他对这次任务的危险程度心知肚明，而且当时他差点就抓住阿尔瓦雷斯了。我问心无愧，如果时间倒流，还是会作出同样的选择。目光要放长远，贾丝明。"

我环抱双臂说:"几天前的晚上我们都去了特龙那里,你是不是在那之前就已经设计好了一切?"

"我并没有'设计'什么,"她说,"他告诉了我ZAFO的事,还有他进军硅业的计划。他想跟我谈谈桑切斯的氧气合同,他得到消息说桑切斯马上会遭遇危机,告诉我若桑切斯真的出了事,他那里有足够的氧气储备。"

"你听完之后就不觉得可疑?"

"我当然觉得很可疑,但是阿尔忒弥斯正处于历史的拐点,一个黑道组织将要控制未来月球上最重要的一项资源。特龙向我提出了一个解决方案:由他来接手原来的合同,但改成以六个月为周期不停地续约。如果他故意涨价或者试图垄断ZAFO制造业,就会失去这个合同。他需要我帮他持续续约,而我则需要他为ZAFO制造业持续提供硅,这样一来我们就能彼此制约。"

"所以后来出什么岔子了?"

她努了努嘴:"詹焌出现了。他打着自己的如意算盘来到了阿尔忒弥斯,想赚个盆满钵满,而老天爷居然让他如愿了。他几个月前就跟特龙说了ZAFO的事,但特龙问他索要样品以供自己的人查验——特龙想要确信ZAFO真的存在,而不是什么童话故事。"

"于是特龙一手交钱,詹焌一手交货,"我说,"然后詹焌一眨眼又把情报卖给了帕拉西奥帮。"

"所谓的秘密就是如此,能卖出去不止一次。"

"卑鄙小人。"

她叹了口气："你能想象他给帕拉西奥帮提了多大一个醒吗？突然间他们可有可无的洗钱公司即将垄断一个崛起中的价值上亿美元的产业。从那一刻开始，他们就把筹码都押了上去。但是阿尔忒弥斯离巴西太过遥远，谢天谢地他们在这里就只安插了一个人。"

"所以现在该怎么办？"

"我敢肯定现在帕拉西奥帮正在大规模地预订来月球的票，不出一个月阿尔忒弥斯满大街都会是他们的人。他们将会控制硅业，而那该死的以氧换电合同将会确保没人有机会能和他们竞争。他们早已开始着手下一步了，也就是控制玻璃制造业。"她给了我一个会意的眼神。

"妈的，"我说，"昆士兰玻璃厂的大火。"

恩古吉点了点头："那场大火八成是阿尔瓦雷斯放的，那个小矮子还真够忙的。一旦帕拉西奥帮开设了自己的玻璃厂，他们就同时控制住了生产线和供货线，而且一定会毫不迟疑地解决掉任何胆敢阻碍他们的人。我们现在即将迎来的恰恰是这种'资本主义'。"

"你是行政长官，总该做点什么吧！"

她抬眼望向天花板。"凭借着这般雄厚的财力和人力，阿尔忒弥斯必定会落入他们手里。想想20世纪20年代的芝加哥吧，咱们这次只会比当时的芝加哥惨上数百倍。我手中的权力很快就会丧失殆尽。"

"你一定还能做些什么力所能及的事。"

"我已经努力过了，"她说，"鲁迪第一时间给你贴上了爆炸犯的标签，他还给我看了你在游客中心穿着那身可笑的伪装的录像。"

我垂下了头。

"他想要立刻拘捕你,我跟他说我无法确定,必须要有更多证据。我知道这可以为你争取到一点时间。"

"好吧,那你为什么愿意保护我呢?"

"因为你就是根引雷针。我知道帕拉西奥帮在阿尔忒弥斯至少安插了一个干员,你可以把他引出来,而多亏了你,他现在已经被抓起来了。"

"我之前就是个诱饵?"

"当然,而且你现在仍然是,所以我昨天才现身,让鲁迪把你给放了。我不知道帕拉西奥帮接下来会干什么,但无论如何他们都只会针对你。"

"你……"我说,"你是个地地道道的婊子你知道吗?"

她点了点头:"必要的时候我就是。文明建立的过程本就是肮脏的,否则文明也无法存续。"

我眼神中饱含着最纯粹的鄙夷注视着她,她看上去却不为所动。

"所以我他妈该怎么办?"

"不知道,"她指了指门,"不过你最好抓紧时间。"

我钻回了我的藏身处,然后用墙板封住了入口,在黑暗中蜷缩成一团。我累得随时都能睡着,但是我不能睡。

我现在四面楚歌:恐惧、潦倒、愤怒,其中最最糟糕的是彻彻底底从头到脚的疲惫。我现在的状态早已经超越了睡意的界限,进入了我父亲所说的"过劳"的领域。他把八岁的我赶进被窝里强制睡午觉时就喜欢说这个词。

我尽可能地在逼仄的空间里辗转反侧调整姿势,然而并没有任何一个姿势是舒服的。我既想直接昏死过去,同时又想打人。我现在无法思考。我必须得从这里出去。

我一脚把墙板踹开。谁他妈在乎会不会被人看到啊?我豁出去了。

"现在该去哪儿呢?"我喃喃自语道。

我感觉到一滴湿湿的东西滴在了我的手臂上,我抬头看了一眼天花板。比恩负27区冰冷的空气经常会跌至水汽凝结的临界点,但水的表面张力外加月球的引力意味着水汽会先完成凝结然后才会掉落。而我并没有在头顶上发现任何水珠。

我拿手摸了摸自己的脸。"哦,糟了。"

水是从我脸上淌下来的,我方才哭了。

我需要找个地方睡觉,真真正正地睡上一觉。如果我理智尚存,早就该找家宾馆住下,恩古吉应该不至于再次协助帕拉西奥帮来找我。

突然间我再也无法相信任何电子设备了。我考虑过要不要去伊玛目家,也就是我爸现在所在的地方。伊玛目会收留我,而我又本能地想要去寻求爸爸的庇护。

我摇了摇头,陷入了自责。在任何情况下我都不该把我爸牵扯进来。

15分钟后,我大步行走在通往目的地的厅廊上。我按响了门铃。现在已经过了凌晨三点,但我已经顾不上礼貌不礼貌了。

一分钟后斯沃博达把门打开了,他穿着一整套睡衣,很显然刚从梦中1954年的月球穿越回来。他睡眼惺忪地看着我:

"爵士?"

"我想——"我突然如鲠在喉,差点没能控制住想要恸哭的冲动——给我出息点!"我想睡觉,斯沃博达,哦天哪,我真想睡一觉。"

他把门开得更大了些。"进来吧,快进来。"

我拖着疲惫的步伐走过他身边。"我很……我特……我好累啊,斯沃博达,我真的好累。"

"好啦好啦,没关系,"他揉了揉眼睛,"你睡床吧,我自己打个地铺去。"

"不用了,"我的眼皮已经快自己耷拉上了,"我睡地上就行。"

我两腿一软垮在了地面上。月球是个晕倒的理想地点,因为着地分外轻柔。

我能感觉到斯沃博达的手臂把我抱了起来。接着我感觉到了床垫,上面还残留着他的体温。被单盖在了我的身上,我仿佛被茧子安全地包裹着,立刻就睡着了。

我在刚醒来的几秒钟内陷入了每个人早上都会有的那种愉悦的迷糊状态,但不幸的是,这种状态并没能持续太久。

我还记得前一晚或可笑或可恨的经历。天哪,一个人本身懦弱是一回事,在另一个人面前示弱则是另一回事了。

我躺在斯沃博达的床上打了个哈欠。我已经不是头一回在一个男人的房间里醒来并且浑身乏力满心悔意了,但我还是得说,这是我这么长时间以来最美的一觉了。

我没看到斯沃博达的踪影,地上的枕头和床铺证明他的确是个君子。这本是他的床——我才是那个应该打地铺的人。

我的鞋子整齐地摆在床头柜边上,显然他在我睡着的时候帮我脱了鞋,除此以外我身上的衣服一件没少。尽管穿着外衣睡觉不是最舒适的选择,但总比在失去意识的状态下被人宽衣解带要好。

我从口袋里掏出机模看了一眼时间。

"我去!"现在已经是下午了,我已经睡了14个钟头了。

我边上的床头柜上整齐地摆着三根糊糊棒,最顶上躺着张便笺:爵士,这是你的早餐,果汁在冰箱里。——斯沃博达留

我啃着糊糊棒,然后打开了他的小冰箱。尽管不知道他到底是用什么打的果汁,我还是一仰脖子喝了下去,结果发现是复水的胡萝卜苹果混合汁,难喝死我了。谁会把这两样东西混在一起喝?毫无疑问,只有乌克兰人能喝得下。

我开始思考欠他的这个人情该怎么还。请他吃顿好的?给他买台酷炫的实验设备?委身于他?最后这个当然是玩笑话,光想想我都能笑出声来。嗤笑了一阵后,我开始认真考虑这件事。

哇,我得清醒过来。

我好好洗了个澡,然后提醒自己真正想要的是什么:一个只属于我自己的淋浴间。走上三米就能进入一个私人淋浴间真是爽爆了。爽爆了。

我不想再穿之前睡觉时穿了一夜的那身脏兮兮的外衣了,于是我洗劫了斯沃博达的衣柜。我找了件合身的T恤套在身上盖住我的内裤(悲剧的是斯沃博达的衣柜里并没有任何女人的内裤)。斯沃博达的T恤套在我身上就像是一件连衣短裙。

好了,现在我休息过,洗漱过,头脑也清醒了,也该好好

考虑一下严肃的事了。我该怎么从这起事件里脱身呢？我坐在桌边把机模接上了接口，桌子的内置屏幕缓缓升起，显示出了我的桌面图标。我把指关节攥得咔嗒响，然后拉出了桌子底下的键盘。

在之后的几个小时里，我啜饮着胡萝卜苹果混合汁（慢慢有点上瘾了），开始搜索桑切斯铝业的信息，运营、领导、年利润，你能想到的我都搜了个遍。但由于他们是一家私企（"圣地亚哥股份有限公司"所有，我猜那就是"帕拉西奥帮"的巴西语名字），所以并没有太多公开信息。

我搜索了一下洛蕾塔·桑切斯，然后找到了那篇她写的关于高温熔炼技术的文章。我必须中断片刻，花点时间补一下基础化学知识，不过我不费吹灰之力就在网上找到了我所需要的信息。能够读懂文章后，连我也不得不承认：她的确是个天才。她给整个工业体系带来了革命性的变化，而且这套方法在月球上也能实现。

但请别误会，如果我现在见到她本人，还是会毫不犹豫地把她揍趴下。

我肯定在这件事情上花了好几个小时，因为斯沃博达都已经下班回来了。

"哦嘿，"他说，"你现在感觉怎么样——呃……呃……"

我把注意力从屏幕上移开，想知道他干吗要结巴。他在盯着我看。我顺着他的视线往下看，发现我身上只穿着从他衣柜里拿到的短袖。我确实很性感，我自己也无法否认这一点。

"希望你不会介意。"我指了指身上的短袖。

"不，不会，"他说，"不介意。你穿着挺合适的。我的意思是，很合身。我的意思是，很贴合你的胸型，呃……"

我看着他支支吾吾了一会儿。"当这一切都过去之后，如果我还活着，得好好教你一下女人的事。"

"啊——啥？"

"你真的……你真的需要好好了解一下女人，以及该怎么和女人打交道，对吧？"

"哦，"他说，"那还挺好的，嗯。"

他脱下了实验室里穿的白大褂挂在墙上。他干吗要把白大褂穿回家而不是留在实验室里呢？其实男人也爱美，只是他们不愿意承认罢了。

"你看起来睡得很好，"他说，"现在又在忙什么？"

"在查桑切斯铝业的事，"我说，"我得想办法让他们关门大吉，这是目前我能存活下去的唯一希望了。"

他在我身后的床沿上坐了下来。"你确定要招惹他们？"

"他们现在还能拿我怎么样？杀我时再认真点？他们已经在追杀我了。"

他看了一眼屏幕："哦，这就是他们的熔炼法？"

"是的，这叫FFC剑桥法。"

他一下子来了兴致："哇，这名字太酷了。"

可不是吗，斯沃博达就是这种人。他凑近身子想把屏幕上的内容看得更仔细些，上面熔炼的每一步都标注了化学式。"我听说过这种方法，但从没研究过细节。"

"他们现在对矿车可谓严防死守，"我说，"所以我只好直接对熔炼炉下手。"

"你有计划了？"他问道。

"嗯，有点想法了，"我说，"但这也意味着我必须要做一件我不喜欢的事情。"

"哦？"

"我必须得去拉援兵。"

他伸出了双臂："你已经有我了。随时听候差遣。"

"谢了，兄弟。我欠你一次。"

"别叫我兄弟。"他不满道。

我迟疑了一下："好吧，我……以后不叫你兄弟了。不过到底是为什么呢？"

"你也不懂男人，"他说，"哪天我也得好好教你一下男人的事。"

我第四次摁响了门铃。她在里面，只是不想应门。

兰德维克家别墅的大门口摆满了吊唁者留下的花束，其中多数是假花，也有少数几捧已经枯萎了的花束表明了特龙的某些朋友到底有多有钱。

我之前无法想象我居然会怀念起伊琳娜那张老是臭着的脸，但一想到她再也不会来应门时我顿时一阵难过。

我又摁了一次门铃。可能真的不会有人来开门了。

我用指关节敲了敲门："莱娜！是我，爵士！我知道现在不是很合适，但咱们得谈谈。"

我稍微多等了一会儿，在我决定放弃的时候，门锁咔嗒一声打开了。这声咔嗒对我来说就像是请柬一样。

我踩在那些花束上进了门。

这个曾经灯火通明的门厅现在暗了许多，只有客厅传来的昏暗的灯光给这里带来了些许光亮。

有人在墙上画了十几个圆圈——在之前血迹飞溅的位置上。血迹本身已经不见了，大概在鲁迪和鲁塞尔医生完成了他们的工作后就被专业的清洁人员清理掉了。

我循着灯光走进客厅，这里也冷清了许多。所有家具都被推到了墙边，曾经铺在地面上的大块波斯地毯也不见了。有些东西是很难被清理掉的。

莱娜坐在角落里的沙发上。作为有钱人家的小姐，她通常会在自己的仪容上花很长时间。然而今天，她穿着运动裤和T恤衫，头发松散地扎了个马尾，这是全世界通用的我好看难看你爱看不看的标志性打扮。她的助步器斜摆在地面上。

她面无表情地看着手里的一块手表。

"嘿……"我的语气就是人们通常会对死者家属使用的奇怪语气，"你最近还好吗？"

"这块表是百达翡丽的，"她幽幽地说道，"地球上最好的钟表商。自动上发条功能，计时码表，时区，一应俱全。爸爸只会买最好的。"

我坐在她身边沙发的空位上。

"他这块表是日内瓦最好的钟表匠调校过的，"她继续说道，"他们帮他把自动发条部件换成了钨制的，这样这块表在月球重力下也能正常运转。"

她身子凑近向我展示了手表的表面。"他甚至还让他们把月相盘[1]换成了地相盘，这道工序并不简单，因为地相的变化

1　指某些手表表盘上能反映当天月相（新月、满月等）的指示器。

与月相正好相反。他们甚至还更换了时区盘上的文字,上面写着'阿尔忒弥斯时间'而非'内罗毕时间'。"

她把腕带紧紧缠绕在自己细瘦的手腕上,然后扣上了搭扣。"这块表对我来说太大了,我可能一辈子都没法戴。"

她将手臂向下伸展,手表滑下来落在了沙发上。她抽了一下鼻子。

我把手表捡了起来。我对手表一窍不通,但这块表看起来确实漂亮,表盘上的每个数字都镶着钻石,12除外,那上面镶的是一块翡翠。

"鲁迪已经把凶手抓住了。"我说。

"我听说了。"

"他之后要么老死在挪威的监狱里,要么被射杀在俄罗斯的刑场上。"

"即便如此爸爸和伊琳娜也回不来了。"

我把手搭在她的肩膀上。"节哀。"

她点了点头。

我叹了口气,只是为了终结这段尴尬的沉默。"听着,莱娜,我不知道特龙跟你透露了多少他生意场上的事……"

"他是个奸商,"她说,"我知道,但我不在乎。他是我爸爸。"

"要他死的人是桑切斯铝业的金主。"

"帕拉西奥帮,"她说,"鲁迪跟我说过了,直到昨天我才第一次听说他们。"

她把脸埋进双手中,我以为她会哭上一阵——她完全有权利这么做。但她并没有,反而转向我,然后抹了抹自己的眼睛:"桑切斯的矿车是你炸的吗?那是爸爸的授意吗?"

"是的。"

"为了什么呢?"她问道。

"他想要接管制铝业——不,其实应该是制硅业。破坏桑切斯的生产可以帮他搞到他所需要的跟阿尔忒弥斯的合同。"

莱娜空洞地直视前方,缓缓点了点头。"听上去就像是他会干的事,总喜欢钻空子。"

"听着,我有个计划,"我说,"但我需要你的帮助。"

"你用得上一个瘸腿的孤儿?"

"一个瘸腿的孤儿亿万富翁,没错。"我把双腿盘起,转身面朝她说道,"我准备继续执行特龙的计划,彻底终结桑切斯的氧气生产。我需要你随时准备接手合同,如果你能照我说的做,帕拉西奥帮会心甘情愿把桑切斯铝业转卖给你。"

"他们怎么可能会心甘情愿?"

"如果他们不卖,你就开设自己的公司,利用免费的电力压低铝的市场价,把他们直接搞破产。他们是黑道,但与此同时也是生意人。你提议用一大笔钱来收购他们的公司,要不然他们就只能眼睁睁看着自己的公司破产。他们会接受这桩交易的。你现在握有特龙名下全部资产,对吧?"

"还没,"她说,"你说的全部资产包括了上亿欧元、美元、日元以及太阳底下全部的货币,再加上整个公司、股票投资组合……天知道是不是还有别的。这些资产在我年满18岁之前都由他人托管,而遗嘱验证要花上好几个月甚至几年的时间。"

"然而并不包括阿尔忒弥斯的斯拉克资产,"我说,"我们这里缺少管制,反而对你有利。在鲁塞尔医生宣布他死亡那一刻起,他的账户就转移到你名下了,而我听说他为了收购桑切斯,早就兑换好了特别特别多的斯拉克。你现在手头的钱足以实现我们这项计划。"

她望向远处。

"莱娜?"

"这不是钱的问题,"她说,"是我的问题,我做不来。我跟我爸不一样,这种事情他驾轻就熟,而我根本就一窍不通。"

我把手里的手表翻转过来,铂金的表背上镌刻着挪威文。我把表背朝向她:"咦……这上面写的是什么意思?"

她看了一下:"Himmelen er ikke grensen,意思是'天空并非极限'。"

"他是个自信的人。"我说。

"他的自信害死了他。"

我把手伸进口袋掏出了我的瑞士军刀。我用镊子卸下了金属腕带关节上的铆钉,拆掉了三个关节后又把铆钉装了回去。

我拉过莱娜的手,把表戴在了她的手腕上。她一脸不解地看着我,但并没有挣扎。我扣上了搭扣:"好了,现在尺寸刚刚好。"

她晃了晃手臂,手表仍然好好地戴在手腕上。"这块表好沉。"

"你会习惯的。"

她盯着表盘看了好长一段时间,擦去了上面的一小片灰尘。"我想我别无选择了。"

"所以……"我引导道。

"好吧,算我一个,"她直视着前方,"玩死这群王八蛋。"

她眼里开始有了她父亲的神采,我以前从未见过。

亲爱的凯尔文：

感谢你之前拔刀相助，我当时惹得一身臊，现在味道稍微淡了些。简而言之就是我惹了一家叫作桑切斯铝业的公司，之后有机会我再跟你叙述完整经过，现在我需要你帮我一个小忙。

桑切斯铝业的熔炼厂是核反应堆附近的一座小型球形舱，而反应堆和熔炼炉复合结构在距离阿尔忒弥斯一公里的某个地方。

我搜索了一下，然后找到了一篇20年前的文章，文章的主题是桑切斯铝业与肯尼亚太空集团多年前的某次"交锋"。当时肯尼亚太空集团插手了熔炼炉的设计，桑切斯对此颇为反感，他们差点把这件事闹上了肯尼亚的法庭。

桑切斯的论点是："这是我们自己的熔炼炉，不需要任何人审核，滚你大爷的。"

肯尼亚太空集团的观点是："熔炼炉离我们的反应堆就200米远，我们怕它突然炸了。要么让我们审核，要么直接滚蛋，小王八羔子"。

最后还是肯尼亚太空集团赢了，因为小球形舱的所有权在他们手里。他们的东西向来只租不卖。

总之，肯尼亚太空集团一定是拿到了桑切斯熔炼炉的设计图，而且存放在了某处，这张图纸肯定包含了针对所有潜在故障的可能性的详细预估以及分析。我需要你帮我弄到这张图纸。我知道你隶属于完全不同的部门，但是你却有门路能在多数人无法进入的区域畅行无阻。别心疼钱，该出手时就出手，我之后会帮你报销的。

亲爱的爵士：

设计图见邮件附件。图纸一点都不难拿，毕竟这也不是公司机密或工业流程图。桑切斯并没有提供熔炼炉内的化学式，但其余的信息这张图里都有。

我有个酒友在27号楼里的冶金实验室工作。有人找他们对这个项目进行过安全评估，他从他老大的电脑（并没有设密码）里头直接调出了这张图纸。我只要请他喝瓶啤酒作为犒劳。

所以成本是两瓶啤酒（当然还包括我喝的那瓶），就算你50斯拉克好了。

亲爱的凯尔文：

谢啦，兄弟。算你75斯拉克吧，也给我来一瓶。

第十二章

"因私停业",牌子上这么写道。

"没必要这样的,比利。"我说。

"怎么没必要了,丫头?"他说,"你自己说想找个地方开会的,咱就这么办。"

我带上哈特奈尔酒吧的门,坐在了我的老位子上。"但这样一来你今天就没生意了。"

他笑了:"相信我,丫头,我这些年从你身上赚的酒钱可比上午打一小时烊亏的营收多多啦。"

"好吧,那谢啦,"我敲了一下柜台,"我来都来了……"

他给我斟了杯酒,酒杯滑行到了我的面前。

"嗨呀,"戴尔的声音从门廊处传来,"你想见我?"

"是的,"我喝了一大口啤酒,"但我可不想一而再,再而三地重复前情提要,所以先找个座儿吧,等人齐了再说。"

"啊?"他抱怨道,"早知道得在这儿干坐着,我就先——"

"啤酒我请。"

"来一杯你最好的酒,比利,满上!"他坐到了自己的老位子上。

"我这儿只有重新冲调的马尿。"比利说。

莱娜·兰德维克挂着助步器跛行而来。虽说她才16岁,而哈特奈尔又是一间酒吧,但阿尔忒弥斯并不存在合法饮酒年龄的限制,只有一条不成文的规矩,违者将被判处一顿胖揍:偶尔卖杯酒给十几岁的未成年人并不会有人来追究,但如果卖酒的对象年纪低于这个标准太多,你就等着愤怒的家长来敲门吧。

她在旁近的桌子边坐下,将助步器倚靠在一把椅子上。

"现在感觉怎么样啦,孩子?"我问道。

"好点了,"她说,"还是高兴不起来,只是好点了。"

"一步一步来,"我向她举杯,"再接再厉。"

"谢谢,"她说,"有件事我不知该怎么跟你说,但——爸有没有把钱转给你?还是说他……没来得及?"

天哪,别啊。这件事我的确有以后跟莱娜提一嘴的打算,但本想等到她走出情绪之后再说的。"呃……没有,他没转钱给我,但你不用放在心上。"

"他欠了你多少钱?"

"莱娜,这件事我们可以日后再谈——"

"多少钱?"

靠,这下可好,这场对话看来注定要提早到来了。"100万斯拉克。"

"我天!"戴尔说,"100万斯拉克?!"

我没搭理他。"但我没办法证明这个数字的真实性,因此你也没必要相信我的一面之词。"

"你的一面之词已经足够,"她说,"我爸总说你是跟他做过生意的人当中最讲诚信的那个。我今天就把钱打给你。"

"不行,"我说,"我还没有履行完约定,我的任务是终止桑切斯的氧气生产。如果你真的愿意，可以在我完成这项委托之后再打钱给我。但你知道我现在所做的这一切并不是为了钱，对吧？"

"我知道。但之前说好了就是说好了。"

"比利！"戴尔说，"从今往后我全部的酒钱都算在爵士账上！她现在是百万富翁了！"

"我现在最多只能算个千元户，"我说，"酒钱你自己出。"

戴尔和我又喝了几轮，莱娜在一边摆弄着她的机模。她的人生可能还要过很长时间才能回归正轨，但至少此刻，她又变回了那个沉迷于机模的普通女孩。

鲍勃·刘易斯在上午十点准时现身。

"鲍勃。"我说。

"爵士。"他说。

"啤酒？"

"不了。"

他坐在了莱娜的正对面，之后不发一语。海军陆战队员知道该如何待命。

后来进门的是斯沃博达，他搬着一箱电子器件，挥手打了招呼，然后就开始组装起来。这个呆子将带来的数码投影仪和一块卷式投影屏接上了自己的机模，而这些设备正如所有的高科技产品一样，什么反应都没有。他不慌不忙地东摸摸西弄弄，高兴得就像头在泥浆里打滚的猪。

现在还差一个人没到。我盯着酒吧的门，时间每过去一分钟，我的心也随之拧紧一分。"几点了？"我问屋里的人。

莱娜看了一眼她的手表："上午十点十三分了……顺带一

提，现在地相是半地，正在逐渐盈满。"

"感谢告知。"我说。

门终于开了，最后一位客人走了进来。他扫视了周围一圈，视线最终落到了我的身上。

我把面前的啤酒杯推到一边：我从不在他面前饮酒。

"你好，巴沙拉先生。"莱娜说。

爸爸径直走向她，牵起了她的手。"兰德维克小姐，令尊之事还请节哀，我听闻噩耗那一刻也是悲痛不已。"

"谢谢，"她说，"世事艰难，但我正在慢慢好起来。"

鲍勃站了起来。"阿玛尔，见到你很高兴。"

"彼此彼此。漫游车的车舱口现在还好使吗？"

"完全没问题，一次泄漏都没出现过。"

"那就好。"

比利把一块毛巾甩在了自己肩上。"早安，阿玛尔。想来点果汁吗？我搞到了一些调味粉，葡萄味的卖得最好。"

"有蔓越莓味的吗？"爸问道。

"还真有！"比利抽出了一盏品脱杯，冲调了一些蔓越莓汁。

戴尔举起了他的杯子："巴沙拉先生。"

爸爸冷冷地瞥了他一眼："戴尔。"

"我都记不清了，"戴尔说，"你讨厌我到底是因为我是同性恋还是因为我是犹太人？"

"因为你伤了我女儿的心。"

"我接受。"戴尔举杯一饮而尽。

爸爸坐在了我的身边。

"酒吧里进了个穆斯林……"我说。

他没笑。"我来这儿是因为你说你需要我。如果你想要搞酒会的话我还是直接回伊玛目那里吧。"

"我没打算——"

"巴沙拉先生?"斯沃博达的脑袋突然出现在了我们俩之间,"嗨,我们之前还没见过面,我是马丁·斯沃博达,爵士的朋友。"

老爸跟他握了下手。"是所谓的'炮友'吗?"

"呃,"我翻了个白眼,"我从不约炮的,爸。说出来你可能不信,但我从没跟现在屋里的任何人上过床。"

"毕竟这屋子还不够大。"

"这个笑话好!"斯沃博达说,"那个啥,我就是想跟您说,您一个人把爵士拉扯大真的特别不容易。"

"你真这么觉得?"老爸说。

"那还用问?"我说,"咱们开始吧。"

我走向了白色投影屏。斯沃博达已经把它拾掇好了,再烂的东西经过他的手都能枯木逢春。

我深吸一口气说:"最近发生了很多事,而你们可能有人会有些疑问。比如鲍勃,他想知道到底是哪个无证人员把矿车炸上了天。又比如老爸,他想知道为什么上周我要他躲去伊玛目家避风头。大家稍安勿躁,我过会儿定会知无不言……"

然后我就把所有破事都跟他们说了一遍,包括昆士兰玻璃厂怎么起的大火,特龙怎么雇的我,事情怎么出的岔子,我又怎么和谋杀案搅在一起。故事接着又涉及帕拉西奥帮、阿左和詹焌。我还跟他们说了桑切斯铝业的氧气合同以及特龙想要夺取合同的计划,然后我把讲台让给了斯沃博达,让他介绍

ZAFO及其原理，最后我对着那一片震惊的面孔总结陈词说现在有几十个黑社会正在赶来阿尔忒弥斯的路上。

我说完话之后，一片静默降临在了酒吧里。

戴尔率先打破了沉寂："我觉得我们都同意这事发展到今天这步真是闹大发了，但是光凭那么几十个黑社会是控制不了阿尔忒弥斯的，我的意思是，我们以前在酒吧里有过几次群殴，那时候参与的人数比他们多多了。"

"这不是黑帮电影，"我说，"他们是不会在砸人脑袋前先跳一支华尔兹的，他们只须守住桑切斯铝业，确保以氧换电的合同牢牢握在自己手里就行。留给我们的时间不多了。"

"我猜不管你接下来打算干吗，最终都将涉及违法行为。"老爸说。

"这么说都算轻的。"

他从座位上站起来。"那我就不参加了。"

"爸，这是我唯一能活下去的办法。"

"胡说。我们可以回地球，我在塔布克的亲兄弟会收留我们——"

"不行，"我摇了摇头，"这次我不想逃跑。沙特阿拉伯有你的旧识，却与我无关，那里除了我无法适应的重力之外，我一无所有。阿尔忒弥斯才是我的家，我不会离开这里，而我死也不会让黑社会染指这里。"

他又坐回了椅子上。尽管他恶狠狠地盯着我，但最终还是没有离开，这足以表明他的态度了。

"快跟他们说说你的计划！"斯沃博达说，"我已经把全部图表都备好了！"

"行啦行啦,快把图表都亮出来吧。"

他敲了几下机模,投影屏幕上显示出一张建筑设计图,标题框里写着"桑切斯熔炼球形舱——冶金分析"。

我指向投影屏:"相比社区型球形舱,这个熔炼球形舱要小得多,直径只有30米,但是结构跟其他球形舱一样是双层防护壳。但凡是有人的地方,肯尼亚太空集团都要求配备双层防护壳。"

我走到投影屏正前方,依次指向我所说的结构:"这里是控制室,里面有个大窗户可以俯瞰整个厂房,所以我必须偷摸着进去。"

"控制室的空气是自给的吗?"老爸问道。

"不是的,控制室和厂房的其他区域共享一套空气系统,里面的工作人员时常需要前往厂区主楼层,所以他们不想在半路上装个碍事的气密舱门——这是我的推测。万一发生了事故,控制室里头有一个单独的气密避难舱,货运列车准备装卸的时候他们也会待在那个避难舱里面。"

"明白了。"老爸说。

我继续说道:"研磨机在外面,而研磨产生的沙砾先是通过这个气压口输送进来,然后再运送到下层,由分拣离心机将钙长石和其他矿物质分拣开来。钙长石接下来会烧结成阳极,最后再被运送到上层投入熔炼炉里。"

我拍了拍图纸正中的一个大方框:"这里就是奇迹发生的地方。熔炼炉会通过大量电流将钙长石打碎成基本的元素。"

"FFC剑桥法,"斯沃博达说,"太炫了!先把阳极浸泡在氯化钙溶液中,电流经电解质的时候就可以把原子生生给拽出来！还有，与此同时，阴极碳会不停地损耗，于是为了补充损耗的量，工作人员就必须从附带产生的二氧化碳里提取出碳元素来重新烧结。他们还会用提取出来的粉末状的铝来制造火箭燃料，而剩余的——"

"你别那么激动，"我说，"总之，我会闯入这个地方，然后让熔炼炉把自己给熔了。"

"'熔炼'里头有个'熔'字！"斯沃博达补充道。

"你打算怎么做？"戴尔问道。

"我会提高加热器的电力输出，"我说，"一般情况下金属熔液的温度在900摄氏度左右，但如果我把温度提到1 400，钢制的容器就会熔解，之后倾泻而出的超高温熔液就会将球形舱里的一切吞噬殆尽。"

父亲有点恼了。"耍这种小手段又有什么意义呢？"

"首先，爸，这不是小手段，而是极端手段。其次，一旦熔炼炉被毁，桑切斯就丧失了制造氧气的能力，而他们与阿尔忒弥斯的合同也就唾手可得了，此时莱娜就可以介入了。"

莱娜发现所有人都在看她，一下子局促了起来。"呃，对，我爸他之前——呃，那个……我手头的氧气足够阿尔忒弥斯用一年，桑切斯一旦沦陷我就会立刻提议接手合同。"

"恩古吉会乐意在上面盖公章的，"我说，"她希望帕拉西奥帮滚蛋的心情并不亚于我们。"

鲍勃哼了一声："我又有什么理由非得在这件事里掺一脚呢？"

"你省省吧，鲍勃，"我说，"我可没时间陪你唱'你入不入伙'这出戏。如果你现在还不明白这件事为什么非做不可，那就麻烦你对着墙角想到明白为止。"

"你就是个大混蛋。"鲍勃说。

"怎么说话的！"老爸瞪了鲍勃一眼，在气势上立刻压倒了这个海军陆战队壮汉。

"他没说错，爸，我就是个大混蛋。当下阿尔忒弥斯需要的恰恰是一个大混蛋，而我主动响应了它的号召。"

我走到酒吧正中。"此刻——此时此刻——正是我们决定阿尔忒弥斯未来将会成为怎样一座城市的时刻。我们要么立刻行动起来，要么就眼巴巴地看着自己的家乡落入黑帮手里，子子孙孙、世世代代任人宰割。这不是什么理论上的可能性，迄今为止已经有一间厂房化为焦土，两人惨遭不测，这都是拜他们所赐。这件事涉及一大笔钱——他们是不会收手的。

"太阳底下无新事。纽约、芝加哥、东京、莫斯科、罗马、墨西哥城——这些城市为了控制传染病般的帮派，都在地狱里走了一遭，而我列举的这些还都是成功的例子，南美洲还有一大片区域现在仍处于帮派的实际控制之下。我们不能坐以待毙，必须在癌细胞扩散之前把它扼杀在摇篮里。"

我轮流注视着每个人的双眼。"我不求你们为了我，只求你们为了阿尔忒弥斯，我们不能就这么坐等着帕拉西奥帮爬到我们头上来。这是我们唯一的机会了，他们正在集结一支大军，这群暴徒一旦抵达，我们就再没机会停掉桑切斯的氧气生产线了，到时候熔炼厂的防卫之严密将会远胜诺克斯堡[1]。"

---

[1] 美军位于美国肯塔基州的一处军事基地，也是美国国家金库所在地。

我稍微停了一会儿，以免有人想在这件事上跟我争辩，但并没有人发话。"诸位，我们还有一堆事情要规划，废话我就不多说了。鲍勃，你是美国海军陆战队的，你的前半生一直在保卫美利坚，现在阿尔忒弥斯是你的家乡，而它目前危在旦夕，你是否愿意保卫阿尔忒弥斯到底？"

这句话触动了他，我可以从他脸上的表情看出来。

我走向我的父亲。"爸，加入我们吧，这是唯一能救你女儿的方式。"

他努起嘴："你用的手段太不正派了，贾丝明。"

我转向戴尔："你总不需要我再跟你解释一遍你必须入伙的原因吧？"

戴尔回避了这个问题，给了比利一个手势又点了杯啤酒。"你是个彻头彻尾的混蛋，爵士。你是不是已经想到了可以不伤及工人的办法？"

鲍勃举起了手："你打算怎么进到球形舱里？就算现在邮购的打手们还在半路上，桑切斯现有的防卫也堪称严密。"

"此外，安全应急系统又该怎么办？"斯沃博达问道，"我仔细看了一遍你地球上的哥们儿发来的设计图，上面显示熔炼炉还有三道备用温控系统以及一个应急铜塞。"

"我留在这里又能帮到你什么？"老爸问道。

"行了行了，"我高举双手，"我可以回答上述所有问题，但首先我需要确认一件事：我是不是已经动员完毕了？大家是不是都同意入伙了？"

整间屋子陷入了沉寂，就连比利都停下了手头的活儿，想看看事情接下来会作何发展。

"我不太相信你的说法，"鲍勃说，"但对你描述的那种可能性我无法坐视不理，更何况他们已经杀了两个我们的人。算我一个。"

爸爸点了点头："也算我一个。"

"你知道我肯定愿意入伙，"斯沃博达说，"我喜欢搞事情！"

"我也是，"莱娜说，"我的意思是……我也愿意入伙，搞事情什么的我不太确定。"

"我可以加入，"戴尔说，"不过前提是你不会再拿泰勒那件事折磨我，那种体验我真的已经受够了。"

我皱起了眉头："我不可能突然间就释怀了。"

"的确不可能，但你至少能做到不再任由自己沉湎其中不可自拔，而且你完全能像对正常人一样跟我说话，"他一边看着我一边将杯中的酒一饮而尽，"这就是我的条件。"

"行吧。"我说。我不确定这个承诺我能否真的兑现，但为了阿尔忒弥斯的未来，我也只好暂时收起我的骄傲了。

鲍勃凭借他高大的体型以及军人的风度为我们在前方清出了一条前往太空港到达区的路，我和我爸一起推着一车的电焊工具跟在后面。

我一眼就在停车位上发现了扳机。我近来一直没机会用它，在我生活变成一团乱麻的当下我根本没时间去送快递。我想念这个小家伙了，也许等这一切都过去之后，我会开着它到处兜风。

鲍勃把我们带到了大厅里的一个小角落，他之前在这里设置好了一道临时防壁。我们绕过防壁，钻进了这个临时的工作间。

"我希望这东西能派上用场,"鲍勃说着指了指房间正中的一座单独的避难舱,"这已经是我能找到的最大号了。"

这个圆柱体的气压室有一扇手动舱门以及四个储气罐,背面有一套电池系统为内部的风扇以及吸收二氧化碳的化学系统供电。舱门顶上的牌子上写着:"最多容纳人数:4人。最长有效时间:72小时。"

"你是从哪儿搞来这么个东西的?"老爸警惕地问道。

"我自己家。这是我家自用的应急避难舱。"

"靠,"我说,"你没必要做到这种程度的,鲍勃。"

"我知道阿玛尔肯定不希望我用偷的。但话说回来,你不是还会给我买个新的吗?"

"那还用说?"妈的,这东西至少要花掉我4 000斯拉克。

老爸用他专业的双眼检视这座避难舱。他绕着它转了一整圈,从头到脚每个细节都没放过。"能用。"

"那就好,我就不打扰你们干活了,"鲍勃说,"还需要什么只管说。"

鲍勃绕过临时护壁离开了房间,剩下我和老爸爷俩面面相觑。

我从推车里取出电焊护面。"是不是就像回到了过去?咱们好久没一起干过活了。"

"九年了,"他把工装丢给我,"把安全装备都穿上,一件都不许落。"

"行行好吧,这套衣服热得要死,而且——"

他一个眼神就把我瞪得闭上了嘴,我仿佛又回到了16岁。我不情不愿地跨进工装里,汗珠立刻就开始往外冒。唉。

"咱到底怎么弄呢？"我问道。

他把手伸进推车里，搬出了一摞铝片。"咱们得在背面开个洞，还要把气罐和电池拆下来，不过那应该不成问题。"

我带上了电焊护面。"然后呢？连接点该怎么做呢？"

他把那摞铝片斜靠在避难舱上。"咱们得把这些围着那个洞焊上一圈，搭出一个裙边来。"

我拿起一块铝片，然后在一个角上发现了制造商的商标。"这可真够讽刺的，这些板材居然是桑切斯铝业出品的。"

"他们的产品质量好着呢。"老爸说。

"兰德维克铝业也将提供同样优质的产品，"我放下了铝板，"角焊法能承受得住真空吗？"

他掏出一支记号笔，拔掉了笔盖。"用不着搭角。咱们先要用焊枪的散射模式软化铝片，好让它们贴合避难舱的曲面。我们需要把铝片拼接出一个圆柱体。"他抬眼看向我道，"我问你，我们总共需要多少块铝片？"

又来了。

"这个嘛，"我说，"每块五毫米厚的铝片的曲度不应该超过五十厘米半径的圆弧，我猜一共需要六块。"

"六块的确够用了，"他说，"不过安全起见，咱们还是用八块吧。现在把卷尺递给我。"

我照做了。他仔细地测量过后在避难舱表面上标了几个点。

"所以你打算什么时候开始教育我？"我问道。

"你已经是个大人了，用不着我来教育啦。"

"那你是不是打算继续对我冷言冷语含沙射影？我可不想漏听一个字。"

他站起身来。"我从来没有假装认同过你的选择，贾丝明，我对你没这样的义务。但与此同时我也没试图控制你，自打你搬出去之后就更是一次都没有，因为你的人生是你自己的。"

"好吧。"我说。

"现在你的处境很是凶险，"他说，"我只能两害相权取其轻来帮助你。我先前从来没有干过违法的事。"

我蹙眉盯着自己的脚。"我真的很抱歉把你卷进这件事。"

"开弓没有回头箭，"他说，"现在把护面戴上，然后把切头递给我。"

我戴上了护面，从推车里翻出了他想要的工具。他安好切头，反复检查了两次，然后细心地检查了气体混合阀门，随后又检查了一遍切头。

"怎么了，爸？今天你的速度比鼻涕虫还慢。"

"谨慎能捕千秋蝉。"

"你在说笑吗？当年我可是眼看着你一只手操作焊枪，另一只手调节气体混合阀的。你现在怎么——"

哦，我明白了。我不说话了。

这次可不是什么普通的活儿，明天他女儿的命就都押在今天电焊的质量上。我现在才恍然大悟，对于他，这是有生以来接过的最最重要的委托，他不可能接受此次有任何一方面的表现低于他最好的水平，即便这意味着要花费一整天时间。

我往后站了站，不再打搅他。之后他又再三对各个细节一丝不苟地排查了一遍才终于开工，我在一边帮忙，他说什么我就做什么。我们之间虽然常有争执，但一旦涉及电焊，他就是师傅我就是学徒。

很少有人能有机会计算出父亲到底有多爱自己,但我却知道这个问题的答案。这类活儿原本耗时应该在三刻钟左右,但老爸却用了三个半钟头,因此我爸对我的爱是他对其他事物的爱的366%。

能知道真好。

我坐在斯沃博达的床沿上看着他调试设备。

这次他真的是豁出去了。除去他桌面上原来那台显示器,他还在墙面上另外安了四台。

他在键盘上敲击着,每台显示器都像变戏法一般亮了起来。

"是不是太夸张了?你不觉得吗?"我说。

他敲击键盘的手并没有停下。"你的舱外活动服上有两个摄像头,戴尔的舱外活动服上也有两个,我还需要另一块屏幕进行数据分析,所以一共是五块屏。"

"但不是可以在一个屏上设置五个不同的窗口吗?"

"喊,老土。"

我重重地往后一仰,躺倒在床上叹了口气。"以'冬天入侵俄国'为一个单位,求咱们这个计划的蠢度到底有几个单位?"

"风险确实很大,但是除此之外我也想不出你还能有什么别的出路了。更何况——"他咧嘴笑着对我说——"有了你专属的斯沃博达,你怎么可能会失败呢?"

我苦笑了一下。"但我是不是已经考虑到了方方面面巨细无遗了呢?"

他耸了耸肩。"这世上从来就不存在天衣无缝的计划,但是顺便说一句,我所有能想到的方面你都已经考虑进去了。"

"这个信息还挺重要的,"我说,"你是个很细心的人。"

"哦对了,倒是还有一件事。"他说。

"妈的,什么?"

"应该算半件事。"他走回到电脑跟前,打开了桑切斯球形舱的设计图,"我有点在意这几个甲烷储存罐。"

"怎么说?"我走到他身后,探头看他的显示器。我的头发晃动的时候稍稍蹭了一下他的脸,但他好像并不介意。

"这里头有上千升液态甲烷。"

"他们要甲烷干吗?"

"他们制造的火箭燃料只需要1%的甲烷,而且仅用作燃烧的调节物。这些甲烷就是这么装在巨型储存罐里从地球上运来的。"

"好吧,你在担心什么?"

"甲烷是可燃物,应该说……是极度易燃物,"他指了指设计图的另一部分,"而且这里还有个装着纯氧的巨型储存罐。"

"之后我还要往里添点儿钢水,"我说,"能出什么幺蛾子呢?"

"是啊,我就是有点担心,"他说,"但应该不成问题。等熔炼炉熔解的时候周遭应该不会有人。"

"是的,"我说,"如果储气罐发生泄漏然后炸了的话反倒更好,可以造成更大的破坏!"

"是吧,"他显然还是不放心,"我一想到这件事心里就不踏实,你知道这种感觉吗?这不在计划之内,而我不喜欢任何不在计划之内的东西。"

"如果你觉得这个计划最糟糕的部分就在于此的话,我也就没什么好担心的了。"

"好吧。"他说。

我伸了个懒腰。"我在想今晚我到底要不要睡。"

"你今晚住这儿吗?"

"呃……"我说,"恩古吉应该不会再出卖我第二回了。我有没有跟你提过她是个贱人?"

"提过。"

"总之,现在应该没人会通过机模追踪到我,所以我能花钱住酒店了。我可能会晚上担心得睡不着觉,所以就不继续在这儿搞得你也睡不好觉了。"

"好吧。"他说。他刚才的语气中是不是带着一丝失落?

我把双手搭在他肩膀上。我也不知道自己为什么要这么做,不过还是听从了直觉。"谢谢你总是支持我,这对我来说很重要。"

"应该的,"他扭过脖子仰视着我,"我会永远守护在你身旁的,爵士。"

我们互相凝望了片刻。

"对了,你试过我给你的避孕套了没?"他问道。

"你大爷的,斯沃博达!"我说。

"怎么了?我这儿还在等你的反馈意见呢。"

我抽回双手走开了。

随着货运气密通道的巨型舱门缓缓打开,月球表面荒芜的景致逐渐呈现在我们眼前。

戴尔检查了一下漫游车控制面板上的各项读数:"气压良

好,气体比例完美,二氧化碳吸收处于自动模式。"

我扫视了一下我座位前的屏幕:"电池电量全满,车轮驱动装置状态全绿,通信信号满格。"

他握住了操纵杆。"太空港到达口,请求出动。"

"准许出动,"对讲机里传来鲍勃的声音,"照看好我的漫游车,夏皮罗。"

"没问题。"

"这次可别再出什么岔子了,巴沙拉。"鲍勃说。

"滚。"我说。

戴尔按下了静音键,然后瞪了我一眼。"爵士我告诉你,我和鲍勃已经违反了公会手册上的全部规定,如果被人抓了个现行,我们俩都会被开除会籍,永不叙用。为了这件事我们把自己的饭碗都押上了,所以你他妈能不能稍微表现出一点尊重?"

我解除了静。"那个……谢了,鲍勃,谢谢你……的付出。"

"收到。"对方说完就咔嗒一声挂断了。

戴尔驾着漫游车驶出了大门,车轮碾压着月尘。我本以为会很颠簸,没想到减震悬挂让行驶变得特别顺滑,而且球形舱附近的这个区域因常年使用早已变得十分平整。

鲍勃的漫游车,简单粗暴地说,就是月球上最好的漫游车。这可不是那种座位特别难受、专为穿着舱外活动服的人设计的沙丘小车,这辆车的舱室内是有空气的,空间也很宽敞,配备的补给以及电力足够用上好几天。我和戴尔的舱外活动服规整地摆放在壁架上。这辆漫游车在车尾甚至还有个完整的气密舱,也就是说驾驶室永远都不需要进入真空状态,即便有人出舱时也不例外。

戴尔在开车时两眼直视前方,连瞥都不瞥我一眼。

"你要知道,"我说,"威胁到你饭碗的是公会,不是我。或许闭关锁国的狗屁政策并不是最好的选择。"

"你说得很有道理。我们应该允许所有人都来摆弄一下气密舱,我相信没受过专业培训的人绝不可能随随便便按下某个键,让全阿尔忒弥斯的人死得一个不剩。"

"得了吧,公会大可让自己的会员负责操作气密舱大门,让其他人自由进行舱外活动,这样不好吗?公会里尽是些拜金的狗东西。要知道,拉皮条早过时了。"

他不自禁地扑哧笑了一声。"我还真挺怀念以前跟你在政治话题上拌嘴的日子。"

"我也是。"

我看了一眼时间。我们的时间很紧,不过到目前为止进度还不错。

我们的车转向西南方,朝着一公里开外的大坝驶去。这段距离坐在车里感觉并不算很远,但是换作步行的话会感觉尤为漫长,特别是在还拖着个改装过的避难舱的情况下。

漫游车驶入较不平整的地形后,避难舱开始在车顶哐啷作响。我们俩的视线不约而同地往上望向声源的方位,然后又相互对视了一眼。

"那玩意儿应该绑紧了吧?"他问。

"我们拴绳的时候你也在现场。"我说。

哐啷。

我皱起了眉头。"那玩意儿如果掉下来的话，咱们就只能停车把它再捡起来，这会浪费掉一点我们所剩无几的时间，但是进度还是可以赶一下的。"

"咱们还得祈祷它没摔坏。"

"不可能摔坏的，"我说，"这可是我爸亲自焊的，太阳熄灭之前都不会坏。"

"说到这个，"他说，"接下来的电焊你能搞定吗？"

"能啊。"

"要是你搞不定呢？"

"我就会直接没命，"我说，"所以我有充足的理由不出任何差错。"

车稍微左转了一点。"坐稳了，咱们要跨过管道了。"

负责将熔炼炉新鲜生成的氧气输往阿姆斯特朗球形舱的输气管道横亘在地面上。

在地球上，没有哪个脑筋正常的人会选择用管道输送加过压的氧气，但是月面上却并没有任何可燃物的存在。此外，在地球上，为了避开天气、动物或者脑子抽了的人类个体的影响，管道通常都是埋在地下的。在月球上我们却从不把管道埋起来。有那个必要吗？我们这里一没天气二没动物，而脑袋抽了的人类则多数都被关在阿尔忒弥斯的居住区里。

戴尔一直在控制车辆的行驶，先是车头抬起落下，然后是车尾抬起落下。

"这样真的安全吗？"我说，"就这样直接从输送高压氧气的管道上轧过去？"

他调整了一下某个轮子的驱动。"管道壁足足有八厘米厚呢，就算我们有意想搞破坏，也伤不了它分毫。"

"我带着电焊装备呢，我可以把管壁焊个对穿。"

"你就是个爱抬杠的小王八蛋，你知道吗？"

"我知道。"

我通过车顶上舷窗向外望去，地球高挂在半空中——今天只亮了半边，正如莱娜的手表所预报的那样。

我们已经距离阿尔忒弥斯很远了，周遭的地形也开始变成完全原始的状态。戴尔驾着车绕过了一块巨岩。"泰勒向你问好。"

"也替我向他问好。"

"他其实真的很在乎——"

"别说了。"

我的机模响了起来。我把它插进了仪表盘的插槽里，机模立刻连接上了车载音响。漫游车怎么能没有车载音响呢，鲍勃对驾车体验可讲究了。"哟。"

"哟，爵士，"音响里传出了斯沃博达的声音，"你们到哪儿了？我这里没视频信号了。"

"还在路上，活动服上的摄像头待机了。我爸在你那儿吗？"

"在的，就在我旁边。打个招呼吧，阿玛尔！"

"嗨，贾丝明，"老爸说，"你的朋友还挺……好玩的。"

"看来你已经习惯这个人了，"我说，"跟戴尔也打个招呼吧。"

"不要。"

戴尔哼了一声。

"你们穿戴好装备之后记得打给我。"斯沃博达说。

"好的。待会儿见。"我挂断了电话。

戴尔摇了摇头。"唉,你爸看样子是真的恨我。这其实跟泰勒那件事也没什么关系,他之前对我就这个态度了。"

"不是你以为的那样。"我说,"我现在还记得当初我告诉他你是个同性恋那次,他当时大为光火,但同时又如释重负,甚至还露出了微笑。"

"哈?"戴尔说。

"得知你并不是想泡我以后,他对你的态度就好转了许多。但后来,你懂的,就发生了那宗男友诱拐事件。"

"对。"

我们驶上了一个小坡,看到了前方的一大片平地。大坝在100米开外,熔炼炉和桑切斯的球形舱应该就在大坝另一边。

"我们离目的地还有15分钟车程,"戴尔说,很显然他在揣摩我的心情,"紧张吗?"

"紧张得都快尿出来了。"

"很好,"他说,"我知道你觉得自己的舱外活动水平无可挑剔,但是不要忘了你之前的考试没能通过。"

"谢谢你的鼓励。"

"我想说的是,敲打对舱外活动大有裨益。"

我盯着侧面的舷窗。"相信我,这几天我遭受的敲打已经够多了。"

第十三章

我望着桑切斯熔炼厂球形舱的银色穹顶。再一次。

之前看到它还是在六天前,但感觉就好像发生在极为遥远的过去一样。当然了,此一时彼一时。现在还在运行的矿车就只剩下一台了。无所谓了,这回我也不是冲着矿车来的,我的计划已经翻篇了。

戴尔把车开到球形舱边上,然后来了个三点转向,让车尾正对着舱壁。

"距离?"他问道。

我看了一眼我的屏幕:"两米四。"车尾测距对于地球上的车来说不过是个鸡肋的功能,但对于月面漫游车来说却不可或缺。驾驶着充满气体的车辆撞到什么东西的话后果相当严重,可能会导致意外死亡。

戴尔对这个距离很满意,于是他拉了手刹。"行了,穿戴装备吧。"

"得嘞。"

我们从椅子上站起,然后爬进车尾。

我们都把身上的衣服脱得只剩条内裤(怎么?我难道需要在一个基佬面前故作矜持吗?),然后穿上冷却内衬。外面阳光的温度可以直接把水煮开——舱外活动服需要中央冷却系统。

之后才轮到气密外装。等我们帮对方穿好之后还要进行压力测试、氧气罐测试、读数测试以及一堆别的狗屁测试。

等一切检查妥当之后，我们就准备要出舱了。

漫游车的气密舱可以同时容纳两人，尽管有点勉强。我们挤进去后密封好了入口。

"准备好放气了没？"戴尔通过对讲机问道。

"我已经够丧气的了。"我说。

"别耍嘴皮子了，特别是在出入气密舱的时候。"

"喂，你已经快把这里的空气都赶跑了。"

"爵士！"

"收到，准备减压。"

他转动阀门，空气嘶嘶地从气密舱逃逸至了舱外的真空中。这里并不需要什么尖端的抽气系统，因为我们根本就不缺氧气；多亏了矿石熔炼，阿尔忒弥斯的氧气多到根本用不完……

至少目前是这样的（邪恶的笑声）。

他转动手把，把舱门推开，走了出去。我紧随其后。

他顺着梯子爬到漫游车顶端，解开了缆绳，我则爬上了另外一侧的梯子，解开了另一边的缆绳，然后我们俩协力把改装过的避难舱搬到了地面上。

500公斤的重量意味着我们俩必须一起用力，才能把它平缓地从车顶上转移下来。

"尽量不要让裙边沾到灰尘。"

"收到。"

老爸将避难舱好好改造了一番，现在基本上已经看不太出它之前的模样了。老爸在其后部开了个洞，然后围着这个洞焊了一圈半米宽的铝制裙边,形似火箭底部的喷火器。有人可能会认为在气密装置上开个大窟窿不太明智,我对此也持保留意见。

我再次爬上车顶去拿我的电焊装备。"就位了吗?"

他站到了我的下方,然后高举起双手:"准备好了。"

我把储气罐、焊枪、工具腰带及其他物品一件一件地递到他手里,他也一件一件地接过然后摆在地上。最后我从一个专用容器中拽出了一个巨型的袋子。

"现在轮到充气通道了。"我用力地将它推下了车顶。

他稳稳接住,然后将其放在了地上。

我从车顶纵身跳下,落在了他的旁边。

"你不该从这个高度往下跳的。"

"你不该乱搞别人男朋友的。"

"怎么又来了!"

"我还挺适应现在咱们之间的这种新关系的,"我说,"给我搭把手,把这些乱七八糟的都搬走。"

"行吧。"

我们一起把所有东西连拖带拉地搬到了球形舱壁边上。

穹顶的弧面由许许多多个边长两米的三角形构成,最底下一周的三角形与地面呈直角。我挑了个相对比较干净的三角形,用金属毛刷将其表面的灰尘刷去。月球上虽然不存在天气的变化,但却有静电。月尘无处不在,因此月球上但凡带一丝静电的东西上都会沾上月尘。

"好了,这块搞定了,"我说,"帮我把避难舱搬到指定位置。"

"收到。"

我们俩携手将避难舱抬起,把它挪到了墙边,再将铝制裙边对准那块被我擦得发亮的墙面紧紧贴住,最后才把避难舱放回地面上。

"妈的,老爸技术可以啊。"我说。

"天哪。"戴尔说。

他打造的裙边简直完美无缺。我的意思是,他其实只需要保证裙边和墙体的垂直面有起码的贴合度就好,但我的亲娘啊,现在一整圈裙边和墙面之间的缝隙连一毫米都不到。

我抬起了我的手臂,上边的屏幕其实就是个界面比较好看的机模外接显示屏,机模则和我一起安全地躲在活动服里(机模本就不是为了严酷的太空环境而设计的)。我按下几个按钮,打了个电话出去。

"哟,爵士,"斯沃博达说,"进展还顺利吗?"

"到目前为止还可以。摄像头信号怎么样?"

"完美,现在我这里的屏幕上已经出现你活动服上的画面了。"

"在舱外一定要小心。"对讲机里传来了爸爸的声音。

"我会小心的,爸,别担心。戴尔,你那儿能听得到我电话的音频吗?"

"可以。"戴尔说。

我走到裙边旁面对着它,确保头盔上的摄像头正对着裙边:"裙边的贴合度很棒,真的……真的很棒。"

"唔,"老爸说,"但我还是看见了一些缝隙,不过应该小于你待会儿点焊的时候会生成的金属液滴直径,问题不大。"

"爸,这是我见过的最为精准的——"

"快开工吧。"他打断了我。

我把氧气及乙炔罐搬到了施工现场,然后安装好了焊枪头。

"可以了，"爸说，"你知不知道怎么在真空中点火？"

"那当然。"我说。我才不会承认这还是我几天前在某次惨痛经历中悟到的。我将氧气比例调到极高，点火，再将焰体大小保持在一个稳定范围内。

前几天我破坏矿车时所做的电焊其实非常基本，只需要长时间保持气压输出稳定即可。现在我要做的却更为复杂，尽管这对于老爸来说不过是小菜一碟，但他对舱外活动一窍不通，因此我们也只能这样合作了。

"焰色看着不错，"爸爸说，"从最顶上开始，让金属液滴往下滴，液体表面的张力会使其沿着缝隙流动。"

"喷出的气流怎么办？"我说，"不会把金属液吹进裙边内部吗？"

"会漏一点进去，但不会太多。真空中的火焰没有涡力，只有火焰本体自带的压力。"

我把一截铝棒举在裙边上方，然后对其喷出火焰。因为身着舱外活动服，完成得不太理想，但也不算太差，一滴熔化的金属液很快出现在铝棒的顶端然后滴落了下去。正如老爸所料，金属液沿着缝隙流动，封住了缝隙。

出于以前的职业习惯，我把焊枪放低对准了缝合部，想让金属保持液态。

"不需要这样，"老爸说，"金属保持液态的时长比你想象的要久，因为真空中没有空气会将热量带走，虽然有部分热量会通过金属逃逸，但物质状态的转变才是热量散失的最主要途径，因此热量不至于消耗太快。"

"那我就听你的吧。"我说，再次把焊枪举起对准铝棒。

戴尔站在几米外,准备随时来救我的小命。

我又开始了,在真空中熔化着金属。只要有一滴金属液烧穿了我的舱外活动服,我的生死就取决于戴尔了。我的活动服一旦发生泄漏,他就必须把我搬进漫游车的气密舱,这件事我是不可能独立完成的,因为到时我会忙于窒息而无暇他顾。

我一点一点地将裙边和墙体严丝合缝地焊接在了一起,爸爸在一边告诉我进度是太快了或是太慢了。最后我终于焊接完了一整圈,回到了原点。

"咻,"我说,"是时候做气压测试了。"

"还不行,"老爸说,"再来一次,一整圈,把刚才第一圈的焊接再完整覆盖一遍。"

"你在开玩笑吧?!"我抗议道,"爸,这一遍焊得已经够结实了。"

"再焊一圈,贾丝明,"他坚持道,"你现在时间不急,就是欠点耐心。"

"实际情况是,现在时间就是很急,我必须赶在桑切斯换班之前把一切都搞定。"

"再——焊————一——圈。"

我像个十几岁的女孩一样咕哝起来(老爸真的把我的这一面给激发了出来)。"戴尔,再给我几根铝棒。"

"不行。"戴尔说。

"什么?"

"只要你手里还握着焊枪,我的视线就不能离开你。我不可以距离你三米以上,也不可以手里拿任何东西。"

这下我咕哝得更大声了。

20分钟过去了,我在老爸的监督下又焊了一整圈。

"完成得不错。"老爸说。

"谢谢夸奖。"我说。他说得很对,我的确完成得不错。现在这个气密避难舱已经和熔炼厂的球形舱完美连接在了一起,我只需要从避难舱内部在球形舱防护壳上打个洞,就能得到一个自制的入口了。

我把焊枪搁在附近的一块石头上,然后朝戴尔伸出双手。戴尔见我达到了他严苛的安全要求后,开始朝充气通道走去。

这条充气通道和我在昆士兰玻璃厂大火中参与设置的那条属于同一类型——一个手风琴风箱形状的通道主体,两头各有一面密闭的气密舱门。我们俩各抓着一个箍往后退,我走向避难舱,他走向漫游车。

我把我所有的电焊装备和气罐都塞进了通道中,然后把我这一头和避难舱对接在了一起,再走到戴尔那边和他一起钻进了漫游车的气密舱中,把那一头和车对接在了一起。

我顺着通道朝避难舱的舱门望去。

"我想现在该测试一下了。"我说。

他伸手去够阀门。"随时保持警戒,这身舱外活动服并不能在所有情况下帮咱们保命。要是我们刚才接通道的时候有所疏漏,那么待会儿很有可能会被气体失压爆炸波及。"

"感谢提醒,"我说,"我已经准备好了,冲击波若是以音速朝咱们直冲过来,我一定会记得往边上跳的。"

"你嘴能不能别这么贫?"

"可以啊,"我说,"可我不愿意。"

他把阀门拧动了一点,一丝雾状空气从非真空的漫游车驾驶室里冲了进来。我看了一眼活动服上的读数，上面显示气压在2 000帕左右——约为阿尔忒弥斯标准气压的10%。

一声刺耳的警报声从漫游车车舱内传了出来。

"这他妈又是怎么回事？"我说。

"泄漏警报，"戴尔说，"漫游车知道自带的气密舱里能注入多少空气，我们现在消耗的气体已经超出了那个量，因为我们正在往一整条通道里充气。"

"会有什么隐患吗？"

"不会，"他说，"我们的氧气储备还很足，要比咱们实际需要的多多了。是鲍勃替咱们备的。"

"太好了。"

通道开始慢慢鼓起，而管壁承受气压的能力也相当不错，它就是用来干这个的——把两个气密舱口连接在一起。

"看起来很顺利。"戴尔说。他将阀门转到底后打开了漫游车的内舱门，然后钻进车舱坐在了驾驶座上。一个人不管穿没穿舱外活动服，都能无障碍地驾驶漫游车。

他检查了一下控制面板："20.4千帕的气压，100%的氧气。可以了。"

"这儿也没问题。"我说。我打开舱外活动服的换气口，吸了几口气，"空气也没问题。"

戴尔又回到了连接部，帮我卸下活动服。

"哦哦哦，天哪。"我打了个寒战。加过压的气体刚放出来的时候是很冷的，现在漫游车氧气罐里释放出的高压氧气把充气通道活活变成了一个鲜肉冷藏柜。

"给。"戴尔把我的连衫裤递给了我，我的着装速度创下了个人最快纪录,应该是第二快的纪录(第一快的纪录还要数我高中男友的父母某天提早到家的那次)。

他后来把他自己的连衫裤也给了我。他的尺码很大,可以轻轻松松地套在我身上那套连衫裤外头,我二话没说就跳了进去。一分钟后我的身子总算暖和到了差强人意的程度。

"感觉怎么样了?"他说,"你的嘴唇都紫了。"

"我没事,"我的牙齿上下打战,"只要我点燃焊枪,这里就会立刻暖和起来的。"

我把我的机模从舱外活动服的插槽里取了出来,然后把耳麦塞进了耳朵里。"弟兄们,你们还在吗?"

"在!"斯沃博达说。

一个念头在我脑海中闪过:"你刚才是不是通过戴尔的摄像头看我脱衣服了?"

"对!谢谢你的演出!"

"咳哼。"对讲机里传来老爸的声音。

"别紧张,巴先生,"斯沃博达说,"她一直穿着内裤呢。"

"但是……"老爸不满道。

"行了行了,"我说,"斯沃博达,从今往后咱俩就两不相欠了。爸,现在我要开始切割了,有什么建议吗?"

"先看一眼是什么材料。"

我沿着通道走向气密避难舱,戴尔紧紧跟在我身后。我往后瞟了他一眼:"你是打算全程都这么紧贴在我屁股后头吗?"

"可以这么说,"戴尔说,"万一发生泄漏,我就得把毫无防护的你抱回漫游车上,而我必须在三四分钟内把你送到,否则你会得个永久性脑瘫。因此你说得对,我必须全程紧跟着你。"

"随你吧,但别贴太近了,干活时我的手肘需要空间,你自己也不希望焊枪的火焰离你这身活动服太近吧?"

"同意。"

我拧动了气密避难舱舱门上的阀门,让通道内的空气流入其中,然后凑近听着气流的嘶嘶声。如果嘶嘶声最后停下了,这就说明我刚才已经成功地把裙边完全密封住了,但如果嘶嘶声一直不停止,这就说明焊接部位某处有漏,我们就得重新回到外面把泄漏点找出来。

嘶嘶声越来越小,最终完全消失了,我把阀门完全转动到底也没再传出其他声音。"气密性没问题。"我说。

"干得漂亮!"老爸在对讲机里吼道。

"谢谢。"

"我是认真的,"他说,"你在穿着舱外活动服的情况下完成了周长三米的气密焊接。你真的有当电焊专家的潜质。"

"爸……"我说道,声音里带着一丝抗议的味道。

"不说了,不说了。"

但是他无从看到我当时脸上露出的笑容,这活儿的确干得漂亮。

我拉开舱门走了进去。这个金属结构内部冻得刺骨,墙壁上结了一层小水滴。我对戴尔做了个手势让他走在前面,他打开了头盔上的灯,走到裙边近旁,这样老爸就能通过摄像头检查焊接部位的情况了。

"我觉得焊接部内侧看着还不错。"我说。

"同意,"爸爸说,"但还是别让夏皮罗先生离你太远。"

"我会一直紧跟在她后面的。"戴尔说,然后走回到通道里。

我回头看了一眼戴尔:"你确定这里的气压不多不少正好是20.4千帕吗?"

戴尔看了一眼他手臂上的读数:"是的,20.4千帕。"

我们把气压值设置为20.4千帕,为什么呢?这是由双层防护壳的结构决定的。

球形舱的两层防护壳之间垫着碎石(这个你已经知道了),但除此之外也有空气。碎石层内部的空气气压为20.4千帕——阿尔忒弥斯标准气压的90%。另外,两层防护壳之间的填充物也并非完完整整的铁板一块,而是被平均分割成了上百个边长两米的等边三角形,而且每个三角形里都配备了气压感应器。

因此,外面是真空,两层防护壳之间是90%的阿尔忒弥斯标准气压,而球形舱内部则是100%的阿尔忒弥斯标准气压。

如果外防护壳发生破损,填充物中的空气就会逃逸至外面的真空中,但如果内防护壳发生破损,球形舱内的高压空气就会涌入填充物之中。

这个系统的设计不可谓不精妙。如果防护壳之间的气压降低了,这就说明破损的是外防护壳,反之则说明破损的是内防护壳。

然而我并不希望活儿干到一半的时候防护壳泄漏警报就突然响了,所以我们要保证现在周围的气压和防护壳之间的气压完全一致。

我快速检视了一下焊枪的喷嘴,以确保它没有因刚才温度的变化而发生形变。我没有发现任何异常。

"爸，据我观察，这里的防护壳的材料和城区一样——先是一层六厘米厚的铝，然后是一米厚的岩屑层，最后是另外一层六厘米厚的铝。"

"好吧，"爸爸说，"因为材料厚度的关系，刚开始时可能会有些棘手，集中对准一个点，别晃得太厉害就行。你的手越稳，防护壳就能越早烧穿。"

我把氧气罐和乙炔罐搬进避难舱，开始准备焊枪。

"别忘了你的氧气面罩。"老爸说。

"知道了知道了。"其实刚才我完全把这事给忘了。氧乙炔会在四周生成有毒的烟气，通常情况下问题不大，但在一个密闭的空间里，你就需要配备自己的呼吸装置了。我还记得以前某次我就是因为吸进了这种烟气咳了好久。

我把手伸进我的装备袋里掏出一个面罩，另一头连着的氧气罐上有一个背带装置，可以背在背上不影响干活。我把面罩戴上吸了几口气，检查运作是否正常。"我准备好开工了，有什么建议吗？"

"有，"他说，"表岩屑的成分中有高比例的铁元素，因此不要对着一个地方焊太久，不然的话表岩屑会在行进的道路上结块，块要是结得太大，你想把它从中间层挖出来可就麻烦了。"

"明白了。"我说。

我戴上电焊护面，点燃了焊枪，戴尔则往后退了一步。舱外活动专家不管有多英勇无畏，内心深处也仍然保留着人类最本能的对火焰的恐惧。

我咧嘴笑了。复仇的机会终于还是到了。是时候在桑切斯身上捅个窟窿了。

第十四章

我慢慢调整着气体的比例,直到焊枪喷出长长的火苗为止。我在护壁上挑了个点,然后将焊枪对准这个点,手尽可能地保持不动。大量的热能以及周围充沛的供氧切开了金属壁,烧出的洞变得越来越深。

最后我感觉到外防护壳已经被完全突破了。我也不知道该怎么跟你描述我是怎么知道的,但我就是知道。可能是因为声音?火焰燃烧的声音?不确定。不管怎么说,我又继续开始工作了。

"没有空气流入或者流出,"我说,"看来里外气压是一致的。做得好,戴尔。"

"谢了。"

我开始绕着直径一米的圆形区域不疾不徐地移动着焊枪,同时还略微倾斜了一点焊枪角度,如此一来等本阶段工作完成后,填充物更容易自行滑落下来。

"我们现在进度有些落后了。"戴尔说。

"收到。"我说。我并没有加快速度,这已经是最快速度了,如果盲目求快我肯定会出错,结果只会白白浪费更多时间。

我最终切完了一整圈,表岩屑填充物立刻开始往前倾斜。我关闭了焊枪向后一跃,眼前灰色的表岩屑如雪崩一般泻了一地。

我丢下电焊护面，尽可能地把氧气面罩往自己脸上摁。老娘才不要把这些粉尘给吸进肚里去，我希望自己的肺里干干净净，颗粒免进，谢谢。

我的眼睛一阵刺痛，然后开始流泪。我痛苦地眨着眼。

"你还好吗？"戴尔问道。

面罩捂住了我的声音。"该戴护目镜的。"我说。

我伸手准备揉眼睛，但胳膊被戴尔一把拽住："不行！"

"哦对。"我说。

你知道这世上有什么比浑身尖刺的小石子飞进眼睛里更糟的吗？那就是亲手把这些小石子压进自己的眼睛。我抵抗住了这股冲动，尽管只能说是勉强。

等粉尘完全落定，我带着刺痛的双眼及模糊的视线走到了洞边。就在这时，仿佛有一股电流击中了我的身体。

我大喊一声，更多是出于惊讶而非疼痛。

戴尔检查了一下读数："注意了，现在空气的湿度接近于0。"

"怎么会？"

"不知道。"

我又向前走了一步，然后身体又是一阵疼痛。"我去！"

"你想明白是怎么一回事了吗？"戴尔说。

"嗷，妈的，"我指向在洞前缓慢沉淀堆积的岩屑，"是填充物造成的。阿尔忒弥斯的空气是加过湿的，然而防护壳之间的中间层却干得很。"

"怎么会这样？"

"水有腐蚀性，而且还贵，换作是你，你会在两层防护壳之间加水吗？更何况中间层的粉尘与干燥剂无异，把空气中原有的水蒸气全部榨干了。"

戴尔把自己身上的储水器卸下来打开盖子，取出一个还剩四分之一存量的塑料水袋。他把塑料袋撕下一角，然后几个手指一起挤压了一下袋身。即便戴着笨重的手套，一个真正的舱外活动专家也能用手指灵活地做出各种动作，这的确是件值得惊叹的事。

他挤出来的水喷了我一脸。

"你他妈的——"

"别闭眼，在水花里保持睁眼状态。"

我照做了。一开始有些困难，但眼中的灰尘逐渐被流水冲走所带来的愉悦感让我坚持了下来。接下来他又开始对我的衣服、手臂和双腿喷水。

"好些了？"他问。

我甩着脸上的水。"嗯，感觉好点了。"我说。

我之前频发的阵痛在湿T恤大赛[1]结束后就停止了，现在这种状态应该至少能保持一段时间，而我身上原本沾上的灰尘现在也成了一整块恶心的泥浆。大赛冠军应该是没戏了，但至少我现在浑身舒爽。

下一步：我必须解决掉剩余的填充物，好让里面的气压探测器和更为重要的内防护壳暴露出来。

我的手指按住了耳麦。"斯沃博达，爸，我可能还要再忙一会儿，我待会儿再给你们回电。"

---

1 湿T恤大赛是一种起源于美国的选美活动，一般在夜店、酒吧或景区举办。

"我们等你的电话。"斯沃博达说。

我挂断了电话。"帮我一起把这些东西挖出来。"我说。

戴尔递给我一把铁锹。"世上有两类人:穿舱外活动服的,以及体力劳动者。"

我嗤之以鼻。"首先,就算咱们现在演的是《黄金三镖客》[1],克林特·伊斯特伍德那个角色也该是我,根本轮不到你。其次,动一下你的懒骨头给我搭把手!"

"我还得守在这里,随时准备把你拖回漫游车里头去呢,"他再次朝我递来铁锹,"拥抱你内心的伊莱·沃勒克[2],开始干活吧。"

我嘟嘟囔囔地从他手里接过铁锹,这活儿应该要干上好一会儿。

"我们进度已经落后了,你知道的吧。"他说。

"我知道。"

与此同时,鲍勃一如既往正在寻别人的晦气,只不过他这次是帮我寻人晦气,而不是寻我的晦气。我当时并不在场,我正在别处忙着挖人墙角呢,但事后我才听说了一切。

桑切斯铝业有一条专门的铁路线,连接着奥尔德林的太空港到达口和他们的熔炼厂,每班列车搭载24名员工,每天发三班车前往熔炼厂。短短一公里的路程仅耗时几分钟,然后新到的员工换班,被换下来的员工则搭同一班车返还阿尔忒

---

1 由克林特·伊斯特伍德主演的经典西部片。
2 电影中配角的扮演者。

弥斯。

我本来计划在换班前完成我的计划，但是现在我的进度已经落后了。我需要在下一班车到达之前溜进熔炼厂，但我还没能突破内防护壳。

桑切斯的员工早就在车站候着了，而列车也已在站台停靠，舱门也已打开，检票员掏出了她的机模扫描器准备收车费。你没听错，桑切斯铝业的员工乘坐桑切斯铝业的列车前往桑切斯铝业的熔炼厂，是要付桑切斯铝业车费的，典型的19世纪"公司商店"的风格。[1]

鲍勃走到检票员面前按住了她的扫描机："等下，米尔扎。"

"怎么了，鲍勃？"她问道。

"我们的人正在进行货舱气密性检查，安全协议严禁在检查过程中开启或关闭其他气密舱出入口。"

"你开什么玩笑？"米尔扎说，"早不查晚不查偏偏挑现在？"

"抱歉，我们之前侦测到了异常反应，所以必须在明天着陆舱到达前完成检查。"

"帮帮忙吧，鲍勃，"她指了指那群正在候车的人，"我这儿有24个人等着去上班，熔炼厂那头也有24个人等着要回家呢。"

"抱歉，检查耽搁得久了些，我们刚开始时还以为能赶在这个点之前完成呢。"

"还需要多久？"

"不确定，大概十几分钟吧，但我无法保证。"

---

[1] 19世纪在西方，有些企业会在较为偏远的地区开设劳动密集型产业（如矿业、林业），所谓的公司市镇应运而生，企业同时会在市镇中开设有垄断性质的商店供其员工消费。

她转身面对人群："抱歉了各位，我们发车的时间需要延迟一下，请大家稍事休息——大约十五分钟后发车。"

人群中爆发出一阵不满声。

"就算车晚点我也不加班。"一个工人对另一个工人说道。

"真对不住，"鲍勃说，"要不然这样吧，我手头有三张阿尔忒弥斯杂技团的演出门票，现在归你了，带上你两个老公，好好享受去吧。"

米尔扎眼睛一下子亮了："哇！既然你都这么说了，我就原谅你了！"

如果你问我怎么看，我觉得这钱花得有点冤，要知道一张票就要3 000斯拉克呢！不过反正鲍勃掏的是他自己的腰包，又不是我的。

我感觉自己已经挖到天荒地老海枯石烂了，与此同时还飙了一大堆脏话，就在这时中间层的填充物总算被清干净了。我倒在地上喘着粗气。

"你好像造了几个新的脏词，"戴尔说，"比如说……'操屁'是什么意思？"

"我觉得根据上下文这个词的意思很明显。"我说。

他走到我跟前俯视着我。"起来吧，咱们进度已经落后不少了，鲍勃只能帮你稍微拖延那么一会儿。"

我对他比了个中指。

他踹了我一脚。"起来，你个懒骨头。"

我叫唤了一声，立刻站了起来。

我在"挖个洞到中国去"的过程中（没错，我们在月球上也会说这个词。我感觉刚才自己就挖了一个384 000公里深的洞[1]，找到了中间层的气压探测器。

我们"蒙骗气压探测器"的行动到目前为止还算奏效，但等我挖穿了内防护层，周围的气压就会升高至阿尔忒弥斯标准气压，然后探测器就会自言自语道："乖乖！21千帕！内防护层破了个大洞！"

然后警报大作，厂内一片混乱，舱外活动专家前来一探究竟，把我们逮个正着，戴尔和鲍勃随即被驱逐出会，而我则连亲眼看见这一切的机会都没有，因为在那之前我就会被桑切斯敬业爱岗的员工捅个透心凉。

哦？你不相信一群成天坐在监控室里的书呆子下得了那个手？此言差矣，上次操纵矿车差点把我给弄死的恰恰是他们中的一员，还记得吗？

探测器就是个金属圆柱体，一头接着几根电线。这些电线很有一套，接下来能派上用场。我从装备袋里取出一个钢罐，罐子顶上是个可以拧开的盖子。我之前特地把盖子改装了一下，在上面开了个小口。

我把检测器放入罐中，让电线从盖子的小口中穿出，再把盖子拧紧，然后在小口周围贴了六层胶布。我对这一步有点担心：只有傻子才会指望靠胶布保持住容器内的气压，但我别无选择，至少外部的高气压会把胶布紧紧地贴合在小口上。

"你觉得能管用吗？"戴尔问。

---

[1] 这是一个美国俚语，而英国的对应版本则是"挖个洞到澳大利亚去"，意思有很多种，可以指某项不可能的任务，也可以指使局面更加不可收拾，而384 000公里是月球和地球之间的距离。

"一会儿就知道了。现在就增压到阿尔忒弥斯标准气压吧。"

戴尔在他手臂上的面板上按了几下。鲍勃的漫游车自然是支持远程操控的，但凡奢侈的功能鲍勃的漫游车一个都不会少。

新鲜的空气顺着通道吹了过来，而我的鼓膜也感知到了气压的变化。

我紧张地盯着罐子看。小口上的胶布稍稍往下凹了些，但还是承受住了压力。我用耳朵贴紧内防护壳。

"警报没响。"我说。我打了个电话给斯沃博达。

"哟！"斯沃博达说，"犯罪后勤小组随时待命！"

"我不怎么喜欢这个代号。"老爸说。

"我准备开挖内防护壳了，"我说，"有什么建议吗，老爸？"

"别被人抓到了。"

我拉下了护面。"今天每个人都喜欢说笑。"

我开始了切割。内防护壳和外防护壳一样，都是六厘米厚的铝板，而且切割的全过程也只耗时几分钟。这次我切割的倾斜角和之前相反，这样切下来的铝板就会往远离我的方向而不是冲着我掉下来。之前切外防护壳的时候我没得挑，但是原则上来说，我更喜欢让新鲜出炉、滚烫火热的金属朝着远离我的方向倒。

等切下来的铝板缓缓落到了地面上，我透过洞往里窥视。

工厂的车间是个堆满了各种工业机械的半球体，熔炼炉端坐于正中，高十米有余，周围遍布着各色管道、电缆以及监控设备。

我现在所处的位置是看不见监控室的，但却正对着熔炼炉。顺便提一句,这个开口位置并非巧合,而是我有意挑的盲点,毕竟厂里的工人就算再敬业再心无旁骛,指望24个人谁都注意不到墙上被开了个洞也不现实。

我把脑袋探进洞中环顾四周,而我的一只手也本能地扶在了洞口边缘上。

"操!"我的手一下子缩了回来,不停地甩动着。

"焊枪把这一圈都烧烫了。"戴尔说。

我龇牙咧嘴地检查自己的伤势。我的手掌被烫得略微发红,不过应该无碍。

"你还好吗?"

"还好,"我说,"不过我倒是宁可这一幕没被你瞧见。"

"我们都瞧见了!"机模里传出了斯沃博达的声音。

"那敢情好,"我说,"另外请注意,我要挂电话了,完事了再找你们。"

我挂断了电话。

我钻进了洞口,与此同时小心翼翼地避开了洞口边缘。戴尔把我的装备袋递给我,但当我打算把袋子从他手里抽走的时候他并没有放手。

"你应该知道,"他说,"这个洞口不足以让我在穿着舱外活动服的情况下穿过,所以你那边万一出了什么事,我也没法赶来帮你。"

"我知道。"我说。

"小心一点。"

我点了点头,抽走袋子。他就这么在另一头透过洞口注视着我偷摸着朝熔炼炉走去。

熔炼炉本体看上去平平无奇，就是块大铁疙瘩上接着些金属管线进进出出罢了。输送斗从地面上的一个口里升起，把钙长石倒入熔炼炉上方的另一个斗中。熔炼炉内部的热、电和化学反应的洪流正在将这些砂石转化为金属，此刻熔炼炉之外却分外平静，炉外壁摸起来略带温热，散发出轻微的嗡鸣。

我蹲坐在熔炼炉边的一个角落里偷偷观察着周围。

监控室俯瞰着整个车间。透过那面巨大的玻璃窗我能看见里面的员工正在忙碌着，有些人坐在电脑前，另一些人则手里端着块平板电脑走来走去，玻璃窗对面的后墙上挂满了监控屏，上面显示着车间的各个角落及各道工序。

其中的一个女性显然是主管，其他人都会主动上前跟她说上两句话，她会简短地回答几句，老板都这样。我估计她的年龄在五十岁上下，看起来像是个拉丁裔。当她转身跟一个人说话时我终于看清了她的脸，洛蕾塔·桑切斯，我之前在网上搜桑切斯铝业的时候见过她的照片。

她就是这个熔炼炉的设计者，也是桑切斯铝业的创立者，与此同时，她完完全全处于帕拉西奥帮的控制之下，就差套个项圈了。像她这样的人物居然会和自己的员工一起身处生产的第一线而不是舒舒服服地待在奥尔德林区的办公室里，真是有趣。

其他的员工都只是……平常人，头上没犄角，身后没黑披风，更不会挥舞着尖尖的指甲发出邪恶的笑声，只不过是群寻常的社畜而已。

我匍匐爬到了熔炼炉的另一边，但这已经是我移动范围的极限了，在这里能看见监控室的温控系统。我用机模给鲍勃打了个电话。

"讲。"鲍勃说。

"我已就位,列车可以放行了。"

"收到。"他挂断了电话。

我在熔炼炉后等待着。经过了十分钟如坐针毡的等待后,我终于听到了舱壁的另一侧传来的哐当一声,列车已经抵达了。现在下班的员工就要离开,而刚到的员工正在准备上工,我可用的时间间隙很短——十分钟左右——然后列车就会载着下班的员工返回。

我仍戴着氧气面罩和移动氧气罐,又从袋里掏出了护目镜戴上,这对于我接下来的行动至关重要。我又用胶布把护目镜以及氧气面罩紧紧贴在脸上——我这次要确保完全的气密性。

我现在成了个满身泥浆、满脸胶布的神经病,看起来就像个从恐怖电影里跑出来的角色,不过我倒确实打算做一件恐怖的事。

我从包里取出一罐气体,然后紧抓着罐子上的阀门,再次检查了一下脸上的胶布。好了,万事俱备,只欠阀门。我把阀门拧动了四分之一圈。

纯氯气从罐中释放了出来。

氯气一旦进入肺中将会危及生命,一战中曾经被用作化学武器投入战场,效果极佳。我又是从哪儿弄来这么一罐毒气的呢?说到这里我就得好好感谢一下我的死党斯沃博达了,这罐氯气是他从欧洲宇航局研发中心偷出来的。

FFC剑桥法需要用到熔化的氯化钙,理论上来说氯化钙会乖乖地留在密封而且高温的熔炼炉里，但是厂房的各处还是设置了氯气探测器以防万一，而且这些探测器高度敏感，毕竟设计初衷就是要在毒气真正伤及人命前发出警报。

我让阀门打开了一小会儿，旋即又再次拧紧。不出几秒，氯气警报器就被触发了。嘿嘿，好戏开始了！

二十多处黄色警报灯开始闪烁，震耳欲聋的警报声响彻厂房。我感觉到了一股清风，看来紧急换气系统开始运行了，这套系统会调用紧急氧气储备，完全替换掉之前厂房中的全部空气。

监控室里的工作人员正在匆忙赶往避难地点。一般情况下他们会遵照程序前往监控室后方的避难舱，但如果此时列车还没开走，换作是你，你会愿意躲在避难舱里吗？在这种情况下，躲进随时可以开回城区的列车明显要比躲在气密舱里被动等待救援强得多。他们很快就作出了决定——挤进了列车然后密封住了车门。

现在车厢里一定很挤，里头有两个班次的48名职工呢。

我又偷瞄了监控室一眼，发现其中空无一人时我振奋地挥了一下拳头，他们的行动完全符合我的预想。

显然，我必须得把所有人都撵出去了才能开始着手把熔炼炉给熔了。我当初也可以在切内防护壳的时候直接触发气压警报——这也能达到把人撵走这个目的，但是空气泄漏事故会把应急小队引来我刚切出的洞口，他们会相继发现鲍勃的漫游车、临时改造的气密入口以及脸涨得通红的戴尔等，然后狐疑地挑起眉毛。相比之下毒气泄漏事故就要好办得多，因为这完全属于厂方的内部问题。

我又把阀门稍稍拧开了一点——就一点点，如此一来，就算换气系统全速运转，短时间内警报也不会停止，而只要氯气警报仍在持续，职工们就会一直留在车厢里。

我已无须东躲西藏的了。我走到熔炼炉前，钻进了炉子底下的排放槽里。

熔炼炉炉体底部有一个铜塞，那是针对意外熔毁的最后一道防护。铜的熔点高于熔炼炉中的液态金属，但却低于钢。如果液态金属过热（可达1 085摄氏度），铜塞就会熔化，而液态金属也将会被排进炉体底下的水泥排放槽中。虽说事后清理起来可谓相当棘手，但至少炉体本身能保住。

门儿都没有！

我把电焊工具和装备袋都拖入排放槽中。我又要开始自下而上的电焊了，唉。这次我需要用到钢棒，以钢焊钢。我再强调一遍：钢。没错。还好这次我并不是在身着舱外活动服的情况下作业，虽说任何滴落的液态钢都将给我留下终身疤痕，但却不会让我命丧当场，所以这对我来说也算是个好消息。

开工了。在我把钢板和炉体底部焊接在一起时，我躺的位置稍微偏离了焊接点的正下方。我承认一开始我的确漏了几滴金属液下来，这几滴沸腾的死神之泪直接落在了地面上，但我并没有气馁。15分钟后我成功地将一块钢板瓷实地焊在了铜塞底下。

我也不确定熔炼炉的炉体用的是什么等级的钢材，但是多数钢材的熔点都小于或等于1 450摄氏度，所以安全起见，我用的钢板和钢棒都是416型的，其熔点在1 530摄氏度，也就是说，在炉内温度到达我所使用的钢板的熔点前炉体就会整个化掉。

我用的钢板很薄,所以有人会觉得钢板只会熔化得更快,但物理法则不是这么运作的。在温度到达这块板子1 530摄氏度的熔点之前,所有熔点低于这条线的固体都会率先熔化。既然炉壁的熔点在1 450摄氏度,那么哪怕钢板再薄、炉壁再厚,炉体总会在温度到达钢板的熔点前化成一摊液体。

还不信?那就把冰水倒进一个小锅里煮煮看吧,水温会在最后一丝冰块融成水之前一直保持在0摄氏度。

我从排放槽里钻了出来,又看了一眼监控室,里面仍旧没人。但这种情况不会持续太久,因为列车已经离站了。

空气中既然混进了氯气,把员工送回城区的确是明智的选择,然而等列车一到站,一群穿着生化防护服的工程师将会立刻上车,然后列车又会再次开回来。列车返回城区要十分钟,乘客上下车算他五分钟吧,然后敌军增援抵达又要十分钟,拢共二十五分钟的时间。

我匆忙赶去温控箱,拧下了四个角上的螺母,然后摘下了盖板。我把热电偶控制主板拆了下来,然后掏出了我包里的那块。这还是斯沃博达前一晚做出来的,原理其实还挺简单的,它跟一块正常的主板几乎完全一样,只不过这块只会把假的液态金属温度汇报给电脑,而且报的数永远低于真的数值。我把这块替换主板插进了卡槽里。

为了方便观测,斯沃博达的这块替换主板上装着一小块液晶屏,上面会分开显示实际温度和报给电脑的温度。当实际温度到900摄氏度时,电脑收到的温度读数将会是825摄氏度,电脑会据此判定炉内温度过低,然后激活主加热器。

你会听到"咔嗒"一声,尽管电路里并没有继电器。这条电源线——顺带一提，这是我有史以来见过的最粗的电源线——在电流接通的一瞬间还扭动了一下。电源线起初会受到巨大的电流流经时所产生的磁场的影响，在电流强度上升过程中不停地扭动，等电流强度到达峰值并且平稳下来后，电源线也会随之平稳下来。

我看了一眼斯沃博达安装的液晶屏，没过多久实际温度就已经升到了901度，然后数字以更快的速度飙升至902，然后直接跳到了904，接下来是909。

"老天。"我说。这速度比我预计的实在要快太多了，携带着两个核反应堆全功率输出电流的大粗线加温的能力果然了得。

我把更换下来的主板丢在了地上，跑回了我的专属贵宾入口。

戴尔在充气通道里等着我。"什么情况？"他问。

我砰的一声关上了我身后的避难舱舱门。"任务完成，熔炼炉的速度正在飙升，咱们得赶紧跑。"

"得嘞！"戴尔举起了他戴着手套的手。

我跟他击了一下掌（总不能让他的手就这么干举着吧）。他顺着通道一路连蹦带跑回到了漫游车里。

我又最后看了避难舱的舱门一眼，确认它已经严实地关上了，然后我转过身，开始沿着通道跑——等一下。

我再次转身回到了舱门处。我可以对天发誓，刚才好像看到身后有什么动静。

舱门上有个又小又圆的舷窗，我凑近舷窗往里看，发现厂房远端有个人正在检查设备。是洛蕾塔·桑切斯。

我双手抱头："戴尔，出问题了。"

第十五章

　　桑切斯正在查看紧急换气系统。她戴着护目镜和氧气面罩，很显然一点氯气根本吓不倒她。

　　已经跑到通道另一端的戴尔指向了漫游车："快点，爵士！我们得走了！"

　　"洛蕾塔·桑切斯还在里头！"

　　"什么？！"

　　我指了指舱门上的舷窗："她跟个厂长似的正在里头巡查呢。"

　　"她本来就是这里的厂长，"戴尔说，"咱们快走吧！"

　　"我们不能就这么丢下她不管。"

　　"那个女人聪明着呢，熔炼炉一旦开始熔化她会走的。"

　　"她能走哪儿去？"我质问道。

　　"列车啊。"

　　"列车已经开走了。"

　　"那还有避难舱呢。"

　　"气密舱是挡不住钢水的！"我面朝舱门道，"我必须救她出来。"

　　戴尔朝我跑了过来。"你脑袋被门夹了？！这伙人之前可是想杀了你啊，爵士！"

"管不了了，"我检查了一遍氧气面罩以及护目镜上的胶布，"你先上漫游车，把车启动好随时准备撤。"

"爵士——"

"快去！"我大喊道。

他犹豫了一秒钟——可能不确定到底要不要把我强行拖回车里。他明智地遵从了我的建议，掉头朝通道另一头跑去。

我转动了舱门的阀门，然后跌跌撞撞地往厂房里跑去。桑切斯起先并没有注意到我——她的注意力全在紧急换气系统上，可能想弄明白为什么氯气还没被置换干净。

在这种情形下该如何自我介绍呢？我记得艾米丽·普斯特[1]的礼仪教养指南好像并没有包括"在你破坏工厂生产时该如何优雅地拯救你敌人的性命"相关内容，只好随机应变了。

"嘿！"我大喝一声。

她猛地转过身，手按在胸前。"我的天！"

她拍了几下胸口，重新恢复了镇定。她真人比我之前看到的照片还要老，也更沧桑，但以50岁的标准她看上去还算健康有活力。"你他月亮的到底是谁？"

"这不重要，"我说，"这里不安全，快跟我走。"

她并没有买账。"你不是我的员工。你是怎么进来的？"

"我在墙上切了个洞。"

"什么？"她扫视墙面但一无所获，因为洞被熔炼炉挡住了，"你切了个洞？在我的厂里？"

---

[1] 艾米丽·普斯特（1872—1960），美国著名作家，因20世纪20年代出版畅销全美的《社会、商务、政治以及家庭礼仪》而成名，她的名字在北美一度成了教养和礼仪的代名词。

"你为什么不躲去列车里！"我质问道，"你本该上车的！"

"我想试试看能不能自行解决这个问题。我让其他人先去避难，然后——"她突然停下了话头，然后举起一根手指，"等一下，我凭什么要跟你交代我的动机，反倒是你该老实跟我交代一下你的动机！"

我靠近了她一步。"听好了，臭狗屎，整座厂房过不了多久就会被熔成一摊水，你他奶奶的马上跟我走！"

"嘴巴放干净点！等等……我知道你是谁，你是贾丝明·巴沙拉，"她直指着我的鼻子道，"你就是那个报废了我好几辆矿车的小蹄子！"

"是我，"我说，"而且我这个小蹄子即将把你的熔炼厂夷为平地。咱们再这么聊下去可就不妙了。"

"你可拉倒吧，熔炼炉是我亲自设计的，安全无虞。"

"现在加热器正在全功率运转，温度测量系统已经被我黑入，我还在铜塞底下焊了块钢板。"

她的下巴都快掉地上了。

"咱们得走了！"我说，"快！"

她看看熔炼炉，又看看我。"说不定……我还能修好它。"

"别做梦了。"我说。

"你拦得了我？"

我站稳了脚跟。"你最好别惹我，老太太，我只有你一半的岁数，而且我在月球的引力下长大，我要是急了眼就算来硬的也要把你抬出去。"

"有趣，"她说，"我可是在马瑙斯街头长大的，体型比你大一倍的大老爷们都被我抢过。"

好吧，这一出我还真没料到。

她朝我冲了过来。

这一出我也没料到。

我蹲下身，看着她从我头顶蹿过。地球人总是低估他们在月球上的跳跃距离，所以很容易就——

她向下伸出手拽住了我的头发，在落地的同时将我的脑袋往地面上一磕，然后跨步坐在我胸口，举拳朝我脸上打。我飞起一脚把她从我身上踢了下去，然后重新站起。

还没等我稳住重心她又朝我冲了过来，这次她从我背后袭来，胳膊紧紧地勒住了我的脖子。

我这个人缺点一大把，但唯独不爱逞强，技不如人我也认。看来马瑙斯是个民风比阿尔忒弥斯还要彪悍的地方，硬碰硬的话我只会被她打得满地找牙。

因此我偏不跟她硬碰硬。

我把手伸向肩膀后侧，然后一把拽掉了她的氧气面罩，她立刻放开我后退了几步，一边屏住呼吸一边手忙脚乱地摆弄掉下来的氧气面罩，我就这样找到了她的破绽。

我绕到她身后，蹲下身抱住她的双腿，然后竭尽全力把她往上一送，她立刻离地四米高。

"你在马瑙斯使得出这招吗？！"我大喊道。

她在半空中徒劳地挣扎着，很快就到达了抛物线的最高点。我趁她下落的时候从地上捡起了我的乙炔罐，接下来看她往哪里躲。

我举起乙炔罐拼尽全力朝她砸了过去。我特意避开了她的脑袋——我可不想直接砸死她。结果气罐砸中了她的左胫，她疼得大叫了一声，然后摔在了地上。不过还真有她的，她立马又站了起来，再次朝我冲来。

"停！"我向前伸出一只手，"别闹了，你的熔炼炉马上就要化了。还化学家呢，你自己算算啊。到底要不要跟我一起走?！"

"你凭什么——"她话说到一半，转过身面朝熔炼炉，现在炉体的下半截已经呈暗红色了，"哦……我的天……"

她又朝我转过身。"你刚才说的出口在哪儿？"

"那儿。"我指了指。

我们俩一起跑向那个墙洞，她跑得要慢一些，因为我刚才差点废了她的左胫。

"这洞口通往哪里?！"她大声问道。

"外面。"我说。

我们跑到了充气通道的尽头。

戴尔的脑袋从漫游车的气密舱舱门里探了出来，他已经把舱外活动服给脱了。

桑切斯跳进了漫游车，我也紧随其后，然后砰地把舱门给带上了。

"我们还得把充气通道收起来！"他说。

"没时间了，"我说，"要收通道的话咱们还得把装备都穿上。把引擎开到最大马力然后强行和通道分离。"

"坐稳了。"戴尔说，一脚踩下了油门。

漫游车突然往前一蹿，桑切斯直接从她的座椅上摔了下来，我则稳稳当当地坐在舷窗边。

漫游车的扭力非常可怕，但是月面上的表岩屑也就只能提供那么点儿可怜的摩擦力。我们刚蹿出去一米就被通道生生拽了回来,桑切斯才刚站稳,结果又被往前的惯性甩到了戴尔身上,她只好搂住戴尔的双肩。

"咱们得快点,"她说,"厂里有甲烷还有氧气的储气罐——"

"我知道!"我说。我瞥了一眼侧面的舷窗,一块表面呈陡坡形状的月岩映入了我的眼帘。我跳到了车舱前部,钻进了副驾驶座。"我有个主意,但没时间解释了,快把操控权让渡给我。"

戴尔在控制面板中间摁了一个开关,把操控优先级转到了我这一侧。其间他没反对,没废话,只是照做。舱外活动专家果然在千钧一发时都能很好地保持理智。

我挂了倒挡,然后往后退了四米。

"走反了。"桑切斯说。

"闭嘴!"我把车头对准那块月岩,准备往前冲,"抓稳了!"

她和戴尔紧紧抓住彼此,我挂了满挡。

我们朝那块月岩冲了过去。车的右前轮从岩石上滚了过去,整辆车的右侧被高高抬起,飞到了半空中,紧接着车的左侧着地,车身开始侧向翻滚。我们好好测试了一下漫游车防滚架的性能,车舱顿时变成了甩干机——我拼命抑制住了想吐的冲动。

我以为接下来会这样:充气通道会被拧成一条大麻花,而这种受力方式完全在其工业设计的考虑范围之外,所以通道会被撕出一道口子,之后我只需要不停地在倒车与前行之间循环,就可以让这道口子不断地扩大,最后我们就解脱了。

但实际情况是这样的:充气通道一点事都没有,因为其工业设计考虑到里面会有人,所以不管这个通道受到了怎样的力,都可以保证里面的人安全。然而连接口就没那么结实了,车体滚动产生的扭力直接把连接插销给拽掉了。

通道内的空气突然向外逃逸,直接将漫游车往上一推(划重点:月球车并不是为了上天设计的)。漫游车又往一边跳了一米,然后笨拙地四轮着地。

我们解脱了。

"我他妈都惊了!"戴尔说,"你简直是个天才!"

"呃,对。"我踩下了油门。

轰隆!

那一声闷响持续了一秒都不到,但这种声音不是让你用耳朵去听的,而是让你用身体去感受的。

"声音可真够大的。"桑切斯说。

"这声音怎么大了?"戴尔把她的胳膊从自己肩膀上掰开,"我几乎都没听见。"

"她没说错。"我一边开着车,一边盯着前方的地面,"刚才那声响经过了松散的地面,再往上通过车轮才传进了咱们车厢里,所以只要我们能听到一丁点动静,就意味着刚才那声响震耳欲聋。"

我看了一下车尾的摄像头画面。当然了,球形舱仍是完好的,要真想把防护壳整个炸了,那非得动用原子弹不可,但是我没想到的是,气密避难舱居然也完好地留在原地。

我一脚踩住刹车。"我天!你瞧见没!我的焊接承受住了爆炸!"

桑切斯一脸怒容:"我现在没心情夸你,请不要见怪。"

"你认真的吗?"戴尔说,"吹牛非得挑现在?"

"我就再说一句。活儿干得还真不赖。"

"你还没完了。"他又把控制权调回了自己那边。

他驾着车往城区的方向驶去。"你现在可以打电话给斯沃博达和你爸了,跟他们报个平安。"

"你也应该给律师打个电话,"桑切斯说,"我保证会把你引渡去巴西接受审判。"

"你真这么想?"我掏出机模打给了斯沃博达,但没人接——直接转了语音信箱。

"啊。"我说。

"怎么了?"戴尔问。

"斯沃宝没接电话。"我又打了一遍,还是语音信箱。

"他是不是被人逮起来了?"戴尔说。

我转身朝向桑切斯:"你在阿尔忒弥斯是不是还有其他爪牙?"

"我跟你不熟。"

"在这件事情上你最好识相一点。要是我爸和哥们儿有什么三长两短,信不信我把你一块一块寄回巴西去?"

"我根本没什么'爪牙',那种人不归我管。"

"放屁,"我说,"你跟帕拉西奥帮分明是一丘之貉。"

她怒视着我:"他们是产权所有人,我不是他们的一员。"

"你们是合伙人!"

"阿尔忒弥斯不再兴建新的球形舱之后,铝材价格就跌到了谷底,当时我急需资金,而他们也愿意出救命钱,我也就接受了。我们向来井水不犯河水,他们管他们的,我管我的熔炼炉。我为了那个熔炼炉付出了无数心血,到头来却被你这个没头没脑的小兔崽子给毁了!"

"不要以为你说什么我就信什么。"

我拨了老爸的电话,然后把机模贴在耳边,听筒里每嘟一声我的血压就升高一截。

"爸也没接。"我的手指烦躁地敲打着控制面板。

戴尔一只手握着方向盘,另一只手掏出了他自己的机模。"你打给莱娜,我来打给鲍勃。"

我拨了莱娜的电话,一直没人接,等转了语音信箱后我挂掉了电话。"也没人接。"我说。

"鲍勃也没接。"戴尔说。

我们紧张地对视了一眼。

"也许鲁迪听到了风声,然后把所有人都抓起来了……"我琢磨着。我双手的大拇指悬在机模屏幕上方。在犯罪过程中给警察打电话绝不是最明智的选择,我理应先赶回城区再随机应变——他们可能只是被拘留了。可我等不了了。

我拨了他的号,听了四声"嘟"之后我把电话给挂了。

"天哪。"我说。

"不会吧?!"戴尔说,"连鲁迪都不接电话吗?到底他妈是怎么了?"

桑切斯取出了她的机模,点了几下屏幕。

"喂!"我伸手去抢她的机模,但她向后一躲,我没够到,"快给我!"

"不行,"她的措辞很强硬,"我想要知道我的员工有没有安全返回。"

"放屁!你这是在呼叫增援!"我朝她扑去,我们俩扭打成一团，一起摔在了地上。

"都给我住手！"戴尔说。

她想抽我，但只空得出一只手——另一只手还死死攥着她的机模。我挡下了这一击，然后反手照着她的脸就是一耳光。妈呀，打到人的感觉真好。

"别他妈闹了！"戴尔大叫道，"你们俩要是不小心摁到什么，我们一车人都得没命！"

"当时操控采矿车想弄死我的就是你！你认不认！"我又挥拳朝她打去。

她往旁边躲开了这一拳，然后锁住了我的胳膊。"没错，就是我！你好大的胆子，竟敢对我毕生的心血下手！"

"真他妈见鬼了！"戴尔踩下了刹车。

他把桑切斯和我拉开。尽管在动作片和漫画里大块头从来都没什么用，但是在现实生活中，真的是块头越大力气越大，一个六英尺高的大汉完全可以碾压两个瘦女人。

"听好了，你们这两个混蛋，"他说，"我是个基佬，不爱看女人打架，你们再不退后的话，小心我把你们俩的脑袋砸在一起砸开花。"

"嘴巴放干净点。"桑切斯继续在她的机模上拨打号码。

"你就这么由着她？"我对戴尔说。

"我倒是希望她真能联系上什么人。"他放开了我们俩，但仍然提防着我。他认为我才是那个挑事的人，就因为我恨不得把这个贱人的眼珠挖出来。

桑切斯等着对方接电话，但是她的表情越来越恐惧。她挂掉了电话。

戴尔看着我:"现在咋办?"

"我什么时候成老大了?"

"整个行动都是你说了算的。我们现在该怎么办?"

"呃……"我把对讲机的调频调到主频道上,"这里是爵士·巴沙拉,呼叫舱外活动专家,有人能听到吗?"

"有!"对讲机里立刻传出了一个迫不及待的声音,"这里是莎拉·戈特利布,在我身边的是阿伦·戈萨尔,我们什么人都联系不上,到底出什么事了?"

我认识他们,莎拉是专家,阿伦是见习,几天前我们一起扑灭了昆士兰玻璃厂的大火。"不知道,莎拉。我现在正在舱外的一辆漫游车里,我也一样联系不上城区里的人。你们现在在什么位置?"

"毛奇山采矿场。"她说。

我把我的话筒调成静音。"哦对了,他们正在保护最后一辆采矿车,怕我把它也炸了。"

"现在这辆矿车已经无关紧要了,"桑切斯说,"但很高兴知道舱外活动公会认真履行了合同。"

我又把静音关掉了。"你们现在能回城区吗?"

"我们本打算乘矿车回熔炼炉,然后再从那里步行回去,但我们联系不上桑切斯铝业,没法让他们把矿车送回厂里。"

"你们最好现在就出发,用走的。"我说,同时尽量避免与桑切斯发生眼神接触。

"不行,"莎拉说,"这可能是调虎离山之计,我们哪儿都不去。"

"收到。"

"喂……你还只是个见习呢,"她说,"你不该自己一个人在外面乱晃,你身边有专家吗?你身边都有谁?"

"啊……信号不……不太……好……"我又把广播调回了我们的私人波段。

"待会儿可有的解释了。"戴尔说。

"祸要一件一件闯,"我说,"咱们先去太空港到达口看看是怎么回事。"

"对,"桑切斯说,"列车——我的员工应该都在那儿。"

戴尔坐回到驾驶座上,漫游车又启动了,我和桑切斯一声不吭地坐着,此后一直避免与对方发生眼神接触。

戴尔以足以甩断人脖子的速度把漫游车往城区开,我们靠近太空港到达口的时候,看见列车正停靠在站台上。

桑切斯突然来了精神。"咱们怎么进去?"

"正常情况下需要先呼叫正在货运气密舱值勤的舱外活动专家,"戴尔说,"但现在既然无人回话,那我只好先穿上装备,然后从外部使用手动阀门。"

"可以先去列车那儿看看,"我说,"咱们可以透过列车的窗子瞧见到达口里面的情况。"

戴尔点了点头,载着我们穿过那片车辙纵横的地面,然后绕过了货运气密舱,最终抵达了停靠着的列车边。然而列车的舱窗却远高于我们头顶,从我们在舱内的位置望去,只能望见列车内部的天花板。

"稍等,让我来给咱找个好一点的视角。"戴尔在控制面板上按了几个键,漫游车的车身随即开始上抬。原来鲍勃的漫游车也装了内置剪叉式升降机。不过这不是废话吗?只有你想不到,没有他家漫游车做不到的。

我们的车身很快就和列车的舷窗齐平,桑切斯倒抽了一口凉气。我也有这股冲动,但是我不想当着她的面这么做。

车舱内遍布人的躯体——有些坐在座位上,其余的都堆叠在过道上,其中一位嘴巴周围粘着一圈呕吐物。

"怎……"戴尔嘴里挤出了一个字。

"我的员工!"桑切斯在漫游车车舱内疯了似的来回走动,找不同的角度望向列车内部。

我的脸紧贴着车窗以便看得更清楚些。"他们还有气儿。"

"真的吗?"她问,"你确定?"

"嗯,"我说,"看那个穿着蓝色上衣的男的,看他的肚子。"

"迈克尔·门德斯,"她的情绪稍稍放松了一点,"哦,好吧,他的肚子是在动。"

"他们是从各自的座位上摔下来的,"我说,"他们并没有往舱门处挤。"

戴尔指向了列车舱门和车站的连接处:"列车的舱门是开着的。瞧见站台上的肯尼亚国旗没?"

我皱了皱眉头。"是空气。"我说。

桑切斯和戴尔都望向我。

"是空气,一定是空气成分出了问题。乘客之前还好好的,但站台工作人员一打开舱门他们就全部晕倒了。"

戴尔扭绞着双手。"那时候我们刚好端掉了熔炼厂。这绝不是巧合。"

"这当然不是巧合!"桑切斯说,"我的熔炼厂有一条通气管直接连着阿姆斯特朗球形舱的维生中心。不然你以为你每天呼吸的氧气哪儿来的？"

我双手抓住她的双肩。"但你们提供的氧气是有安全机制的，对吧？气阀之类的？"

她打开了我的手。"所谓的安全机制针对的是泄漏，而不是大规模的爆炸！"

"老天……"戴尔说，"爆炸被关在了熔炼厂的球形舱里，根本找不到其他出口，你焊得太瓷实了，冲击波也就只能往通气管道里跑了。我天！"

"等下，不对，"我说，"不对，不对，不对，这不正常。维生中心针对输入的气体应该是有安全检测仪的，他们应该不至于不闻不问就直接把输入的氧气转送到城区，对吧？"

"嗯，你说得很有道理，"桑切斯稍微冷静了些，"他们会监测气体中的二氧化碳及一氧化碳，还有氯和甲烷，以防我的熔炼厂发生泄漏。"

"那他们是怎么检测的呢？"我问道。

她为了寻找一个更好的视角，走到了另一扇车窗边。"用一种化合液，那种液体在遇到有害的气体分子时会变色，电脑监控系统会即刻作出反应。"

"哦，化学，"我说，"那不是你的专业领域吗？你是个化学家，对吧？如果熔炼厂的爆炸产生了你没提及的气体分子会怎么样？维生中心检测不到的那种。"

"唔……"她想了想，"我们有钙、氯、铝、硅……"

"还有甲烷。"我补充道。

"对，把甲烷也加进去的话我们将会得到氯甲烷、二氯甲烷以及氯——我的天！"

"啊?怎么了?!"

她双手抱头。"甲烷、氯以及热量将会催生数种化合物,其中多数对人体无害,但是还有氯仿。"

戴尔如释重负地叹了口气。"哦,谢天谢地。"

桑切斯双手捂住嘴,忍住了想要哭泣的冲动。"他们就快死了,所有人都会死!"

"你在说什么呢?"我问道,"区区氯仿,人吸进去只会晕过去而已吧?"

她摇了摇头说:"你电影看多了,氯仿根本不是无害的麻醉剂,而是非常非常致命的气体。"

"但他们还有气儿啊。"

她用颤抖的手抹去了泪花。"他们立刻就晕过去了,这意味着氯仿的浓度至少有15 000百万分之一[1],在这样的浓度下他们会在一个小时内死去,而且这还是最乐观的估计。"

她所说的话像锤子一般砸在了我的心头。我呆住了,真真正正地呆若木鸡。我在自己的座椅上摇晃着,克制住想要呕吐的冲动,周围的一切开始模糊起来。我想要深呼吸一口气,然而涌出我胸腔的却是一阵哭泣。

我的意识已经不堪重负。"好……那……行……等……"

我们手边有:我、戴尔,以及某个我不喜欢的贱人;一辆漫游车;两套舱外活动服;非常多的氧气储备,尽管远不足以供给整座城市;电焊装备。虽然还有另一个舱外活动专家和一个见习(莎拉和阿伦),但他们远水救不了近火,我们只有一

---

[1] 百万分率和百分率一样,是分率的一种,主要在化学中用于描述某成分的含量,文中15 000百万分之一指的是100万克的空气中含1.5万克的氯仿。

小时的时间,他们不可能赶得上。

戴尔和桑切斯绝望地看着我。

我们还有:阿尔忒弥斯,减掉其中的市民。

"好……好……好……好吧……"我结巴道,"维生中心在阿姆斯特朗地面层,位于太空署街的末端。戴尔,把我们送去印度空间研究组织。"

"收到。"他一脚把油门踩到底,我们开始绕着奥尔德林球形舱弧形的外沿颠簸着行进。

我钻进了车尾的气密舱中。"我进到球形舱内部之后将会全速赶往维生中心,那儿的紧急储备罐里应该有成吨的氧气,我会把储备罐全都打开。"

"你不能只稀释氯仿浓度,"桑切斯说,"打开氧气罐对体积摩尔浓度不会有影响。"

"我知道,"我说,"但是球形舱有过大压力释放阀,当我打开储备罐,舱内的气压就会上升,这时释放阀就会开始向外排气,最终无害的空气将会取代有害的空气。"

她思考片刻后点了点头:"嗯,有可能行得通。"

我们一个刹车停在了印度空间研究组织外,戴尔挂了倒挡,完成了我所见过最快的接驳程序,两扇气密舱门对接之前他甚至都没减速。

"真他妈有你的。"我说。

"快去!"他催促道。

我戴上了我的氧气面罩。"你们俩留在这儿。戴尔,如果我这边出了什么问题被氯仿放倒了,就换你上。"

我转动了气密舱的阀门,充气的嘶嘶声在整个车厢里回响。"桑切斯，如果戴尔搞砸了的话就轮到你了。不过但愿不至于……"

我侧过脑袋倾听。"刚才的嘶嘶声是不是有哪儿不太对？"

戴尔看了一眼气密舱的门。"操！之前和充气通道较劲的时候我们把车的气密舱给拽坏了！快把阀门拧紧，咱们得——"

嘶嘶声这会儿已经响到我完全听不清戴尔在说什么了，车舱的气密水平正在直线下降。

我的思绪开始加速运转：我要是先把舱门关上，接下来又该怎么办？戴尔和我有两身舱外活动服，我们可以穿着正常前往维生中心，但在那之前，我们必须得先从车里出去，也就是说必须得打开漫游车已经坏掉的气密舱才行，但这么一来，桑切斯也就必死无疑了。现在唯一的解决方案就是通过太空港到达区的货运气密舱把车整个开进城区，但城区内部现在没人能来帮我们开门，我们只能自己从外部手动开门，这同样意味着有人必须要离开漫游车，这样一来桑切斯还是必死无疑。

电光石火间我立刻作出决定，把阀门转到底。

"你他妈想干吗——"戴尔开口道。

在逃逸而出的氧气的撞击下，漫游车发出了乒乒乓乓的声音，我只听到自己的鼓膜啵的一声响。不妙——氧气逃逸的速度看来高于漫游车的供氧速度。

"我出去后就立刻把舱门关上！"我大喊。

四道门，我必须得通过四道该死的门才能进到阿尔忒弥斯内部，漫游车的气密舱有两道，印度空间研究组织的气密舱也有两道。在我进入最后那道门之前，我的小命随时都可能不保，但戴尔只消关上一道舱门，他和桑切斯两人便可化险为夷。

我打开了第一道门,然后跳进了漫游车的气密舱。真正想置我于死地的是第二道门,氧气不断外泄的缺口边缘处已经结了一层冰。诚如戴尔所料,之前固定充气通道的地方已经变形,出现了一道缝隙。

我转动阀门,然后把舱门往后一拽。舱门都成这副鸟样了还打不得开啊?我同时向安拉、耶和华还有基督祈求保佑,他们中至少有一位定是听到了我的祷告,因为舱门打开了一条缝。我使出吃奶的劲将舱门持续向后扳,最终门缝总算扩大到足够我从中挤过。个头娇小有时也算是优点。我成功进入了对接处,也就是两个气密舱之间一米长的通道。

漫游车的外舱门和连接处都已严重变形,跟筛子似的往外漏着气,但所幸并没整出什么大窟窿来。一时间漫游车的氧气罐尚且可以保持住气压,尽管实际上仍然入不敷出。如果你想问我氧气面罩的事:没用,一旦到了真空中,这玩意儿充其量也就只会朝已经咽气的我的脸上喷喷氧气而已。

我转动印度空间研究组织外部的阀门,打开舱门后跌跌撞撞地步入气密舱,然后回头看了一眼。

我以为戴尔已经关闭了漫游车气密舱内侧的舱门,但我错了。他要是真把那扇舱门关上了,我周围的氧气在我进入阿尔忒弥斯之前就应该消耗殆尽了。他是不是早就考虑到了这一点?这个蠢材难道在打肿脸充好人?

"快他妈把舱门关上!"我在气流中大叫道。

然后我就看见了他们。他俩看上去都面无血色头昏脑涨,戴尔倒在了地上。妈的,印度空间研究组织气密舱的空气中也有氯仿,我在危急关头想出的万全之策唯独遗漏了这个细节。

好吧，饭得一口一口吃，现在的首要任务是打开最后一道门。虽然漫游车里的氧气所剩无几，但阿尔忒弥斯里却绰绰有余。我想要转动阀门，但它却纹丝不动。

果不其然。因为泄漏的缘故，漫游车这一侧的气压要远低于阿尔忒弥斯那一侧。

"妈的！"我说。我想要转动舱门上的中央阀门来中和两侧的气压，但印度空间研究组织的稳压阀却拼死不让内侧的空气外泄。到底哪一侧的气流速度更胜一筹呢？我可没耐心等待结果。

我用后背抵住气密舱外侧的墙壁，然后两脚并用猛踹舱门。起先的两次动静虽大，却并没能破坏密封，直到踹出第三脚方见成效。

舱门哐的一声打开了，阿尔忒弥斯内侧的空气呼啸着进了气密舱并冲向更远处的漫游车，我赶紧把脚伸进门缝以免舱门被气流给带上。

戴尔和桑切斯安全了……某种程度上安全了，如果在漏气的空间里呼吸着有毒空气也能算是"安全"的话。

我的后背疼得要命。我明天将会为自己今天所有的行为付出代价，如果真的还能有明天的话。

我脱下一只鞋把它卡在门缝里，好让舱门一直开着，然后回到了漫游车车舱内，此时戴尔和桑切斯都已经失去了意识。妈的。给自己提个醒：不要取下氧气面罩。

他俩的呼吸都还算平稳。我带上了漫游车内侧的舱门，把他们关在了里面，然后又回到了印度空间研究组织的气密舱里。我再次把舱门推开（这次要轻松许多，因为我鞋子卡在门缝里），然后蹒跚着进了实验室。

我取回鞋之后，舱门在气流的推动下自行关闭了。

我进来了。

我把那只鞋重新穿上，然后检查了一下我氧气面罩的气密性。应该无碍，而且我现在一没吐二没晕，是个好兆头。

印度空间研究组织的实验室里，科学家们歪七扭八地瘫倒在各处，这场面着实叫人毛骨悚然。其中有四人晕倒在了自己的办公桌上，还有一人倒在了地面上。我跨过了倒在地上的那位，朝大厅走去。

我查看了一下我的机模，现在距离氯仿泄漏已经过去了20分钟。如果桑切斯估算得没错的话，我必须在40分钟之内解决阿尔忒弥斯的毒气问题，否则所有人都会死。

那就是我的错了。

第十六章

我需要鲁迪。更确切地说,我需要鲁迪的机模。

要知道,维生中心是机房重地,只有工作人员才能出入——除非你的机模在认证数据库里,不然那里的大门是不会打开的。但鲁迪的机模却可以打开城区里的任意一扇门,无论是重要区域还是住宅,甚至卫生间,都不成问题。总之,阿尔忒弥斯就没哪个地方是鲁迪进不去的。

他的办公室位于阿姆斯特朗正4区,从印度空间研究组织的实验室跑过去只需要几分钟的时间。但这段路程却极为诡异,因为从大厅到门廊,一路上的地面上都躺满了人的躯体,那场景宛如审判日降临人间。

他们还没死,他们还没死,他们还没死……我像念经似的不断对自己重复道,以免尿裤子。

我顺着斜坡一层层地向上跑,此时所有厢式电梯的门应该都被倒下的人堵住了吧。

阿姆斯特朗正4区较为宽阔,位于巨砾公园的几道斜坡边。为什么叫巨砾公园?我也不知道。我被一个侧躺着的人绊了一跤,这人一头栽在了一个游客身上,而那位游客则蜷曲着身子护着怀中的小男孩——这是母性最后的守望。我爬起身继续跑。

我在鲁迪的办公室门口滑行减速，然后径直破门而入。鲁迪瘫倒在自己的办公桌上，就连晕倒的姿态都是那么英武帅气。我开始搜他身上的口袋，机模一定就在其中。

我的视线似乎捕捉到了些什么，视觉信号让我的大脑顿感不安，但我愣是搞不明白自己到底看到了什么。这其实就是一种直觉上的"不对劲"，但是妈的，这会儿根本就没哪件事是"对劲"的，我压根儿没时间去理会潜意识之类的狗屁，还有一整座城市的人等着我去营救呢。

最后我找到了鲁迪的机模，把它顺进了自己的口袋里。我内心深处的爵士再次对我提出抗议，而且比之前那次更为急迫。有哪儿不对劲，妈的！它在尖叫。

我花了一小会儿将整个房间都扫视了一遍。挺正常的啊，这个斯巴达人小巧的办公室跟以往也没什么区别啊，我对这地儿可熟了——我处于叛逆期的时候是这儿的常客，而我的记性还特别好。没有任何一样东西不在它们该在的位置上，一点异常都没有。

但就在我走出办公室的那一瞬间，我被一样东西砸中了：一件钝器落在了我的后脑勺上。

我头皮一麻，视线开始模糊，但是并没有失去意识。刚才这一下稍稍失了点准头，如果再往左偏个几公分，我可能早就脑浆满地了。我向前一个趔趄，然后转过身直面袭击者。

阿尔瓦雷斯一手握着根长长的钢管，一手拿着氧气罐，一根管子从氧气罐直接通到了他的嘴里。

"你他妈逗我呢?！"我说，"谁醒着不好，结果偏偏是你?！"

他又挥出一棒，被我躲开了。

当然是阿尔瓦雷斯了,这正是我的潜意识想提醒我的。鲁迪的办公室和我记忆中的别无二致,但气密舱却不该跟以前一样是空的,里面本该关着个阿尔瓦雷斯的。

整个事情的经过开始在我脑海中回放:避难舱保护了阿尔瓦雷斯,他一口氯仿都没吸到。鲁迪失去意识以后,处于无人监管状态的阿尔瓦雷斯把一米长的钢管从墙上生拽了下来,然后将其作为杠杆开始撬阀门,另一头的锁还有铁链在面对这么强的扭力时根本一点辙都没有。

阿尔瓦雷斯虽然不是什么化学工程师,但一个智力正常的人都推测得出来一定是空气出了问题,要不然就是他刚吸了一口外面的空气然后在自己晕过去之前反应了过来。无论如何,避难舱里本就配备了氧气罐和软管,于是他自制了一套呼吸维生系统。

哦对了,他还有另外一个优势,那根钢管断裂开的那头是一圈尖利的锯齿。那敢情好,他手里的哪里是根普通的棒子,分明就是根长矛。

"毒气泄漏了,"我说,"如果我不解决这个问题,城里的所有人都会死。"

他毫不犹豫地朝我扑来。他是个身负使命的杀手,这种敬业精神在下真是佩服。

"去你妈的!"我说。

他的块头、体魄和技巧都远胜于我,而且还带着一件有锯齿的武器。

我转身佯装逃跑,然后突然蹬地,身子向后飞去。如果我的判断无误的话,这一招应该能化解他的攻击。果然,他原本冲着我脑袋的挥击现在从我身子的一侧绕了过去，他的手当下就在我面前，而我的背则正对着他的胸口，这简直是空手夺白刃的绝佳机会。

我双手同时擒住他的一只手，然后向外一拧。这是招经典的缴械技，应该能奏效，实际上却他妈没有。他的另一只手从我身体的另一侧绕到了前面，然后握住了钢管的另一头，把钢管提到了我的喉咙口。

他的力气很大，特别大，在一条胳膊负伤的情况下他的力量仍然轻而易举地压过了我。我两手并用，拼了命地把钢管往远离我脖子的方向推，但钢管仍然越勒越紧，我快要窒息了。人在这种情形下会被一种特殊的慌乱感攫住，我徒劳地朝空气胡踢乱蹬了好几秒钟后，才调动了我剩余的全部意志力让自己重新镇定下来。

他不是想直接弄断我的脖子就是想先把我勒晕然后再弄断我的脖子。氧气面罩已经没用了——它无法让氧气强行通过被封死的喉咙。不过我背后的氧气罐说不定能派上用场，再怎么说这也是件实打实的金属钝器，有它在手总好过手无寸铁。我伸手去够氧气罐。

好疼！

把一只手从钢管上松开是很不明智的，这导致我直接损失了一半的抵抗力，阿尔瓦雷斯手中的钢管更深地嵌入了我的喉头。我两腿一软、双膝一沉，跪在了地上，而他也跟着我俯下身，钢管仍完美地保持在原处。

黑暗正在我四周聚集。我要是能再多只手就好了。

多只手……

这句话在我逐渐模糊的脑海中不断地回响。

多只手。

多只手。

多了只手。

阿尔瓦雷斯多了只手。

啊?

我的眼睛一下子翻开了。阿尔瓦雷斯多了只手!

刚才他还一手钢管一手气罐的呢,但现在他两只手全都握在了钢管上,也就是说他把氧气罐放地上了!

我铆足了所剩无几的力气,蜷曲双腿,向前倾斜着压下我的身子。钢管嵌得更深了,但是没关系——疼痛能让我保持清醒。我又来了一次,这次比上次更用力,总算让他失去了平衡。我们俩冲前方倒了下去,我在下,他在上。

紧接着我就听到了这辈子听到过的最美妙的声音。

他咳嗽了一下。

他手上的力气稍稍放松了一点,然后他又咳了一声。我的下巴往里一收往下一挤抵住了钢管后侧,我的脖子终于解放了!我喘着粗气,然后在面罩里深深地吸了口氧,周遭的黑雾正在散去。

我两手紧握住钢管,然后连同阿尔瓦雷斯的身体一起往前推。他仍未撒手,但是每过去一秒他的气力就减弱一分。

我从他身下爬了出来,终于得以再次和他面对面,而他则瘫倒在地上,剧烈地咳嗽着。

如我所料,他为了勒我而放下了氧气罐,当我把他的身子往前带的时候,输气管从他嘴里被拽了出来,他可以选择继续抓着钢管，也可以选择去拿输气管。他选择了钢管，可能是寄希望于自己能在失去意识之前先把我勒晕。

他朝输气管伸出了一只手，但我却拽住了他的领子把他往前拖了一小段距离。他再度开始喘气，脸上渐渐没了血色。我俯下身，然后一劳永逸地抽走了他手中的钢管。

他的脸砸在了地面上——裁判总算倒计时到了零。我喘了一小会儿，然后站起身。

我心中起了一股无名火。我向前迈了一步，手握着钢管，尖刺的一头冲着前方。阿尔瓦雷斯无助地躺在地上——那个罪证确凿、想要连我一起做掉的杀人犯。只要在他第四根和第五根肋骨之间扎下去……直直地扎向心脏……我在掂量到底要不要这么做。我当时真的在掂量这件事，尽管我也知道这种念头并不光彩。

我脚后跟瞄准了他的右上臂，然后向下一跺，下方传来了骨头断裂的咔嚓声。

这才更像是我的作风。

我的时间所剩无几，但是也不想让这孙子再次找着脱逃的机会。我把这具失去意识的躯体拖进了鲁迪的办公室，再把鲁迪推到一边在他桌上翻找，最后找着了一副手铐。我把阿尔瓦雷斯那只完好的手臂铐在了避难舱的阀门上，然后把手铐钥匙丢到了外面的大厅里。不用谢，鲁迪。

我掏出机模查看了一下我还剩多长时间：35分钟。

这还是满打满算的，而且是个估计值，就算桑切斯当初出于谨慎将这个数字有意说小了，但城里好歹有两千多号人，免不了会有几个撑不到那个时候。

我"收刀入鞘",把钢管塞进了我的腰带和工作服之间的缝隙里。虽说阿尔瓦雷斯已经昏死过去,吸着氯仿,一条胳膊也断了,还被铐住了,但我仍然不敢大意。别他妈再被其他人暗算了。

我朝维生中心跑去。一路上我越来越喘不上气儿,嗓子也胀得厉害——它尚未从刚才的袭击中恢复过来。我喉咙那儿一定是肿了老大一块,但总算没堵住气管,这才是最要紧的。

我的呼吸中似乎还有股胆汁的味道,但我已经没时间休息了。我飞速地穿过躯体横陈的地面,还调高了氧气罐的输出速率,好让我发疼的肺部摄入更多氧气。效果其实并不明显(当周遭的大气本来就是纯氧时这招没用),但至少面罩内较高的气压能有效防止外面被氯仿污染的空气通过面罩边缘的缝隙倒灌进来,这一点至关重要。

我抵达了维生中心,拿鲁迪的机模在门上扫了一下,门咔嗒一声开了。

越南人晕倒在各个角落。我看了一眼墙面上的主监控屏,自动化系统检测范围内的各个指数都好得很!气压良好,氧气量充足,二氧化碳隔离系统运作正常……除此以外,你还能指望一台电脑做什么呢?

段先生在主控台前的座位是空着的,我坐了进去,研究了一下气体控制的各个开关。控制台界面上都是越南文,但我大概能猜到其功用,主要是因为系统中的每一条管道以及排气管都在一整面墙上清清楚楚地标示出来了,你现在大概能够想象得出来,这张线路图到底有多大。

我认真地浏览了一整张图纸,当即就找出了紧急空气系统，这个系统中所有的管道都被标成了红色。

"好吧……激活阀门在哪儿呢?"我的手指沿着各个不同的红色路线描画着,最终发现其中有一条直通维生中心本部,然后我又发现了一个形似阀门的图标,"西北角……"

整个房间就是由管道、罐子和阀门组成的迷宫,但我现在已经知道我需要的是哪个了。在我抵达目的地之前,我经过了倒在地上的段先生身边。从周围的迹象来看,他当时应该正在赶去打开那个阀门的路上,但却晕倒在了半途。

我双手紧握住阀门然后扭动,气压释放时发出的嘶嘶声在室内不停地回响着。

我的机模突然在我口袋里响了起来,这完全出乎了我的意料,以至于我瞬间就抽出了钢管准备应战。我被自己傻得直摇头,重新收好了武器。我接听了电话。

"爵士?!"另一头传来了戴尔的声音,"你没事吧?我们在这儿大概晕了有一分钟的样子。"

"戴尔!"我说,"嗯,我没事,现在在维生中心,刚打开了换气阀。你还好吗?"

"我们都醒了,虽然感觉不太好,也不知道我们怎么就醒过来了。"

桑切斯在背景音里说道:"因为我们把漫游车空气中的氯仿都吸进了自己的肺里。氯仿在空气中的比例一旦掉到了百万分之两千五百以下,就不再是麻醉剂了。"

"顺便说一句,我把公放打开了。"戴尔说。

"桑切斯,"我开门见山道,"我很高兴你身体无恙。"

她无视了我的挖苦:"换气系统的运作是否正常?"

我跑回监控屏幕前，示意图上每个球形舱的各处开始闪烁起之前没有出现过的黄光。

"我看应该没问题，"我说，"图上很多地方的警告灯都亮起来了。如果我没猜错的话，这些灯可能是指排气阀，闪是因为系统正在抽气。"

我戳了一下坐在我身边的一名技工，他没有任何反应。不意外，就算现在的空气已经恢复到完全无害的状态，这群人也得过好一会儿才会醒过来，毕竟他们已经吸了半小时之久的来自19世纪的麻醉剂[1]。

"稍等，"我说，"我吸一口试试。"

我将氧气面罩取下了一秒，浅浅地吸了一小口气，结果一下子栽倒在了地上，根本无力再站起来。我想吐，但是克制住了冲动，将氧气面罩重新戴上。

"不……行……"我喃喃道，"……空气还是有毒……"

"爵士？"戴尔说，"爵士！千万别睡过去！"

"哦哈阔以。"说着我跪坐了起来，每吸一口氧感觉就略微好点，"我还……可以……我觉得咱们只好等了，把舱内所有氧气都置换一遍还是要点时间的。咱们没问题的，表现得还可以。"

我猜我刚才所说的话一定是传进了各路天神耳朵里，把他们都笑岔气了。我话音刚落没多久，管道中排气的声音就越来越小，直至完全陷入沉寂。

"呃……那个……换气系统突然停了。"

---

[1] 1842年，英国医生罗伯特·格洛弗发表了一篇论文，首次论述了氯仿的麻醉作用，19世纪40年代末之后，氯仿在欧洲医学界开始被作为麻醉剂广泛使用。

"怎么会?"戴尔问道。

"我正在想办法!"我看了一眼监控屏,上面没什么值得注意的信息。我又走回到线路图前,发现主阀门就在维生中心里,它的另一头连着一个氧气储备罐,状态显示"已空"。

"啊!"我说,"氧气储备已经用完了!量还不够!"

"什么?!"戴尔说,"怎么可能?维生中心的氧气储备量应该足够用上好几个月的。"

"不尽然,"我说,"他们的氧气储备足够重新填满一两个球形舱,电力储备也足够在长达数月的时间里持续将二氧化碳重新转化为氧气。但是他们的氧气存储量却不足以将阿尔忒弥斯内的全部空气整个置换一遍,毕竟先前压根儿就不会有人能预想到会发生现在这种状况。"

"哦天哪……"戴尔说。

"咱们还有一线生机,"我说,"特龙·兰德维克囤积了巨量氧气,就存放在舱外的储气罐里。"

"那个王八蛋,"桑切斯说,"我就知道他想抢我的以氧换电合同。"

我又看了一眼控制台。谢天谢地越南文用的是一套扩充版的英文字母,线路图中有一处标着"兰德维克"。

"特龙的氧气罐在线路图上!"我说。

"不然呢?"桑切斯说,"特龙肯定早就和这帮人串通好,把自家的氧气罐和他们家的系统连一块儿了。"

我的手指在线路图各处游移。"从这张图上来看,特龙的氧气罐已经接入整个系统了。尽管沿途线路阀门结构错综复杂,但的确有一条连通路径。"

"那么赶快动手吧！"戴尔说。

"这些阀门都是手动的，而且在舱外。"我说。

"什么?！怎么会有人把手动阀门设置在月球上的真空里?！"

"是出于安全考虑，"我说，"特龙之前跟我解释过。无所谓啦，我刚才速记了一下管道线路，但线路太他妈复杂了，而我又不确定上面各个阀门到底处于什么状态。等我到了那儿再随机应变吧。"

我从维生中心蹿到了外面阿姆斯特朗区的厅廊上。

"等下，你打算去舱外?"戴尔说，"装备怎么办? 你的舱外活动服还在我这儿呢。"

"我先去康拉德区的气密舱。我身上带了根大钢管，打算把鲍勃的储物柜撬开，穿他的装备。"

"那种储物柜是铝的，有几厘米厚，"戴尔说，"以你现在所剩的时间，根本就耗不起。"

"好吧，有道理。呃……"我正在通过阿姆斯特朗与康拉德之间的连接通道，我看了一眼我的机模，还剩25分钟，"那我就用游客仓鼠球吧。"

"那你还怎么转阀门啊?"

妈的，又被他说对了。仓鼠球没手臂，没手套，甚至连个突出部位都没有，人在里面根本就抓不住任何外面的物件。

"看来只能靠你了。储气罐位于阿姆斯特朗、谢泼德和比恩三个球形舱中间的三角地带，你得帮我进到那里头。"

"收到，我现在就开车赶过去。我会尽量开近点，然后下车步行。"

"你怎样才能在不害死桑切斯的前提下从漫游车里出来呢?"

"我也想知道。"桑切斯插嘴道。

"我打开气密舱门前让她穿上你的活动服。"他说。

"我的活动服?!"

"爵士!"

"行吧行吧,抱歉。"

我在康拉德区的地面层以我最快的速度前进。我现在的公寓所处的球形舱有着整个阿尔忒弥斯最多的拜占庭式的暗巷,如果你把一群手艺人集中安置在一处却没有给他们规定好各自的地盘,他们的工坊就会迅速挤占各种边边角角的地方,而这里的地形我早已了然于胸。

观光客专用的气密舱理所应当地坐落在距离阿姆斯特朗连接通道的最远端,不然还能在哪儿?

我终于抵达了。两个舱外活动专家倒在16名观光客前方的地板上,而这16名观光客则晕倒在了各自的座位上。看来氯仿泄漏时他们的讲解刚进行到一半。

"戴尔,我到气密舱了。"

"收到,"他的声音从较远处传来,听起来他不在机模的话筒附近,"把桑切斯硬塞进你的装备还挺耗时的,她个子有点高——"

"不好意思,"她说,"在下一米六四——刚好是女性的平均身高。不是我太高,而是你的痞子姐们儿太矮。"

"你可别把我的活动服给撑坏了。"我说。

"你信不信我在你活动服里尿尿!"

"喂——!"

"桑切斯,闭嘴!"戴尔说,"爵士,忙你的去!"

我冲进了那个大型气密舱，从储物间里拉出一个没充气的仓鼠球，"我出舱以后会告诉你。"

我让有拉链的那面朝上，把那团又软又瘪的塑料皮在地面上摊开，从墙上取下了一个漫步包装备在身上。现在到鲁迪的机模魔法时间了。我把气密舱内舱门关上了，然后对着气密舱控制面板扫了一下机模，系统准许我进入。

下一个问题来了：气密舱本该由穿着全套装备的舱外活动专家操作才对，所以必须得耍一点小花招。

我关闭了电脑控制，调到了人工操作。

我首先转动了外侧大门的阀门。这扇大门（如同所有的气密舱门一样）是嵌入式的——门背后较高的气压能使其一直保持在密闭状态。正因如此，就算在已经获得开门权限的前提下，能够战胜这种量级的气压阻力把门给硬拉开的也只有超人了。但现在至少门闩已经打开了。

我缓慢地转动着排气阀，在听见空气向外逃逸的嘶嘶声后立刻松了手。要是把排气阀拧到底，气密舱里所有的氧气只消一分钟工夫就会被全部排到外头的真空里，但以排气阀现在的状态，这一过程会持续更久一些——但愿时间足够我躲进仓鼠球里。

我冲到了仓鼠球边，趴在地上往里钻。整个过程其实很尴尬，就像钻进一摊散架了的帐篷里，但这就是正常流程。

我拉上了拉链（为了安全起见一共有三层拉链），把漫游包上的气阀拧开了几秒钟，现在球已经膨胀到我可以在其中略微走动的程度了。

在正常情况下准备仓鼠球的时候，气密舱并不会处于往外漏气的状态，你可以优哉游哉地等着充满气，再等舱外活动专家过来检查装备的气密性，但这一切对于现在的我而言太过奢侈。

气密舱内的气压正在降低，于是我的仓鼠球在真空的房间里像个气球似的膨胀起来。这不是比喻，这还真就是个真空的房间里的大气球。

我挣扎着往前移动了一段距离（在气还没充满的仓鼠球里走路不太方便），伸手去够阀门把手。由于我仓鼠球的气还没打满，我刚好能隔着球壁抓住阀门，气压想把我的手弹开时我另一只手也抓了上去。

气密舱在排气的同时，球壁也开始变得越来越硬，而我的双手也越来越难以握紧阀门。这团橡胶真的太想变成一个球了，它已经不愿意让我继续拿它包裹门把手了。

我有好几次差点撒手，但最终还是稳稳抓着把手没放，之后气密舱的气压总算降到了足够我拉开舱门的程度。

剩下的空气呼啸而出，而我的球也完全胀成了一个平滑的球体，球壁完全撑开的那股力直接把我弹飞了出去，我一个屁股蹲儿摔到了地上。不过没关系，我正安全地待在仓鼠球里，气密舱的门也已经打开了。

我重新站起身，感觉到有什么东西在剐蹭我的腿，后来才发现那是我从阿左那儿征用的钢管。我刚才情绪太过激动，都忘了自己身上还带着这么个玩意儿。尖锐物品最好还是不要带进充气式的维生系统里，但现在也只能这样了。我收了收自己的裤腰带，勒紧了钢管。可千万别掉出来了。

我检查了一下漫步包，读数一切正常。记住，这东西是为游客设计的，因此你根本不需要去管它。

我走向了舱外的月面。

尽管存在诸多限制，仓鼠球用来跑步还是挺不错的，在里面不需要穿笨重的鞋子，没有碍手碍脚的腿部部件，也不用背上百公斤的装备，这些劳什子一概没有，里面只有一个穿着日常衣服的我，以及背后一个中等重量的背包。

我逐渐提速，仓鼠球开始在月面上全速滚动，撞到障碍物的时候球就会被弹到半空中（好吧，没有"空"气，不过你明白我是什么意思就行）。这玩意儿要花掉每个游客几千斯拉克还是有道理的，如果不是此情此景，我肯定能玩得更开心。

我沿着康拉德球形舱弧形的外沿奔跑着，直至比恩区映入眼帘。我径直朝比恩区跑去，然后继续贴着它的外沿行进。

我敲了一下耳麦，以确认它正处于工作状态。"情况如何了，戴尔？"

"桑切斯已经换好衣服了，我们刚到谢泼德—比恩连接通道，已经准备好要下车了。你呢？"

"快到了。"

我绕着比恩区前行，很快谢泼德区也进入了视线。我贴着比恩的舱壁一路行进到了连接通道边，戴尔就在通道边上，看到我之后朝我招了招手。鲍勃的漫游车停在他附近，透过车窗我看见了桑切斯正别扭地挤在我的活动服里。我朝着通道一蹦一跳的同时看了一眼机模，还剩15分钟。

戴尔蹲下身，双臂垫在了我的仓鼠球下方。"数到三。"他说。

我半蹲下准备起跳。

"一……二……三！"

我们俩的时机把握得相当完美。我正好抢在他使出吃奶的力气把球往上抛之前的零点几秒跳了起来。整个过程相当于我往下蹬地，向上跃起，戴尔再把球抛起，球跟上了我起跳的轨迹，我连人带球一起，轻轻松松地从连接通道上方飞跃而过。不过在另一边着陆的时候，我就像个弱智似的在球壁间来回反弹了好一阵。

戴尔熟练地顺着通道侧面的一排把手攀爬到了另外一边，他落在我身边的时候我刚好重新站了起来。

现在，比恩区和谢泼德区位于我们身后，尺寸小一圈的阿姆斯特朗球形舱伫立在我们面前，而那些储气罐堆叠于一侧，被它们周围错综复杂的管线遮挡住了一部分。

"我脸上有点瘙痒。"桑切斯通过对讲机说道。

"活该。"我说。戴尔和我朝着储气罐走去。

"这身装备穿着太不舒服了，"桑切斯没有住嘴，"我可不可以先关闭漫游车的舱门，重新加压，然后舒舒服服地等你们完事儿？"

"不可以，"戴尔说，"漫游车要一直保持能让我们快速进入的状态，这是规矩。"

她开始自顾自抱怨起来，不过没再跟我们多纠缠。

我把球滚到了第一排管道边，三座巨大的储气罐若隐若现地矗立于前方，每个罐子的侧面都标着"兰德维克"的字样。

我指向最近的那根管子上四个阀门里最中间的那个："把这个阀门拧到底。"

"关掉?!"戴尔问。

"对,关掉。你老老实实听我的,这些管道设置有井喷区、去污入口等乱七八糟的功能,复杂着呢。"

"明白了。"他隔着厚厚的手套抓住了阀门,把它拧到底。

我又指向另外一个阀门,这个阀门在一根离地三米的管子上。"现在把那个开到最大。"

他纵身一跃,双手抓住了那根管子,沿着水平方向攀爬到了阀门附近,然后双脚各踩着一根较低处的管子开始拧阀门。他嘴里发出了人使劲时的呻吟声。"这些阀门也太紧了吧。"

"这些阀门安装好之后就没人用过,"我说,"咱们肯定是第一个使用者。"

阀门终于松动了,戴尔长吁了一口气。"有了!"

"行了,下来吧。"我又指向一堆相互交缠的管子上的四个阀门,"除了第三个,把这几个都关掉,第三个开到最大。"

戴尔在干活的时候我看了一眼自己的机模:还剩十分钟。

"桑切斯,你之前对氯仿毒性发作一个小时的时长估计到底有多准?"

"相当准,"她说,"现在可能已经有人进入危险期了。"

戴尔这次的速度加快了许多。"好了,下一个。"

"就剩一个了。"我说。我带着他离开了管道迷宫,走到一根半米宽的外流管边,指了指上面的控制阀门:"把这个开到最大咱们就完事儿了。"

他握住把手开始用力,但是阀门纹丝不动。

"戴尔,你必须得使劲才行。"我说。

"我他妈难道不在使劲?"

"再使点劲儿!"

他转过身,用两只手同时抓住阀门,然后双脚紧紧踩住地面,但阀门仍岿然不动。

"妈的!"戴尔说。

我的心脏都快从胸口跳出去了。我看了一眼我无用的双手。我被困在仓鼠球里,根本抓不了阀门,只能眼巴巴地看着。

戴尔已经使出了全部的力气:"我……去……你……妈……"

"漫游车里有工具箱吗?"我问,"有没有扳手之类的?"

"没,"他从牙缝中挤出这句话,"我为了给充气管道腾地方就没带上车。"

这也就意味着离我们最近的扳手在城区里,进去一趟太耗时了。

"那我呢?"桑切斯在对讲机里说道,"我能帮得上忙吗?"

"没戏,"戴尔说,"要学会如何穿着舱外活动服爬高,至少要花上个把小时,我还得先去接你,这太花时间了,更何况你也没几块肌肉,来了也不过是杯水车薪。"

到此为止了,我们已经尽力了。我们离胜利就一个阀门之遥,但也只好止步于此了,两千多号人即将死去。说不定我们现在还能回城拖几个人进气密舱救几条人命?这应该也没戏,等我们进到里面,大家伙儿早死光了。

我环顾四周,看能不能找到什么能用的,但阿尔忒弥斯的周边就是一片荒芜。这里只有表岩屑和月尘,连块可以拿来砸阀门的小石子都没有。啥都没有。

戴尔跪坐在了地上。我看不清他头盔面罩下的脸,但我能听见他在对讲机里啜泣。

我的胃在肚子里挤成一团，都快吐了。我的眼睛湿了，泪水就要夺眶而出。我现在的喉咙口疼得更厉害了，那根钢管可真是把我勒得够呛，而……

而……

而我想到该怎么办了。

这次的灵光一现应该使我陷入慌乱才对，但不知为何，我非但没慌，还反过来感觉到了异常的平静，因为出路已经出现在我眼前。

"戴尔。"我柔声道。

"哦，老天爷……"戴尔厉声道。

"戴尔，我需要你帮我个忙。"

"什，什么？"

我从腰带中抽出了钢管。"我需要你替我向大家转达我的歉意，为我所做的一切。"

"你到底在说什么？"

"我还需要你转告我爸，跟他说我很爱他。嗯，这是最紧要的。跟我爸说我真的很爱他。"

"爵士，"他站起身，"你想拿那根管子干吗？"

"我们需要杠杆，"我双手握住钢管，将尖的那头对着前方，"而我身边刚好有一根。如果这都扳不动那阀门，这世上也没什么东西能扳动它了。"

我把球滚到了阀门边。

"但钢管在仓鼠球里——哦。住手！"

"我大概是撑不到转阀门的时候了，你必须继续完成这件事。"

"爵士！"他朝我伸出手。

成败都在此一举了，戴尔已经失去理智了。这不是他的错，眼睁睁地看着自己最好的朋友死去并不容易，即便是两害相权取其轻。

"我原谅你了，兄弟，什么都不怪你了。再见了。"

我把钢管的尖端从球壁里戳了出去。空气开始通过钢管向外逃逸——我刚给真空递了根吸管。钢管开始在我手中变得冰冷，我更加用力地把它穿进了阀门的辐条里。

我的仓鼠球在戳出的小孔附近开始拉长、破裂。留给我的时间只剩一秒都不到了。

我鼓起全身的力气将钢管猛地朝一侧推去，然后就感觉到了阀门的松动。

物理学终于现身，完成了它的复仇。

仓鼠球破裂成了无数的碎片。上一秒我还在推动钢管，下一秒我已飞向虚空。

周围所有的声音突然间都消失了。炫目的阳光直直地射向我的双眼，疼得我睁不开眼。空气正在从我的肺里逃逸，我喘息着想要吸入空气——我扩张了胸腔，但是什么都没吸到，真怪。

我面部朝上落在了地上。我的双手和脖子感觉到灼烧，而身体的其余部分由于衣物的保护，灼烧得要更慢些。燃烧着的剧烈光芒把我的脸晒得生疼。我的嘴和双眼分泌出泡沫——泡沫在真空中迅速蒸发殆尽。

世界沉入黑暗，意识离我而去，疼痛戛然而止。

亲爱的爵士:

新闻上说阿尔忒弥斯好像出了什么乱子,整座城市就跟掉线了似的,没了任何音信。我不知道我的邮件能不能成为例外得到什么回应,但我总得试试。

你还在吗?你还好吗?出什么事了?

第十七章

我从黑暗中醒来。

等会儿。我醒了?

"我居然没死?"我想说。

"唔迁安诶杚?"我说。

"丫头?!"是我爸的声音,"听得见我说话吗?"

"嗯。"

他握住了我的手,但感觉有点不太对,我的知觉迟钝了好多。

"可……可可看不……见……"

"你眼睛上裹着绷带呢。"

我想要握住他的手,但好疼。

"手不要动,"他说,"你的手受伤了。"

"她不该这个时候醒过来的。"一个女人的声音说道,那是鲁塞尔医生的声音,"爵士?你听得到我说话吗?"

"状况怎样?"我问她。

"你在说阿拉伯语,"她说,"我听不懂。"

"她问你她现在的状况怎么样。"爸爸说。

"康复流程会很艰难,不过死不了。"

"啵……不是我……城区,怎么样了?"

我感觉到手臂上被扎了一针。

"你干吗?"爸爸问。

"她不该这个时候醒的。"鲁塞尔说。

然后我就没醒了。

我一整天不断地在有意识和无意识之间游移。我记得针扎在这里,扎在那里,反应测试,换绷带,注射,等等。他们一开始折腾我,我就会处于半清醒状态,等他们一走,我就又回归到虚空中。

"爵士?"

"哈?"

"爵士,你醒了吗?"是鲁塞尔医生。

"……嗯?"

"我现在要取下你眼睛上的绷带了。"

"好的。"

我感觉到她的手触碰到我的脑袋。我眼前的遮挡物被取走了,总算能看见了。我对着光亮眯眼蹙眉了好一会儿,等我的眼睛适应了光线之后,我就能看清房里的东西了。

我正在一个像医院一样的小房间里。我之所以说"像医院",是因为阿尔忒弥斯没有医院,只有鲁塞尔医生的诊所。这个房间大概在诊所后部的什么地方。

我的双手仍缠着绷带,感觉并不太好。有点痛,但不算太糟。

医生是一个看上去六十多岁、一头白发的女人。她举起小电筒,把我的两只眼睛都照了一遍,然后举起三根手指:"这是几?"

"阿尔忒弥斯没事吧?"

她晃了一下她的手:"咱们一步一步来。这是几?"

"三?"

"好。你还记得什么?"

我低头看了一下我的身体,好像也没缺胳膊少腿什么的。我身上穿着病号服,盖着被子,手上还打着绷带。"我记得自己把仓鼠球给戳破了,还以为死定了。"

"你本来确实会死,"她说,"但戴尔·夏皮罗和洛蕾塔·桑切斯救了你。我听说戴尔把你从阿姆斯特朗—谢泼德连接通道的一侧丢到了另外一侧,桑切斯在另一侧接住你,把你拖进了漫游车,再开始往车舱里充气。你一共在真空中暴露了三分钟时间。"

我看着我手上的纱布:"但却活下来了?"

"人体可以在真空中坚持几分钟时间。阿尔忒弥斯的气压本来就不高,所以你没得低气压病。最要命的其实是缺氧——跟溺水差不多。他们很及时,要是稍微再晚个一分钟,你就活不下来了。"

她把手搭在我的喉咙上,然后看了一眼墙上的钟。"你的两只手和后颈是二度烧伤,我想应该是直接接触月面造成的。脸上的太阳光灼伤也很严重,接下来一段时间,我们必须每个月给你检查一次有没有皮肤癌的迹象,不过你应该能完全康复。"

"阿尔忒弥斯怎么样了?"我问道。

"这个问题你应该去问鲁迪,他就在门外——我去叫他。"

我拉住了她的袖口:"但——"

"爵士,我细心照料你是因为我是你的医生,但咱俩不是朋友。松手。"

我松了手。她打开门走了出去。

我瞥见斯沃博达在远处另一间屋子里,他正在伸长脖子朝我房间里看,但鲁迪魁梧的身姿一下就挡住了他的视线。

"你好,爵士,"鲁迪说,"感觉如何了?"

"死人了吗?"

他带上了身后的门。"没有死人。"

我长吁一口气,脑袋落回到枕头上。这会儿我才意识到自己刚才紧张到了什么程度。"谢天谢地。"

"但你现在有大麻烦了。"

"我想也是。"

"这件事要是发生在别处,免不了会闹出几条人命来,"他把双手背在身后,"而阿尔忒弥斯却避免了悲剧的发生。我们这儿没汽车,所以东窗事发的时候也就不存在行驶中的机动车辆。也亏得咱们这儿重力小,所以也没人摔成重伤,顶多有点小擦伤或者淤青。"

"没人受伤就不必追责。"

他瞪了我一眼:"有三个人因氯仿中毒出现了心搏停止,他们三人之前都有肺病病史。"

"但现在应该没事了吧?"

"没错,但这也纯粹是侥幸。大家醒来以后都自觉去查看各自邻居的情况,所以要不是我们邻里之间比较和睦,事情就会是另一番结果了。此外,在低重力下转移一个失去意识的人也相对更容易一些,而城区的任意位置离鲁塞尔医生那儿都不算太远。"他侧过脑袋朝向外面走廊的方向,"顺便说一句,她对你的所作所为很不满意。"

"我注意到了。"

"她对于公众的健康问题非常上心。"

"是的。"

他一言不发地站了会儿。"能跟我透露一下你团伙里都有哪些人吗?"

"无可奉告。"

"我知道戴尔·夏皮罗是其中一员。"

"听不懂你在说什么,"我说,"戴尔只是刚好那时候开着漫游车在外面兜风。"

"驾驶着鲍勃·刘易斯的漫游车?"

"他俩是好哥们儿,经常交换各种东西玩。"

"车里还坐着洛蕾塔·桑切斯?"

"他们好像在约会。"我说。

"夏皮罗是个同性恋。"

"也许他不太精于此道。"

"我明白了,"鲁迪说,"你能解释一下为什么今天早上莱娜·兰德维克往你户头里转了100万斯拉克吗?"

这可真是个好消息!但我仍面无表情道:"那是小额的商业贷款,她投资了我的舱外活动旅游公司。"

"你舱外活动考试不及格。"

"这是长线投资。"

"你绝对在扯淡。"

"随你怎么说吧。我累了。"

"你休息吧,"他走回到了门边,"等你能够下床活动之后,行政长官希望第一时间和你会面,你最好带几件轻薄一点的衣服——现在沙特阿拉伯正好是夏天。"

趁鲁迪离开的当儿斯沃博达溜了进来。

"嘿，爵士！"斯沃博达拉过来一把椅子坐在了床边，"医生说你恢复得很好！"

"嘿，斯沃宝。氯仿的事我很抱歉。"

"啊，小事。"他耸了耸肩。

"我猜其他人应该就不会有你这么大度了吧？"

"大家其实也没那么生气啦。那个，生气的人也是有的，但多数人还好。"

"真的吗？"我说，"我可是把全阿尔忒弥斯的人都给毒晕过去了。"

他摆了摆手："这不全是你一个人的责任，还涉及很多设计上的失误，比如，为什么通风管道里没有能探测复合毒素的探测器？为什么桑切斯可以将甲烷、氧以及氯一起存放在一个装着烤箱的屋子里？为什么维生中心没有单独的隔离墙，这样城区不管发生什么问题，至少里面的人能保持清醒？为什么只设置一个总的维生中心而不是在每个球形舱里各分配一个？大家关心的都是这类问题。"

他把手搭在我肩膀上。"我自己的话就是很高兴你还活着。"

我也把手搭在了他的肩上。要是我身上没缠那些绷带，此刻的这种化学反应大概还能更美好一点。

"不管怎么说，"他说，"这整件事增进了我和你爸之间的友谊。"

"真的？"

"真的！"他说，"我们俩醒过来之后就组成了一个二人小分队,挨家挨户查看我们邻居的状况,特别酷,忙完之后他还请我喝了酒。"

我瞪大了眼睛:"老爸……居然买了酒?"

"酒是我喝的,他喝的果汁。我们聊冶金学聊了一个钟头!他太酷了。"

我尝试着在脑海中想象老爸和斯沃博达把酒言欢的样子,但愣是想不出来。

"他太酷了。"斯沃博达重复了一遍,这次声音小了一点。他脸上的笑容逐渐消失了。

"怎么了斯沃宝?"我说。

他低下了头。"你是……要走了吗,爵士?他们是不是要驱逐你?我可不要。"

我把我缠着绷带的手搭在他肩上。"没事的,我哪儿都不去。"

"你确定?"

"确定,我自有妙计。"

"妙计?"他看起来很担心,"你的妙计都……呃……我是不是该找个地方躲躲?"

我大笑了起来。"这次不用。"

"好吧……"他显然还不大放心,"但这次你又该怎么脱身呢?这次……你把全阿尔忒弥斯的人都搞晕了。"

我冲他微笑了一下。"别担心,我有数。"

"好吧。"他俯下身亲吻了我的脸颊,好像是犹豫了很久之后的反应。我不知道他是在何种力量的驱使下才走出了这一步——说实话我之前甚至以为他的内心根本不可能具备这种力量。不过他的勇气并没能持续太久,回过神来之后他一下子就慌了。"完了！对不起！我没想——"

我大笑了起来。那家伙的眼神……我真的忍不住笑。"别紧张，斯沃宝，不就是亲下脸嘛，又不是什么严重的事。"

"哦，哦。好的。"

我用手搭住他后颈，拉近了他的脸，然后对着他的嘴唇深深地吻了下去，优雅，绵长，坚定。当我们的嘴唇分开时，他脸上写满了不可救药的疑惑。

"我说的就是这个，"我说，"你真的得去好好补补课了。"

我在标着康负2-5186的大门外一条毫无装饰的灰色厅廊里等待着。康拉德负2区的风格比其他地下楼层要稍微花哨些，但也没好太多，大体上仍是标准的蓝领风格，唯独没了任何颓唐的气息。

我张开收拢了自己的手掌好几回。绷带已经取下来了，但是双手仍然遍布着红色的水疱。现在的我看上去就像个麻风病人。

爸爸靠着机模的导航从拐角处出现了，过了一会儿才看到我。"啊，你已经到了。"

"谢谢你专门跑一趟，爸。"我说。

他牵起我的右手端详了一阵，看着伤口皱起了眉头。"你现在感觉怎么样？还疼吗？如果疼的话，最好再到鲁塞尔医生那儿去看看。"

"还行，只是看起来比较惨。"我又开始对我爸说谎了。

"我到目的地了，"他指了指门，"康负2-5186。这是什么地方啊？"

我在扫描器上扫了一下机模打开了门:"进来吧。"

这是间宽敞而空旷的工坊,四周是光秃秃的金属墙面,我们进门之后,脚步的回声四起。房间正中放着一张工作台,上面摆满了各种工业器械,而在更远处,几个储气罐贴在墙边,上头接的管子穿过了整个房间,一个标准配置的气密避难舱则矗立在墙角处。

"141平米的面积,"我说,"以前是个面包房。完全防火,有当局颁发的高温作业许可证。含单独的气滤系统,气密避难舱可容纳四人。"

我走到了储气罐边。"这些是我刚让人装的,乙炔、氧、氩,房间的任意位置皆可使用。当然了,罐子是全满的。"

我指向了工作台:"五个焊炬头,二十米的输气管,四个点火器。另外还有三套防护服,五块护面,三个遮光器。"

"贾丝明,"爸爸说,"我——"

"桌子底下还有呢:二十三根铝棒、五根钢棒,以及一根铜棒。我也不知道你以前的工坊里为什么会有根铜棒,不过既然你以前有,那现在也要有。我已经预付了之后一整年的租金,门口的扫描器里也已经录入了你的机模信息。"

我耸了耸肩,让双臂自然地垂于我身体的两侧。"所以,嗯,这些全都是那天被我报废掉的东西。"

"那天的事都怪你那个白痴男友。"

"我也有责任。"我说。

"嗯,的确也有你的责任。"他的手抚过了工作台,"这肯定得花不少钱吧。"

"416 922斯拉克。"

他皱起了眉头。"贾丝明……你买这些用的是——"

"爸……你能不能别……"我往下一蹲坐在了地面上,"我知道你觉得这钱来路不正,但……"

爸爸把双手背到了身后。"我的父亲,也就是你的爷爷,患有严重的抑郁症。我八岁那年他自杀了。"

我点了点头。这是我家族史中一段不堪回首的往事,我爸很少提起。

"他还活着的时候就已经和死掉没什么分别了。我并不是我爸带大的,我对何为人父也一无所知,所以只能尽我所能——"

"爸,你作为父亲一点都不失败,但我作为女儿实在是——"

"让我讲完。"他双膝跪地,臀部坐在了脚后跟上。在过去的60年间,他每天都会以这种姿势祈祷五次——他深知这么坐才是最舒服的。"我只能摸着石头过河,你懂的吧。作为一个父亲,我没有任何榜样,也没有教科书,我带着你移民来了一个边远的地方过苦日子。"

"对此我毫无怨言,"我说,"我宁愿在阿尔忒弥斯当一个起早贪黑的穷光蛋,也不愿意在地球上当富婆。这里是我的家——"

他举起手示意我安静。"我希望能在你面对外面的世界之前好好磨炼你。我从不纵容你,因为外面的世界也不会纵容你,我希望你能对此有所准备。当然了,我们时常会有争执——这世上有哪个家长和孩子之间没有争吵呢?尽管我的确对你现在生活中的某些方面不太认可,但是总的来说你确实成了一个强大而自立的女人,我为你感到骄傲,顺便也为自己能培养出这样的你而感到骄傲。"

我的嘴唇微微颤抖了一下。

"我此生一直在遵循穆罕默德的教诲，"他说，"努力在所有抉择中保持真诚与正直。但我也和所有凡人一样有缺点，也会犯错。如果在我灵魂上添一小块瑕疵能换来你内心的平静，那就如此吧。愿我此前所受之恩泽足以求得安拉之宽赦。"

他拉过了我的双手。"贾丝明，我接受你的补偿，尽管我知道其来路并不高尚。我原谅你了。"

我牢牢地握住了他的手，这一天于是就在一片祥和中落下帷幕。

骗你的。我瘫倒在了他的怀里，哭得就像个孩子。别告诉别人。

是时候上正菜了。我在恩古吉的办公室门外等待着，之后的几分钟将决定我未来何去何从。

莱娜·兰德维克拄着助步器走了出来。"哦！嗨，爵士，几天前我已经把钱打到你账上了。"

"我收到了，谢谢。"

"帕拉西奥帮今天上午已经把桑切斯铝业转手卖给我了，文书作业大概还得再花上几个礼拜时间，但我们已经就价格达成一致，一切都谈妥了。洛蕾塔已经开始着手设计下一款熔炼炉了，她已经想好了该作哪些改进，新型号将会优先硅的萃取以及——"

"你打算留着洛蕾塔·桑切斯？！"

"啊，"她说，"对啊。"

"你他妈疯了吗?!"

"我刚花五亿斯拉克买下了一座没法熔炼的熔炼厂,需要有人主持重建工作,还有谁能比桑切斯更胜任这项工作呢?"

"但她可不是什么友军!"

"所有能帮你赚钱的都是你的友军,"莱娜说,"这是我从老爸那儿学来的。此外,就在四天前她和戴尔一起救了你的命,你们俩现在是不是就算扯平了?"

我抱起双臂说:"这种人到头来会反咬你一口的,莱娜,她不值得信任。"

"我不信任她,但我需要她,这两者可大不相同。"她歪头示意了一下厅廊的方向,"恩古吉说肯尼亚太空集团现在正急着想让制氧系统重新上线,阿尔忒弥斯因此也就放宽了各项安全标准。很奇怪吧?之前还以为他们只会更严,而不是更松。"

"桑切斯仍在管事……"我叹了口气,"我计划的时候真没料到会有这么一出。"

"你那时候不也没料到整个阿尔忒弥斯的人都会晕过去嘛。计划赶不上变化,"她看了一眼手表,"我要去开远程会议了。祝你好运吧,如果有什么我能帮得上的话,记得告诉我一声。"

她跛着脚离开了。我目送她了一会儿,感觉她好像长高了。可能是错觉吧。

我深吸一口气,然后走进了恩古吉的办公室。

恩古吉坐在她的办公桌后,从眼镜上方睨着我。"请坐。"

我带上了房门,在她对面的椅子上坐了下来。

"我想你心里应该清楚我接下来会怎么做,贾丝明。这对我来说是个艰难的决定。"她从桌子对面把一张纸送到我面前。

我认得这张表格——几天前我在鲁迪的办公室里见过。这是一份正式的驱逐令。

"没错,我知道你接下来会怎么做,"我说,"你会感谢我。"

"你在开玩笑。"

"感谢你,爵士,"我说,"感谢你阻止了帕拉西奥帮的入侵,感谢你帮忙解除了阻碍我们经济腾飞的过气合同,感谢你为了拯救阿尔忒弥斯而作出的自我牺牲,请你收下这个奖杯。"

"贾丝明,你将被遣返回沙特阿拉伯,"她敲着那张表格,"我们不会起诉你,而且还会在你适应地球的重力前一直负担你的生活费。我已经仁至义尽了。"

"在我为你立了这么多功劳以后,你就为了过去的那些破事让我卷铺盖走人?"

"不是我想要这么做,贾丝明,而是我不得不这么做。我们需要向外界展示我们这里是法制社会,这比以往任何时候都更为重要,因为ZAFO工业即将入驻。要是那些人担心他们在这里的资产随时都可能会被炸上天,而肇事者却可以逍遥法外,到时候就不会有人愿意来这里投资了。"

"他们没得选,"我说,"我们是月球上唯一的城市。"

"我们并非无可取代,只是相对省事儿罢了。"她说,"如果ZAFO的企业无法信任我们,他们就会着手建立自己的月球城市,一座有能力保护自己产业的月球城市。你所做的一切我将铭记在心,但为了这座城市的福祉,我不得不牺牲你的利益。"

我取出我自己的一张纸,推到她面前。

"这是什么?"她问道。

"我的供状,"我说,"我没有在里面提及你或者兰德维克家族或者任何其他人,只提了我自己的问题。我已经在底下签过字了。"

她困惑地看着我说:"你是打算帮我驱逐你自己?"

"不,我只是给了你一张'免费驱逐爵士'的牌,你可以把它存在你的抽屉里,以备不时之需。"

"但我打算现在就驱逐你。"

"你不会这么做的。"我向后靠在椅背上,跷起了二郎腿。

"为何?"

"好像已经没人记得这事儿了:我是一名走私犯,而非爆炸犯、动作片女主或城市规划师。我是一名走私犯,我很用心地规划每次行动,而每次行动也都进行得顺风顺水。刚开始的时候的确有人跟我抢这口饭吃,但是没多久我就凭借更低的价格、更好的服务以及严密的口风把这些人通通挤出了局。"

她眯起了眼睛:"你提这些一定有你的目的,但我还是搞不清你到底在说什么。"

"你在阿尔忒弥斯见过枪械没?我是指,除了你抽屉里的那把以外?"

她摇了摇头:"没见过。"

"那硬性毒品呢?海洛因、鸦片之类的?"

"几乎没有,"她说,"鲁迪偶尔在一些游客的携带物中找到过一些,不过很少。"

"你知道为什么这些东西都进不来吗?"我指了指自己的胸膛,"因为我不允许。枪免谈,毒品免谈,而且我还有一堆其他规矩,比如尽可能不进口可燃物。活着的植物也不行,因为我们不希望把一些奇奇怪怪的霉菌给带进来。"

"你的确很讲道义,但——"

"我要是不在了会怎么样?"我问道,"你觉得走私活动自此就会打住吗?不会的。首先会出现一小段真空期,然后就会有人冒出来继续这项事业。不知道到底会是谁,但他会比我更讲道义吗?未必吧。"

她挑起了眉毛。

我继续道:"阿尔忒弥斯即将迎来ZAFO的爆炸式增长,工作岗位和建设项目将会如雨后春笋般大量涌现,劳动力也将大量流入,城里的各行各业将会迎来新的消费者,而新的公司也会纷纷成立以满足新增的市场需求,人口也将水涨船高。这方面你早就估算过了吧?"

她注视了我片刻。"我估计一年内我们将迎来约一万新移民。"

"这就对了,"我说,"人口的增长就意味着对走私品需求的增长,上千人将会想要购买毒品,大把大把的钞票满天飞,这也就意味着犯罪率的上升,而犯罪者将会想要购买枪械,他们会通过现有的走私渠道或者黑市把枪偷偷运进来,而你希望阿尔忒弥斯有朝一日变成这样的地方吗?"

她摸着下巴:"你……说得很有道理。"

"这就对了。现在你已经拿到我的供状了,这张纸可以约束我的行为,实现权力制衡之类的。"

她思考了很长一段时间,长到让我感到不适。她和我保持对视的同时,把驱逐令从桌上收回到抽屉里,我长吁了一口气。

"尽管如此,惩戒仍是免不了的……"她凑到跟前的古董电脑前开始打字,然后指尖在显示器上扫着,"系统显示,你的账户余额有585 966斯拉克。"

"没错……怎么了?"

"我记得莱娜明明给你打了100万。"

"你怎么知——算了。我最近还债用掉了一些。你查这个干吗?"

"我想你理应支付一笔赔偿金,也可以说是罚款。"

"什么?!"我一下子从座位上跳了起来,"阿尔忒弥斯根本就不存在罚款这种东西!"

"那就算作'对城市财政的自愿捐款'吧。"

"这哪里'自愿'了!"

"怎么就不自愿了?"她靠回椅背上,"你也可以把钱全数留下,然后等着遣返。"

唉,好吧,这对我来说依然是场胜利。钱我随时都能赚回来,但是一旦被遣返,我就再也回不来了。另外,有一点她没说错,如果她不处理我的话,就会导致日后随便哪个阿猫阿狗都敢重蹈我的覆辙并指望自己也能逍遥法外。舍不得孩子套不着狼。"好吧,交多少?"

"55万斯拉克应该就够了。"

我倒吸一口凉气。"你他妈逗我?!"

她得意地笑了。"诚如你刚才所说,我还需要你管控走私呢,如果你账户上不差钱的话,你可能就金盆洗手了,到时候我又该如何是好呢?所以最好别让你吃太饱。"

理智上来说我能接受,我的良知也如释重负。但是眼睁睁地看着自己账上的钱从六位数跌到了五位数,还是挺感伤的。

"哦对了!"她恍然大悟地笑了起来,"还要感谢你自愿担任阿尔忒弥斯的无薪水、非官方的进口管理员。城内一旦出现危险违禁品我唯你是问,所以要是从哪儿冒出了其他的走私犯把枪或者毒品给带进来了,咱们就得好好谈谈了。"

我眼神空洞地盯着她,她也盯着我。

"我希望你能在今天之内完成汇款。"她说。

我已经完全没了刚进来时的气势。我从椅子上站起身走到了门边,伸手去够门把手的时候我停住了。

"阿尔忒弥斯未来会怎样?"我说,"ZAFO企业纷纷进驻了之后会怎样?"

"接下来的一步就是税收。"

"税收?"我不屑道,"人们之所以移民来这里就是因为不想交税。"

"大家早就在交税了——不过是以交付肯尼亚太空集团租金的形式。我们的经济将要转型为产权加税金模式,这样市政收入就直接与经济挂钩了,但这个过程不是一蹴而就的。"

她摘下了眼镜。"一个经济体的生命周期是这样的:先是无序的资本主义,直到发展遇到瓶颈,于是各项法律法规以及税制开始介入,然后就会出现公共利益以及权利,直到最终不堪财政赤字的重负而崩溃。"

"等下,崩溃?"

"是的,崩溃。经济就像生命体,它刚出生时充满着野性的生命力,当它在教条的约束中耗尽生命力之后就会死亡,之后就会无可避免地分裂出更多更小的经济体,然后继续这个循环,新的婴儿经济体就会诞生,就像现在的阿尔忒弥斯。"

"哈,"我说,"如果你想生个孩子,总得有人配合才行。"

她笑了。"咱俩以后肯定能合得来，贾丝明。"

我走的时候并未对此发表任何看法。我实在不愿意在经济学家的世界里继续停留下去了，里面不仅黑暗而且让人毛骨悚然。

我得来杯啤酒。

我不是城里最人见人爱的姑娘。我在厅廊上行走时遇到了不少恶狠狠的目光，但也听到了不少赞许的声音。我希望激烈的情绪能随着时间消散，我不想出名，恨不得压根就没人认得我。

我走进了哈特奈尔酒吧，不知道在门后迎接我的会是什么。结果老主顾们仍坐在老位子上，甚至连戴尔都不例外。

"嘿，爵士来了！"比利大喊道。

一瞬间所有人都"晕倒"了，而每个人都铆足了劲想要演得比其他人更夸张，有吐舌头的，有打鼾时发出喜剧里那种"呼咻"的气息声的，还有在地上躺成"大"字的。

"哈哈哈，"我说，"很搞笑。"

得到了我的认可后，这场恶作剧也结束了，他们又回到了往常安静饮酒的状态，只有零星的忍俊不禁的笑声。

"嗨呀，"戴尔说，"既然你已经原谅我了，我想我就可以随时随地来找你喝酒了。"

"我之前说原谅你是因为我以为自己活不了了，"我说，"不过好吧，说出来的话泼出去的水。"

比利把一杯冰镇的鲜啤送到我面前。"客人们投票决定这一轮酒钱都算你头上，作为你差点害死大家的补偿。"

"哦，是吗？"我环顾酒吧，"那我就却之不恭了，都算我账上吧。"

比利帮自己酌了半杯然后高举到半空中："敬爵士，阿尔忒弥斯的救星！"

"敬爵士！"酒客们齐声喊道，然后高举起各自的酒杯。只要我买单他们就乐意敬我。我想这是个开始。

"你的手怎么样了？"戴尔问道。

"烧伤了，还长了水疱，疼得要死。"我呷了一小口酒，"顺便说一句，谢谢你救了我一命。"

"不用谢。你也应该感谢一下桑切斯。"

"免谈。"

他耸了耸肩，也喝了一小口酒。"泰勒尤其担心你。"

"嗯。"

"他想找机会见你一面。咱们仨可以一起吃个午饭，你觉得呢？我请。"

我把一句难听到前无古人后无来者的回复咽回了肚子里，只听自己说道："行啊。"

他显然没料到我会这么回答。"真的？因为——等下，你说真的？"

"真的，"我注视着他，然后点了下头，"一起吃个饭吧。"

"哇，"他说，"太太太……太好了！嘿，你要不把那个斯沃博达也带上？"

"斯沃宝？我带他干吗呀？"

"你们俩是不是有一腿？他很明显已经被你迷得神魂颠倒了，而你似乎也有点——"

"不是的！我是说……不是你说的那样。"

"哦，所以你们只是普通朋友？"

"呃……"

戴尔窃笑道："我懂了。"

我们俩一言不发地喝了一会儿，他突然来了句："你想睡他。"

"闭嘴吧你！"

"我赌1 000斯拉克，你们俩一个月之内肯定有戏。"

我看看他，他看看我。

"怎么说？"他说。

我举杯一饮而尽。"不赌。"

"哈！"

亲爱的凯尔文:

抱歉过了这么久才回复你。我相信你一定从新闻里了解到了各种氯仿泄漏的消息,我们这儿管那起事件叫"午睡"。虽然没有出现死亡或者重伤,但我还是想给你发一封邮件告诉你我一切都好。

我在没穿宇航服的情况下在月球表面烤了三分钟,那种体验确实糟到让人窒息(我没想玩真空相关的双关语)。此外,所有人都已经知道"午睡"是我造成的了。

这也导致了我下一个难题:我破产了,再一次破产了。长话短说就是,为了惩罚我之前的莽撞,我大部分的存款都被充了公。而且很不巧,这个月你的分红我还没来得及转给你,所以只能暂时先欠着了。当我有了钱以后会还你的,我向你保证。

我需要你帮我跑个腿:有一个叫"詹焌"的人(可能是化名)现在正要返回地球。他自称是香港人,这点应该不会有假。他受雇于一家中国的材料研究公司,但我不确定是哪家。

他因为在阿尔忒弥斯调皮捣蛋,所以被遣返回家了,几天前刚被送走,所以此刻应该在"戈登号"上,这也就意味着你在他抵达肯尼亚太空集团之前还有四天时间。找个私家侦探什么的把他的雇主挖出来，咱们需要那家公司的名字。

凯尔文，我的老朋友，这可是百年难遇的良机。那家公司很快就会赚得盆满钵满，我准备拿全部家当来投资这家公司，我建议你也照做。这事说来话长——我会在之后的邮件里好好跟你解释的。

咱们能重新开张了，你那边可以继续发货了。另外，咱们的订货量很快就要涨了，阿尔忒弥斯即将迎来人口爆炸，更多消费者正在赶来的路上！

咱们很快就要成有钱人了，兄弟，超级他妈有钱。

哦对了，等咱们发了财你一定要来找我玩。我最近对友情之可贵感慨良多，而你是我最要好的朋友之一，我特别希望能和你面对面相见。再说了，这世上有谁会不想来阿尔忒弥斯呢？

这可是宇宙间最最伟大的小小城市。